U0458179

imaginist

想象另一种可能

理
想
国

imaginist

文学与电影十讲

在无限的世界里旅行

李思逸 著

上海三联书店

目录

推荐序

李欧梵

本书是一部别开生面同时也能独当一面的学术著作。其以电影和文学的关系为主题，讨论的内容不仅入乎文学与电影之内，更是出乎两者之外，大有以十讲的形式涵盖"文学、电影及其他一切"的气势，读来令人十分过瘾。我在看完初稿后，就力荐出版，因为这是一本极为理想的大学教材，适用于包括中文系、电影研究、文化研究、传媒专业在内的相关课程教学。由于我个人多年前曾经写过一本类似的小书（《文学改编电影》，香港：三联书店有限公司，2010），所以对这个题目特别有兴趣。但在阅读本书后发现，它所涉猎的内容、叙述框架、分析视角与我自己的作品大相径庭。我是以文学经典改编电影为着眼点展开论述，且聚焦于所谓的西洋文学正典，反倒对电影艺术本身并没有深入分析。虽然我的结论并非独钟文学，但毕竟是从文学出发，又复归于文学。本书则是从电影艺术出发，首先介绍电影的基本视觉语言：蒙太奇和场景调度等，继而深入探讨电影作为叙事艺术的意义和可能，并辅之以大量的影片案例来为学生详细介绍电影研究的基本知识，展示文本分析的可能路径，在此基础上鉴赏文学改编电影之得失——这正是考虑到学生实际需要而设置的教学模式。当我读完书稿的前几章之后，就对作者说过：选你这门课的学生真是有福了，但愿下次有机会我也可以去旁听。

本书作者李思逸曾经在香港中文大学和香港教育大学以"文学和电影"为题开授过多次课程，同学们的反响十分热烈，好评颇多。这几年受疫情影响，教学活动大多转为在线进行，这使得他终于有时间和精力把相关讲义、材料重新整理出来，也算是不幸中的万幸。由于力求保留线下授课时的实况与氛围，尽量以本科生能懂的语言来辨析理论、解读文本，本书最终是以课堂讲解而非研究报告的形式呈现在诸位面前。故而任何一位读者都能从书中感受到作者在教学时对学术自由、精神独立、师生平等的重视。思逸是一个对待学术很严肃的年轻学者，自我要求甚高——不满意的文章不发，不喜欢的课不教，做到这些在今天的学术界都要付出高昂的代价。他甚至一开始认为这本讲义过于通俗，不算学术，不值一哂。可单是仔细检视书中涉及的电影理论和研究资料，涵盖之广、功力之深就足以令人咋舌。而作者对理论概念的阐发深入浅出，对经典原著的引用信手拈来——这是只有真正热爱文学和电影的人才会达到的熟稔程度。全书的文本阐释更是精彩至极，思逸经常能以自己的思维逻辑把表面上不相关的两者联系起来，得出与众不同的新见解，看似天马行空，实则用心缜密。鉴于此，我认为这本小书绝不简单，通俗亦深刻，短小却广博，反而比大多数重复乏味、堆砌脚注、自我封闭的流水线文章更有学术价值。因为只有这样的作品才能维系人们对文学和电影的热爱，激发一般爱好者对学术研究的兴趣，更是相关专业初学者的最大福音。为了供有心的读者和同学能进一步研读学习，我要求作者把所有的参考文献——特别是相关理论文章和专著尽可能详细列出。虽然课堂上的旁征博引、即兴发挥事后去追溯来源极为困难，思逸也都一一照办了。

本书的一大精彩之处在于对影片和小说的个案举例及文本分析。首先在案例选材上就令人惊喜，视野之内经典者有，通俗者有，具象生动者有，抽象烧脑者亦有：从鹅笼书生到卡夫卡，从莱昂内的《荒野大镖客》到黑泽明的《罗生门》，又从《鸟人》《哈姆雷特》到贾樟柯、哥德尔定理，五花八门，应有尽有。但每一个例子都用得恰到好处，围绕书中问题，助人解惑。其次在本书后半部分，作者充分展示了他对中国现当代文学和思想史的独到见解，这对研究现当代文学的读者而言，会十分受用。作者的分析角度与众不同，非但围绕文学改编电影的既有主题，层层展开；更是提供了足够的历史背景和文化反思，将相关案例放进一个类似于政治无意识的总体框架中予以诠释。显然，作者对20世纪八九十年代中国知识界的思潮十分熟悉，花了大量篇幅解析（也不乏批判）"文革"后的文化热和寻根热，评鉴当代知识分子的启蒙与反启蒙论争。更妙的是，作者将不同时期的文学改编电影纳入进一个极具解释力的哲学模型中，即主体的困境。这里的主体小至个人、大到国家，都面临着同样的困境：想要自欺不可得，努力自觉不长久，始终摇摆于主体地位的确立和丧失之间。这种批判程度和思想张力，是一般研究电影的学者可望而不可即的。我个人最欣赏的"压轴戏"，是第八章有关沈从文抒情美学的论述。虽然根据沈从文小说改编的影片如《萧萧》《边城》，以及费穆的《小城之春》等经典之作已有不少学者做过研究，但思逸依然能提出新的阐释，充满真知灼见。这里面对抒情论述既有同情式的理解，也有发人深省的批判，有心的读者可以自行阅读，不再赘述。

此外，我特别推崇的是作者所采用的论述语言。书中关于理论的介绍和分析皆可作为我心目中的学术典范。因为这些都是作者在深入阅读的基础上，经过深思熟虑后加以提炼，再用一种准确明晰又略带抽象性的语言表达出来，与读者真诚交流、为学生解惑。无论多么艰深晦涩的理论话语，经过作者的讲解和表述，就立即显得生动起来，清晰易懂。我想作者的语言风格之所以具有此种魅力，原因无他，只因思逸基本的学术训练就是西方哲学。哲学的思考、写作方式和文学、历史不同，除了注重语言的精确之外还特别强调逻辑思维和论证结构，经过此种训练再去研究文学和电影，写法就是不同。事实上，在当前文学和电影的研究领域，许多学者并无此种哲学思维的训练，仅凭一腔热诚甚或虚荣心作祟，就在堂上卖弄热门理论、时髦话语，往往不得其解，还令学生听得一头雾水。至于所写作品，更是到了不用理论就不会说话的地步。我绝不反对理论，只是悲叹中文学界难见真的理论。或者是虚张声势，或者是糊弄外行，或者是讨好评审，无论如何，罗列人名、转引术语、堆砌脚注都不是在拿理论做学问——那不过是在诉诸权威。有理论而无思想、无见解也是一种悲哀。李思逸恰好相反，他所引用的理论概念无不是在为自己的思考论证服务：采取一种循循善诱的态度，以精确而清晰的语言把各种涉及文学和电影的理论、文本都作抽丝剥茧地分析、阐发，最终引出令人信服的总结。他甚至不避俗语，文中常见"其实说白了，就是……"等句式，但也是几句话就击中要害。学生刚开始接触到这种风格时肯定也是一知半解，但只要坚持下去很快就会见到亮光，这就是教学的智慧，也是理论功力深厚的明证。

李思逸是我的学生，而且是我作为老师最引以为傲的"得意门生"之一。孟子所谓"得天下英才而教育之"，是君子之乐，也是我的幸运。至于"教学相长"，我认为就是师生双方可以互相学习切磋，彼此得益匪浅。多年来思逸和我即是如此。我一向鼓励自己的研究生要独立思考，坚持走自己的道路，做自己最关心的问题，绝不要为前辈所累，更无须为老师背书。所以严格来说，我没有"师门"，思逸也不算"门生"——思逸作为一个独立的、出类拔萃的学者，和我同属于一个自由、平等的学术共同体，这图景固然过于理想化，但未尝就不该付诸现实。思逸的第一本学术著作《铁路现代性》（台北：时报文化，2020）一经出版就得到学界不少好评，马上就要推出简体字版。本书是他的第二本著作，原来只是为了自己的兴趣和授课的需要而着手，"无心插柳"反倒成果丰硕。一个年轻的学者有如此成就，怎能不令我开心？长江后浪推前浪，老一代的学者有责任提拔后进、超越自己。这篇介绍性的小序，算是我对思逸的一种鼓励和祝福。

2023 年 3 月

自序：在时间里相遇

2023 年 7 月台北办了个"杨德昌回顾展"，两位朋友分别前去朝圣，回来后送了我《青梅竹马》和侯孝贤《风柜来的人》的 DVD。我在旺角弥敦道跑了几家店，终于买到能播放 DVD 的影碟机，趁小孩睡着，夜深人静时独自重温这两部影片。我最早看这两部电影是在 2006 年的夏天，那时高考刚结束，从过去三年翻烂了的《环球银幕》和《看电影》杂志里面整理出了一份待看片单，在网上逐个下载，尚不知版权为何物。我以为自己看懂了这两个故事——它们并不复杂：青春的怅惘、成长的不如意、人到中年的颓唐无力，属于"还可以"但够不上一流的作品。那时的我一定不曾料到，自己十七年后会为这两部影片感动，全神贯注地沉浸其中，嘴角不时泛起微笑，有时又报以一声叹息。尽管理智上明白"没有什么是能使一切重新开始的万灵丹"，但现实中所有的决断无不为记忆中的过去所牵绊；从青年步入中年，不甘平庸却又注定平庸的蜕变，能继续活着的人没有不做出几分妥协的；或者心甘情愿地改变自己，或者认赌服输地坚持不变，若非如此，人还能怎样生活呢？

说到底，时间和经验才是"文学与电影"这门课最好的老师，只要你保持开放的心态，愿意给彼此一个互相成全的机会。一部真正打动你的小说或电影并不需要在谁的 TOP10 名单里面，更无需受文艺情怀、学术评判的约束；如果有那么一刹那，它让你意识到能和这样的作品相遇说明活着还不错，也许你就触碰到了名为"意义"的东西。现实会让人难过，但这些作品和思想本身是伟大的，它们不会辜负你。然而没有什么是能让生活变好的"万灵丹"，文学和电影也不例外。它们虽然对现实有升华，对生活有慰藉，却也可能是造成你痛苦的根源。正是因为你喜欢这些胜过其他，所以在竞争中有些事情你无法做到，所以才总在与自己利益无关的问题上与人较真，所以才一厢情愿地相信"爱读书、爱电影的人不会太坏"，所以才分不清究竟是在模仿书中的人物还是把生活过成了电影……即使如此，你还是想象不出没有文学和电影的生活会是什么样子。那还有什么可抱怨的呢？也许它们本身就是目的，而非获得其他之物的手段。

2018 年 1 月我从美国回到香港。众人好奇作为哈佛燕京末代"访问研究员"（Visiting Fellow），我这一年半除了写博士论文还干了些什么。自我审视，坦言大部分时间都不在东亚研究的圈子，反而去听了不少和电影、哲学相关的课程，恶补了两百多部片子。本想这样也算收获满满，却被朋友泼了一盆冷水："书在哪里不能读？电影什么时候不能看？好不容易去趟哈佛，你就不知道多开几次会、多认识一些人吗？"不仅现在，当初我就明白他说得没错。可我总有种奇怪的天赋能把所有非私人的社交活动变成像在面试——也许它们就是一回事。既然两边都做不好，与其为了太强的目的性令彼此尴尬，不如独自沉沦在爱好里感受充实。好在多亏了这段经历，我在大学里得以教一些和电影相关的课程。

备课时的雄心万丈、计划中的奇思妙想很快就在现实面前受挫。这本小书出来以后，不少读者的问题都聚焦于："你为什么要选这些文本来讲？为什么要采取这样一种分类？"真相是，这多半是为了完成硬性的教学任务。比如学院要求改编单元必须采用中文作品，那么我只能把非中文的作品移入其他环节讲授，同时在自己有限的阅历中筛选各具代表性的现当代文本。虽然预设了学生对文学和电影是零基础，但因为只有最多四周课时讲授"认识电影"的导论，我就把它拆分成电影诞生的历史与电影最基本的几种形式特征。每学期的最后一堂课是我争取来的放飞自我的实验。第一次碰上科幻文学热，我选择了莱姆的《索拉里斯星》与塔可夫斯基的《飞向太空》，应者寥寥；第二次我尝试以"宗教大法官"的视角去解读《幸福的拉扎罗》，还是我一个人的自High；第三次是比较卡夫卡的《城堡》和迪诺·布扎蒂的《鞑靼人沙漠》及各自的电影改编，结果大半时间都在复述小说情节；第四次我终于没有时间和精力再去折腾，便介绍了和自己研究相关的"车厢邂逅""时间迷宫"等主题——成书时考虑到原创性和完成度，遂将此节纳入其中。我意识到有些东西只适合私下里和朋友交流，不能一上来就放进导入的课程中。作为老师，不应该故作天真地扮演一个纯粹的爱好者，否认自己拥有权力上的便宜。稍改下韦伯的名言——"在听众可能有不同看法却要被迫保持沉默的地方，让一个老师在讲台上炫耀自己作为信仰者的勇气，标榜自己读过的书、看过的电影，这样的课未免太过惬意、太过无聊了。"想明白这个道理后，我在选择文本时就少了很多负担，也会参考同学们的建议——比如第一届的学生认为2014年是距离他们最近、最后的一个电影大年，所以我就采用了《鸟人》《布达佩斯大饭店》来做分析。

　　另一方面，由于这门课不是文学导论，不是关于电影的系统研究，故而其在功能定位上也令我倍感踌躇。

我究竟想要或者能给学生传递些什么东西呢？在今天这样的时代，大家都能从网络上找到各种各样的资源，其中不乏对文本的精彩阐释、对理论的详尽梳理。作为大学老师，若还相信自身存在的价值，就必须向学生证明：读一本书、看一部电影、上一堂课，以及由此引发的思考和讨论，它们无法被视频和播客完全替代。与其绞尽脑汁输出有趣的段子，争相成为同质化的网红，不如坚持去做只有自己能做的事——让学生能够自由地表达喜好，学会合理地论证观点。诚然，一门课的风格也由老师的见识和性格决定。就我个人而言，从人文班到文化研究的跨学科背景，使我始终不愿在文学和哲学之间做出非此即彼的取舍——因而本书对文本的解读常常带有哲学背景，对哲学的阐释又需要以文本为例。这在学术界是两头不讨好的做法：文学的人认为没必要讲些理论概念，哲学的人认为讲得还不够高级、不够超验。可这就是我自己的兴趣和追求——在理论和经验之间搭建桥梁，翻转具体与抽象的位置关系。多年来，我摸索出一个有效的办法是，借助哲学中的思想实验和隐喻来重构知识版图，比如康德的"鸽子"、莱布尼茨的"风车"、普特南的"孪生地球"、丹尼特的"多重草稿模型"等。它们正好是文本经验与理论思辨的结合体，虽不若概念辨析、论证推演那般细致严密，却更容易把握到问题本身，使人能直面问题去思考并给出回应。本书对文学和电影做跨学科的比较，其实也是用类似思想实验的方式把不同的知识点串联起来，或是变换实验的参照系去重新探讨既有的问题。

所以这门课不是传递信息、推介观点的介绍性课程，它更想呈现的是一种对于文学和电影的思考方式与理解路径。至于这种方式或路径是否有益，全赖同学和读者自行评判。我所能做的，就是把自己学习的经验、思考中的困惑如实呈现出来；以问题为导向，刺激学生多读、多看、多想；时而鼓励，时而挑衅，总之不会让他们很舒服、被动地接受这一切。以至于学完这门课的同学常常反映：问题没有得到解答，困惑反而越来越多。"老师你到底是什么意思呢？你真正的结论是什么？"他们似乎觉得我潜藏了些什么。自然，我在现实中有自己的立场和审美，也会私下吐槽，也会和网友对线。不过至于答案，我这里没有，其他任何人那里也不应该有。要选择相信什么，只有经过必要的观看、阅读、思考训练后，由你自己决定。基于这样的想法，这本书保留了我和同学之间几乎所有的完整问答。作为文字作品，有些枝蔓开去的部分其实删掉更好，也能免去不少麻烦，但是，说出的话、做过的事，它们都是真实发生的；有错误应该承认，有后果可以承担，却不能自欺欺人地假装它们没有存在过。

最后，感谢编辑周玲对这本小书的认可，让它能以简体中文的形式面世。感谢李频博士指出了书稿中的两处硬伤，令我有机会加以修订。感谢李欧梵老师、王德威老师予以的支持和推荐。作为一本课程讲稿，我希望读者能借助此书沉潜于作品中，同时去往更高更远的地方。作为一本自救之作，我希望有类似经历或仍在困境中的读者，在读到某些段落时，可以会心一笑。

2024 年 5 月

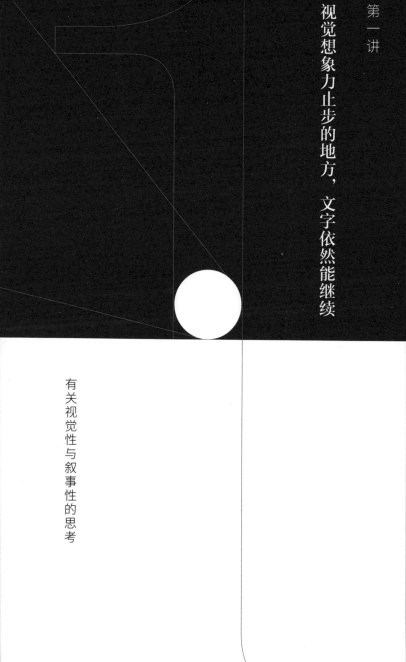

第一讲

视觉想象力止步的地方，文字依然能继续

有关视觉性与叙事性的思考

本课程旨在揭示文学作品与电影艺术之间的关联，通过理论思辨与文本分析来培养学生借助文学研究的方法分析、阐释电影，进而获得一定的专业影评能力。这门课开设的初衷是由于香港的中学、大学本科有一门叫"名著改编电影"的课程，其试图通过影视改编（Adaptation）向学生推广、普及一些经典的文学作品。但随着课程改革的深入，电影研究日益发展，影视文本越来越不被视作文字文本的附庸——其自身的重要性日益凸显，所以仅仅用改编这一视角已不足以诠释文学与电影之间的复杂关系。故而本课程在第一讲里会先探讨文学与电影的异同，主要是叙事性与视觉性的比较思考；继而介绍电影艺术的四个形式特征——场面调度、摄影、剪辑和声音，使大家能对电影的创作与阐释有一个基本的把握；在此基础上，本课程会在中国现当代文学的范畴内，论述电影对名著的改编，评鉴其得失——比如 20 世纪 90 年代的现代派小说与第五代导演、沈从文的作品改编、费穆的《小城之春》(1948)等；最后，我们将超越改编这一范畴，在更为宽广的层面，借由比较阅读、主题思考、理论批判以及跨学科的知识资源来反思文学与电影之间的关系。

那么现在就让我们从比较文学与电影的异同来进入这门课程。

一 文学与电影的异同

1 文学是什么？

我想，选修这门课的同学大多来自文学研究专业，中国语言文学、比较文学、文化研究，估计大家都曾被专业以外的人士问过这些问题：文学是什么，文学有什么用，为什么要读文学，等等。你越对自身专业有较深的认识，就越容易对这些问题深恶痛绝；因为你知道没有一个确切的答案，而任何可能的解释都会显得不够有力。但世上没有愚蠢的问题，只有不恰当的回应，况且关于"文学是什么"的问题本身并非是伪问题。我从手边的书籍里寻觅到一些对此类问题的不同回应，就让我们先从这些例子和印象开始，试着谈论一下文学到底是什么。

诗人布罗茨基(Joseph Brodsky，1940—1996)曾说：

"一个读过狄更斯的人比没有读过的人，更难向自己的同类开枪。"他是以举例的方式展示文学对人类同理心的强化作用，抑或对人性中善良的感召。文学有可能让你成为一个更善良的人，但它不是以道德训诫的方式实行，而是以一种感同身受的体验令你深味之。19世纪的文学研究者、奠定了以文学史的方式述说文学的勃兰兑斯（Georg Brandes，1842—1927）也有过类似表述："文学即人学……没有什么特别的用处，只是展示、解剖人类的灵魂给你看。"你会发现理论研究者较之于诗人更喜欢概括或下定义，他的意涵比布罗茨基更为清楚，但却缺少了那份文学诉诸自身的感性力量。再进一步，另一位著名的文学理论家艾布拉姆斯（M. H. Abrams，1912—2015）曾以"镜与灯"两种意象来论述文学：文学既像镜子一样反映现实、再现对象，也像明灯那样照耀我们、点亮世界，在此基础上去改变、影响现实。曾为牛津通识读本系列撰写《文学理论》一书的乔纳森·卡勒（Jonathan Culler，1944— ）在书中说过这样一句俏皮话："文学也许就像杂草一样，由许多不是构成。"这句话其实并未传达什么有价值的信息，但它的修辞手法本身倒充满了文学的味道——准确定义、传达信息从来不是文学的目的，它更想让你去体验、去玩味。日本学者厨川白村（1880—1923）提供了一个比卡勒更富诚意的说明，其有关"文学是苦闷的象征"之论点经由鲁迅的译介影响了"五四"一代文人作家：

> 人生的大苦患，大苦恼，正如在梦中，欲望便打扮改装着出来似的，在文艺作品上，则身上裹了自然和人生的各种事象而出现。以为这不过是外底事象的忠实的描写和再现，那是谬误的皮相之谈。所以极端的写实主义和平面描写论，如作为空理空论则弗论，在实际的文艺作品上，乃是无意义的事。

从来没有一个文学作品说写实就全是写实，没有主观的创作与浪漫主义因素等；也从来没有一则作品能做到完全主观、脱离现实。同样，即使是一个经典的19世纪的现实主义文学作品，比如巴尔扎克（Honoré de Balzac，1799—1850）的小说，我们也能在其中觅得很多非现实或超现实主义的特征，巴尔扎克对家具物品的描写放在今天后现代、后人类所谓物的研究中也不会显得违和。所有文学理论、概念定义、名家说法都只是提供一种认识文学的参照，并不能成为唯一的正确答案。厨川白村接着说文学："……不是单纯认识事象，乃是将一切收纳在自己的体验中而深味之。这时所得的东西，则非 knowledge，而是 wisdom；非 fact 而是 truth，而又在有限中见无限，在物中见心。"很明显他受到了弗洛伊德（Sigmund Freud，1856—1939）学说的影响，但这里的重点不在于苦闷或苦闷的原因——性欲受到压抑等，而在于对苦闷的体验与表达。这种体验可以是直接的，但与文学有关的往往为间接；事实上，阅读文学作品很大程度上就是将其他经验纳入自己的生活经验中，去比较、去回味、去感受——认识功能或分析过程都还在其次。

在中文语境中有关文学的说法也有不少，比如鲁迅的老师章太炎（1869—1936）做过如下定义："文学者，以有文字著于竹帛，故谓之文；论其法式，谓之文学。"章太炎这里所论及的文学，又好像比以上提到的范围更加宽广，这就令我想到中国历史语境中有关"文学（学问）——文章——文学（文艺）"的一种内涵演变。顺带说一句，当你很难给一个对象下定义时，追溯并呈现它的历史，其实是一个偷懒但有效的办法。比如你很难定义人是什么，但你可以通过展示一个人或一群人由过去到现在的历史来传达你对此的理解。所以我们现在诸多学科都是以某某史为名：现代文学史、古代文学史、西方哲学史、日本艺术史，诸如此类。现代性的后果之一，就是教会人们用普遍的历史眼光去研究对象，这个之后有机会再细讲。

文学在中文语境中，最早属于孔门四科——德行、言语、政事、文学，这里的"文学"其实很像我们现在所谓的学问；做学问，从事普遍的学术文化工作。三国曹丕讲"文章,经国之大业,不朽之盛事",这里的"文章"更接近于我们概念中的文学，即写文章、文学创作。南朝刘义庆（403—444）的《世说新语》（439—440）中的文学门类，就同时包含了这两种文学概念。此时的文学逐渐糅合了学问和文章二事，最终成为一种通过语言表达个性的艺术创作，所以鲁迅说魏晋是"文学的自觉时代"。自觉很重要,比自在上升了一个层次,即不光"是其所是"，还要意识到自己"是其所是、非其所非"。

自觉时代之前当然也有文学，只是它的特性还不够鲜明，没有从他者那里分离出来。即使如此，我们依然能感受到何者的文学性较强，何者的文学性较弱。比如以早期经典《诗经》《庄子》《史记》为例，它们都是伟大的文本，既有鲜明的文学风格，也有深刻的哲学思想，更都具备很高的历史价值。我们会将《庄子》视为哲学文本的代表，因为尽管其文学风格诡丽，也可算作史料，可它最重要的特征在于思辨、讨论思想。司马迁的《史记》叙述故事相当精彩，也饱含太史公自己对功过得失、社会政治、世间冷暖的思考，但它注定是"史家之绝唱"，因为它关注的是事件，致力于再现事实——

无论它是否成功地做到这一点。而《诗经》的文学性在三者中最为强烈，因为它除了反映现实、抒发情感外，还有赋、比、兴这样的表现手法，意味着它本身就是关于语言的艺术。

我们再来看一个例子。请大家试着体会一下，以下两句话，哪一句的文学性更强：

　　A. 用力搅拌，然后放置五分钟。

　　B. 早餐，一粒枕边的糖。

大部分同学都选择 B 句，觉得它含有更多文学性，不少同学认为 A 句像说明书上的句子，是一种指令。也有同学认为 A 句更有文学性，我猜持这一观点的同学可能是后现代主义式的反其道而行，要引入一种反文学的文学性。事实上大多数同学选择 B 句，这正说明人性之中有关阅读、叙述存在某些普遍的共性。A 句主要在给我们传达信息，告诉我们要做什么，这句话的意义就在于它传达出的信息；而 B 句，也不能说它完全没有传递信息，但它的重点不在于信息，你也很难确定它到底要给你什么信息，所以很多同学觉得这句话没讲完。当你觉得接下来可能还会有些什么的时候，叙述就发生了，并且会延续下去。故事就是这样来的，在形式方面就给读者唤起了一种期待。

那么现在我们可以简单总结一下所谓文学性的要素。相对于追求事实的史学，文学性的作品是一种虚构。虚构并不一定意味着这首诗、这部小说讲述的内容是假的，而是它提供了一种超越真假判定的事实建构。较之于讲究思辨的哲学，文学性的作品更在乎审美体验，即作品所传达的感受性。这门语言的艺术讲求的，无外乎是如何建构起某种具备意义的叙述。

2 文学性

从文学体裁的角度来看，当前的分类主要有诗歌、散文、戏剧和小说。而在当代语境下谈论文学性基本上等同于谈论小说——尽管诗歌有时还在努力保持它古老的尊严。在传统语境里，谈论文学基本上就是谈论诗歌，这一点中西概莫例外。《诗经》《古诗十九首》、汉乐府、唐诗、宋词、元曲，本质上都是一种诗的表达形式；汉语文学中没有史诗这一类的作品，可能是这种文字文化执着于日常生活，有自己独特的抒情言志特征。西方文学脉络里，史诗、记叙诗、抒情诗也有着非常明确的演进——不过请注意，一定不要把它们理解为单纯的替代或进化关系，某一文类或风格的衰落并不影响它自身的因素进入到后来的作品中。这同样适用于所谓的浪漫主义、现实主义、现代主义等流派概念。

卢卡奇（György Lukács，1885—1971）在他那本充满灵气以及思辨张力的《小说理论》（1916）里，就将史诗与小说对立并举，探讨文学从古代向现代的转化。史诗的世界完整而封闭，意义自足；小说则体现了人与世界的分离，永远要去寻获意义，在这样一种寻获的过程中，个体探索外部世界和发现内在自我成为一种一体两面的呈现形式。本雅明（Walter Benjamin，1892—1940）也有类似的看法，《讲故事的人》（1936）一文围绕 19 世纪俄罗斯作家列斯科夫（Nikolai Leskov，1831—1895）进行了精彩的解读，但它最核心、影响最深远的论点是现代初期，长篇小说的兴起与讲故事这一古老技艺的衰微昭示了现代性的转变。文学领域中故事让位于小说，恰好对应着人类生活中经验被信息覆盖。现代性生活的基本特征意味着我们交流经验的贬值，这是本雅明一直探究的问题。

我们常说现在人们生活在全球化时代，世界变得越来越小，好像去哪里都很容易，但去哪里也没什么特别；信息爆炸，过量的信息让人眼花缭乱；理论上我们现代人拥有无穷的可能，可太多的选择也让人茫然不知所措，况且每天的生活都很重复单调。大家平时都离不开手机和网络，刺激你不停刷手机的不是你能从中得到什么确定的东西，而是无法停止的追求新信息、新鲜事的冲动——至于那些新东西是什么其实根本不重要。这正反映了我们无法将外在纷纷扰扰的信息、印象转化成我们内在的生命经验，故而其无法成为我们生活的一部分。所以小说的兴起以及它在文学中占据主宰位置，与现代经验的变迁有着密不可分的联系。小说取代故事，不是说文学不再讲故事，而是形成故事的叙事发生了改变：叙事不再是一种辅助行为，而是自己成了一个由无所指的语言符号构成的世界。米兰·昆德拉（Milan Kundera，1929—2023）在论及塞万提斯（Miguel de Cervantes，1547—1616）对现代小说的贡献时，提供过一个更为通俗易懂的讲法来说明小说取代故事的意义：堂吉诃德的世界充满了矛盾与模糊，人所面对的不是一个绝对的真理——比如故事的教诲或寓言哲理，而是一堆相对的、彼此对立的真理。故事的世界是人可以把握的，而小说的世界则把握不了。小说可以被看作人在无限大的世界里旅行，他可以凭自己的意志自由进入或退出——交由读者来阐释所谓的意义或无意义。

另一方面，小说的兴起与现代民族国家的形成也有着紧密联系。读过本尼迪克特·安德森（Benedict Anderson，1936—2015）《想象的共同体》（1983）一书的同学对此都深有体会。在 19 世纪，一个有限的、主权共同体这样一种形象或概念之所以深入人心，多半要归功于群体成员共同阅读同一份报纸、同一部小说。在中国，我们所熟知的新文化运动、"五四"一代文学，本来的宗旨就是在普及白话文的基础上推广小说和新诗——无疑前者占绝大比重，继而改变人心、发动革命，使中国走上现代民族国家之路。

梁启超 1902 年的《论小说与群治之关系》就是从国家和国民建设的角度推崇小说的重要性，所谓"欲新一国之民，不可不先新一国之小说"，所有道德、宗教、政治、风俗、人的意志之革新，都要以小说为前提。在他看来，是因为小说"有不可思议之力支配人道"；他还用了"熏浸刺提"这四个很特别的动词来描述小说对人内心的影响与感召。胡适 1917 年发表的《文学改良刍议》，强调"一时代有一时代之文学"，"今日中国当有今日之文学"。这透露出一些进化论的色彩，但文学之新和国家之新同样也是相辅相成的。事实上，仔细看一下他所提的那八项建议，本质上都是为了推动文学的通俗化，而与此最适宜的文体就是小说。

有同学问，为什么梁、胡等人推动现代国家变革的策略是把小说放在第一位，而不是强调小说、散文和戏剧？我个人觉得，白话文推广、新文学改良的着眼点都是在通俗这一方面，而相比于其他文类，小说更为通俗。

无论多么伟大的小说都有娱乐性的一面，或多少带点俗气。

通俗意味着什么？通俗意味着它的受众面更广，意味着它能影响更多的人。尤其是在视觉文化、电影这类新媒介兴起之前，小说就是最普遍的大众娱乐方式。所以请注意，诗歌可以被供奉在神坛之上，但小说不能，且无必要；因为无论多么伟大的小说都有娱乐性的一面，或多少带点俗气——即使是《卡拉马佐夫兄弟》这样的作品。

梁启超、胡适等人敏锐地捕捉到小说的通俗力量，继而想将它的意识形态功能置于娱乐大众的功用之上。你没法用行政立法、批评教育的手段来改变人心。你直接去跟人家讲，作为一个新国民，你应该如何如何；大不了强迫他/她背下来且不敢违反这些规定。但人家真的能听进去、做得到，从心里遵从这些吗？讲道理谁都会，难的是如何做到。可是一部动人的小说完全可能改变他/她的观念，进而使他/她自觉地按照某种理想或原则去行动。所以小说就有一种潜移默化、影响人心的力量。当然如果你目的性太强、说教意味太明显，就永远写不出一部好小说。小说的娱乐性，至少是阅读快感，取决于如何讲好一个故事，所以最终还是落脚到它的叙事性上。

到这里为止，我想不少同学已经看明白了我的推导过程。在现代语境中，我们谈论所谓的文学性，几乎可以等同于小说的叙事性。叙事性意味着我们不只在期待故事，还在期待人们如何讲故事。叙事的视角、叙事的手法、叙事的结构影响着故事如何被讲述。小说的叙事性扩张到小说以外的范畴，这也使我们总是以一种读小说的眼光看待世界——不论是我们周遭的机遇还是什么国家大事。大多数人对平铺直叙、欠缺情节的东西，感受不到所谓的文学性，可能有些小圈子群体会将其视为一种反文学的文学性。现在网络上很多热点事件之所以吸引你，就是让你想看到充满戏剧张力的发展，所谓"博眼球""等反转"其实就是世界小说化了，或说我们被小说给惯坏了——叙事的内容让位给了叙事本身。

3 叙事性与视觉性

我现在把所谓的文学性、文学色彩，约等于叙事性或基于叙事而产生的审美与想象——这肯定是有所偏颇的；那些相较于叙事，更偏好语言符号、修辞反讽、抒情寓意的人肯定会有与我不同的说辞。但我觉得把文学性约等于叙事性也是一种站得住脚的说法，至少可以为没有相关文史哲背景的同学提供一个基本的参照系。如果你真的感兴趣，之后读更多书，思考更深入，自然会用自己的论证与审美给这些不同的说法以合理的评判。所以老师讲的东西绝不是什么正确答案，只是供各位参考,在理解的基础上进行批判,这样学术研究才会进步,才能延续下去。

接下来我想谈一谈叙事性与视觉性之间的关联,对它们进行一个简单的比较考察。为什么要做这件事呢?因为我之前备课时查阅了一些相关书籍,发现很多涉及电影的教材,或讲文学与电影之比较的权威文章,都会重复一个观点:文学是叙事性的艺术,而电影则是一门视觉性的艺术;甚至更进一步,说文学是叙事性的电影,而电影是视觉性的小说。粗看这番总结概括,有那么一点理论性、学术性的味道,但请大家认真想一想,这是不是就是一句废话呢?再请大家想一想,它是不是连正确的废话都算不上呢?我希望修读完这门课的同学,不是只记住了几个术语,也不是只会装模作样地做一些空洞的总结概括,而是真能对文学和电影有更进一步的认识和体会;当听到别人这样言辞凿凿时,你能意识到他们其实并没有认真思考,因为你知道叙事性与视觉性之间的纠葛变换要比表面上看到的复杂得多。

接下来我们先看第一个例子:

不可避免,苦杏仁的气味总是让他想起爱情受阻后的命运。刚一走进还处在昏暗之中的房间,胡维纳尔·乌尔比诺医生就察觉出这种味道。他来这里是为了处理一桩紧急事件，但从很多年前开始，这类事件在他看来就算不上紧急了。来自安德烈斯群岛的流亡者赫雷米亚·德圣阿穆尔，曾在战争中致残，是儿童摄影师，也是医生交情最深的象棋对手，此刻已靠氰化金的烟雾从回忆的痛苦中解脱了。

这段描写出自马尔克斯（Gabriel García Márquez，1927—2014）的小说《霍乱时期的爱情》（1985）之开篇。各位同学读过之后有什么感受呢？你的脑海里可能会先出现一个房间，然后有个医生模样的人，大概是处理一起自杀事件，而自杀者和医生也曾相识。至于房间里的东西怎么摆放，医生长什么模样，自杀的情境又是如何，不同的读者自然有不同的想象。但上述这个过程，就是在将文字符号转换成视觉图像，即使是"苦杏仁的气味"这种嗅觉对象，你也得借助视觉想象才能对它有所安置。这种从叙事到视觉画面的转换，在阅读时非常自然地发生了。再举一个简单的例子：

我看见一头紫色的牛在吃草。

大家看到这句话时，脑海里浮现出了什么画面？有同学说怪异，有同学说牛怎么会有紫色的呢？当然现实中应该不存在紫色的牛，但你可以想象一头紫色的牛在吃草，这完全没有问题对不对？其实我们可以在网络上搜一下"紫色的牛"，可以看到既有动画 Q 版形象的紫牛，也有看起来更真实的牧场的奶牛（可能是用 PS 把奶牛身上的黑色换成了紫色）。所以大家都可以做到将文字转换成图像，但你的版本跟我的版本未必一致，因为我们每个人的心理表象（Mental image）或者叫视觉心象（Visual imagery），都有赖于个体独一无二的经验感受、记忆选择以及审美判定。我们很多时候并不需要把语言讲出来，也不需要每次都完整再现一幅确定的图片，只要心智能利用过去的经验和记忆呈现出画面感就可以了。

但不同的文字叙述呈现出的画面感强弱也有区别。

第一句："乌鸦在游泳。"童话似的语言。乌鸦怎么会游泳呢？然而无所谓，乌鸦也许不会游泳，也许真的会游泳，当你读到这句话时自然而然就会产生画面感，不论这幅画面是否符合你对这个世界的常识。

第二句："你的住所有多少扇窗户？"这一句背后的文学气息、冲击张力要弱一些，但依然有一种直接的视觉对应。当你面对这个问题时，可以不回答，也可以故意去骗提问者——比如你家有四扇窗户，但你告诉他/她一扇都没有。无论哪种情况，你都会不由自主地将这些画面在脑海里过一遍。

第三句："我妈妈姓王。"有没有同学还能在心里产生具体的图像呢？也许会有人想到自己的妈妈，特别是如果她恰好姓王的话。但可能大多数人不会，因为这句话的重点，它的叙事重点，在于一个人的姓名，而姓名并没有直接对应的画面，你所视觉化的是语言，是那个字本身。

第四句："自由和平等哪一个更重要？"这句话就更难了，因为它的抽象化程度更深，语言指涉的是概念而非具体对象。有些同学说看到"自由"这两个字，脑海里能浮现出一幅固定的画面，但请注意那是你根据个人经验而做出的联想或借代，是属于你的视觉转喻，而不是对上述语言的直接呈现。

所以，并不是所有语言叙述都能直接转化成视觉图像，因为有的语言适用于具体的对象，而有的语言是概念——概念是从个体对象那里抽象出来的一般性，抑或概念的概念，抽象的抽象。在哲学讨论里有时会细分为第一概念和第二概念。不过在这里，只需各位同学通过这些例子记住，视觉性是叙事性的充分不必要条件。视觉图像总是能通过语言文字描述出来，哪怕描述得并不准确，哪怕在转化成语言的过程中遗失了一些信息，但我们总是可以去述说一幅图画。反之则不尽然——因为视觉图像在有可能被当作阐释工具之前，其首先是要被语言文字阐释的对象。

第二个例子来自志怪小说集《续齐谐记》（510—520）里面著名的"阳羡书生"，更流行的叫法是"鹅笼书生"。故事讲的是东晋时阳羡这个地方，有个叫许彦的人提着鹅笼在绥安行山，碰见一个十七八岁的书生卧倒在路边。书生和许彦讲自己脚疼，希望能让他进入许彦的鹅笼中休息。许彦以为这个书生在开玩笑，但书生马上就进入了鹅笼，"笼亦不更广，书生亦不更小"，是说鹅笼没有变大，书生也没有变小，宛然与双鹅并坐，鹅也没有惊慌，许彦提着鹅笼也不觉得重。走到能休息的树下，书生才从笼里出来，说要设宴报答许彦。之后的故事就是一系列中国古代版的变形记或说俄罗斯套娃，有研究古典文学的学者认为这是从佛经中改写来的。

我感兴趣的是，如果各位同学你们是电影导演，现在要拍这样一个"鹅笼书生"的故事，要求拍摄的影片能体现出"鹅笼没有变大，书生也没有变小"这一特征，请问该如何做到？有同学说把书生和鹅笼分开拍，都用大特写，然后加个旁白让观众明白——所以说，没法用视觉画面直接呈现这一点对不对？有同学说只拍他们的影子，反向利用近大远小，意思是让书生在画面后方显得小，鹅笼在前方显得大，影子有种模糊效果，让观众不去较真是不是？但书生要走进鹅笼里去，两者之间还有距离你没办法取消，总是有由小变大，或由大变小这个过程。还有同学说从一开始就找个和书生一样大的鹅笼，或找个和鹅笼一样大的书生去拍——这个有意思了，多少是突破了定势思维。但请注意，这样拍就和文字叙述的原意不相符了，或者说这个故事的奇特之处、这个故事之所以成为故事的特点就被取消了。因为大家在读这个故事时默认的前提就是一个本来较大的对象（书生）去了一个较小的空间（鹅笼）却没随之变小，而一个本来较小的空间（鹅笼）容纳了一个较大的对象（书生）却并未随之变大，这才是它奇特的地方。所以你可以用障眼法、旁白、剪辑等表达出变化前后的景象，但你表达不出这一矛盾的变化本身。如果这一叙述的情节无法在你心里形成图像，那即使借助先进的视觉技术也无法做到——想象力是无穷的，但也不能违反规则，这标志着我们人之为人的局限性。而视觉想象力止步的地方，语言文字的想象依然能够进行下去。所以除了抽象的概念，还有这种矛盾的情景只能被叙述而无法直接视觉化，以及一些自相矛盾的概念，比如圆的方、正方形的第五条边等。

最后一个例子涉及叙述向视觉转化的评判问题，即有的视觉化做得好，有的做得不尽如人意。我们之所以能够给予评判不是因为我们掌握了话语权、拥有什么头衔，或者会一两个糊弄外行的术语，而是因为我们首先有能力给出一个合理而有意义的分析及阐释。我想大家都看过卡夫卡（Franz Kafka，1883—1924）的《变形记》（1915），即使有个别同学没有全部读完，但你也一定知道它开头的第一句话："一天清晨，格里高尔·萨姆沙从一串不安的梦中醒来时，发现自己在床上变成了一只硕大的虫子。"这句话本身就有非常强烈的画面感。之前个别中译本将其译成"甲虫"，但也有说法认为原意其实是"害虫"，有一种贬损之意。人竟然变成了虫子，如果要把这句话进行视觉转换，各位同学肯定都有自己独特的版本。关于《变形记》的阐释历来有很多，所谓生存的荒诞、现代人的异化、身体与身份认同、父权社会的压抑等，我们可以先将这些观点暂时悬置起来，直接进入到一些叙述的细节。格里高尔是一个旅行社的推销员，当他发现自己变成虫子后，想到的第一件事是什么？是害怕上班要迟到了，担心如何工作。可见有一份工作、能挣钱，要比身体外貌的改变更影响自己在现代社会中的生存，更何况他在变成虫子前是家里唯一的经济支柱，还要照顾父母和妹妹。事实上，整篇小说都没有谈格里高尔变形的原因和过程，他是如何变成虫子的并不重要，重要的是他已经变形了的这一结果。他的变形在第一句话里就完结了，整个小说接下来写的自然不是格里高尔的变形故事。

从个体角度看，格里高尔从人变成了虫子；从社会关系方面讲，他丧失了劳动力，从支柱变成了负担。在卡夫卡笔下，前一种变形远没有后一种变形来得可怕，问题不是他变成了非人的怪物，而是这一怪物其实就是现代社会里的失败者（Loser）。这又引发了一连串连锁变形，首先是家里的其他成员为求生存不得不外出工作，其次他们对待格里高尔的态度也在慢慢改变。父母刚开始是经历了一阵短暂的惊吓，感到难过，但很快就要为现实生计而发愁，特别是父亲这样一个权威而理性的角色，他得盘算家里的财产状况，进行长远的打算。对他们而言，格里高尔死了所带来的悲伤要比他变成累赘造成的长期折磨更可取——只不过这需要有契机才能说出来。"久病床前无孝子"，这一点很好理解。整个故事里最严重、最致命的变形发生在格里高尔的妹妹身上，她从整个故事里唯一一个同情照顾哥哥、天真善良的孩子，变成了主动提议铲除他的一个最残酷无情的角色。问题是，她的冷酷一定程度上还能为我们所理解。妹妹在家中拉小提琴讨好租客，却被变成虫子的格里高尔搅局，并且令他们一分钱的房租都没收到。这时候妹妹爆发了：我们为什么要让自己活得这么悲惨呢？我们为什么要认定这个怪物是我的哥哥呢？如果这个怪物真是我的哥哥，它就应该自行了结或者离开，因为哥哥会保护家人，满足我们的愿望，而不是伤害我们，给我们带来麻烦。所以故事最后，格里高尔终于死了，其他人如释重负，他的父母开始准备给妹妹物色一个丈夫。所以这篇小说里的变形是有几层的，要读得出来。

有时候大家喜欢人云亦云，说卡夫卡写的是荒诞的故事。但请注意，荒诞的只是第一句的设定，只是变形可以成立这一前提；从一个荒诞命题推导出的其他结论都是严密而合理的，甚至让你感到除此之外不会有别的可能，特别是对一个生活在现代社会中的人来说，这个故事很难有别的发展空间。所以《变形记》其实比任何写实作品都更深刻地捕捉到了现实的本质，这才是卡夫卡的天才之处。

我搜集了一些《变形记》英译本的封面图片，这些封面几乎都是围绕着人变虫子这样吸引眼球的视觉画面做文章。有的把虫子画得非常抽象，有的带一点超现实主义色彩，但更多的是把它确定为甲虫、蟑螂甚至独角仙这一类的昆虫形象。只有企鹅出版社（Penguin Classics）的版本与众不同，它是这里面唯一一个意识到，变形不只是人变成虫子这样极尽夸张的视觉场面，也是

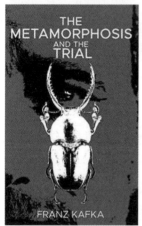

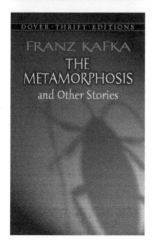

各种版本的《变形记》封面

企鹅出版社版本的《变形记》封面

人与人之间关系的异化和扭曲。所以它的封面图片选的是妹妹在客厅里给租客拉小提琴那一幕，封面里没有变成虫子的格里高尔，只有墙壁上黑压压一片虫子爬过的痕迹，也可能是对社会、家庭的一种喻示。基于以上解读，我认为这个版本的封面视觉设计最为出色。当然，从个人品位、喜好的角度出发，每个人都可以有不同的选择，我并不是要求大家要赞同我的讲法。有不同想法的同学完全可以对此进行反驳，但请注意你也要提供一个自己的分析，且保证一定的专业性——不要把自己的好恶当成论点，而是论证你想表达的观点，进而说服对方。

以上这三个例子，我想已经充分表明了叙事性与视觉性之间的复杂关联。学了这门课的同学，以后千万别张嘴就来"文学是叙事作品，电影是视觉艺术"等这样大而无谓的空理空论了。

二　电影的形式特征

这门课的题目叫"文学与电影"，好像默认了电影就是一种像小说或戏剧一样的艺术形式，但电影并非一开始就被人们视为一种艺术。它最早只是一种新的技术手段，能给人们带来一些以前从未有过的视觉体验——

会动的影像。从技术到艺术的转变需要经历一个过程，而这一过程恰恰对应着电影将对新颖、刺激的视觉性之追求容纳进一个更广阔的叙事性天地中。电影之所以能被普遍承认为是一门独立的艺术，正是因为它具备了用自己的方式讲故事的能力。之后我会从历史发展的角度谈论这一点，但今天我只想就电影艺术的形式特征来给大家描绘一幅预告图，方便大家对这门课今后的内容有所了解。

任何一种独立而自觉的艺术都是以它们自身的形式特征来区分彼此的，比如电影、小说、戏剧、建筑、绘画等，但这并不影响它们分享同一种风格——现实主义、浪漫主义、现代主义等。亚里士多德（Aristotle，384BC—322BC）在《形而上学》（约 350BC）中指出，一个特定的事物作为实体是来自形式和质料两者的结合。质料是事物组成的材料，也就是内容，而形式是每一个事物的个别特征，描述了事物的本质。我们的语言文化里可能潜藏着一种"重内容而轻形式"的风气，经常会批评一些现象"走过场、搞形式主义"，好像形式总是意味着肤浅或流于表面。但在哲学思辨以及文艺批评领域，我们需要摒弃这种偏见。还是亚里士多德说得透彻，形式与质料的关系就好像现实与潜在的关系，质料是还未实现的潜在，形式则是已经实现的现实。所以形式决定了一个事物之所以是其所是，充当了它的身份识别功能，使其与其他对象区别开来。在我看来，电影作为一门艺术具有以下四大基本特征：场面调度（Mise-en-scène）、摄影（Cinematography）、剪辑（Editing）、声音（Sound），它们一齐决定了电影之为电影。

我们先从声音这个看似最不起眼的特征讲起——毕竟早期电影是可以和声音相分离的。当然，这可能只是我的一种偏见。当前学界有关声音的研究非常热门，特别是探讨声音与环境的"声音景观"（Soundscape）成为一个热点，声音的超验性及其在情动力理论（Affect theory）中扮演的角色等，有兴趣的同学可以自行了解，这门课不会对电影中的声音元素进行深入探讨，只是在这里先谈一点音效、配音、配乐等基本信息。电影中的声音总是和视觉画面一起出现，所以无法发挥自己独立的超然性，只能作为影像的辅助。否则的话，我们直接关掉画面去听音乐就好了——绝大多数电影中音乐就是起着增强叙事效果、渲染情绪的作用。比如很多恐怖电影，如果把它的声音关掉，看起来可能就没有那么恐怖；它制造的那种氛围是为了让你更顺利地进入电影的叙事世界中。另外我们有时也会去听自己喜欢的电影原声专辑，没有看过电影的人只会把它当作纯音乐来欣赏，但对于看过电影的观众，当听这类音乐时，会很自然地想起电影的画面和与之相应的故事情节。

前几年去世的一位电影配乐大师——埃尼奥·莫里康内（Ennio Morricone，1928—2020），他的很多作品比如《美国往事》（1984）、《天堂电影院》（1988）、《八恶人》（2015），我想在座的各位都耳熟能详。我个人最喜欢的还是赛尔乔·莱昂内（Sergio Leone，1929—1989）的那部由年轻的克林特·伊斯特伍德（Clinton Eastwood，1930— ）主演的《黄金三镖客》（1966），特别是里面那场经典的决斗戏。我当年上大学第一次看到这里时，三个人最后的对决硬是被剪成了20多分钟——被仪式化的决斗就是一种艺术创作，难免心里越来越焦急，但让我最终耐着性子没有点快进的，不是充满魅力的演员，也不是华丽的拍摄技巧（一连串远景、中景、特写越来越急促的镜头剪辑），恰恰就是这段配乐。所以要感谢这段配乐，让我最终完整地看完了这部电影，所以后来每次回味起来才能越发觉得有趣，领会到一些新的奥妙。

这幕戏刚开始是在外景的一个墓地，有点像古罗马斗兽场似的围成圆形，非常有仪式感。导演先是较为慢速地用全景、中景、近景等镜头分别呈现这三个人如何进入场地、准备开始决斗，还有向上拉深的一两个大远景，把他们三人连同决斗场都包含在画面之内；等到快

《黄金三镖客》中的决斗场景，1966 年

要拔枪时，气氛愈发紧张，音乐愈发激烈，导演调度镜头的速度也越来越快，且全部是特写或大特写，来呈现他们的面部表情，尤其是眼睛、衣着配饰、别在腰间的枪，以及越来越接近枪的手。直到最后枪响，有人应声倒地，镜头的切换速度才恢复正常，且特写几乎没有了。这样一种镜头与镜头之间的调度就是电影的第二个形式特征——剪辑。

剪辑就是把多个镜头组织成一个整体，对影像时空的重组、叙事的进展具有决定性作用。这就好像在写文章时要琢磨一句话和一句话之间该如何联结进而形成段落篇章，拍电影则要在镜头和镜头之间做文章。不论多么具有实验性、先锋意义，只要电影还在讲故事，只要电影还多少具备一个结构，那么它就不可能只有一个镜头；否则的话那只能是对现实的一种无差别摄录，哪怕是事前设计好的"现实"，你也没法一直拍下去——拍下去也没意义，没有观众会用与自己生命等同长度的时间去看一部电影。

剪辑里面的门道很多，比如，剪辑和蒙太奇是一回事吗？为什么有时听人讲剪辑，但有时同样的东西又说是蒙太奇？平行、交叉、对比、象征、主题剪辑／蒙太奇都是指什么，该如何区分呢？我的建议是，不用区分，甚至不用去记住，你只要能在分析电影时看懂镜头之间如何组合，说得出这样组合有什么意义或作用就可以了。我们来看一个例子，经典电影《教父》（1972）中复仇暗杀和教堂洗礼的一段戏。男主角迈克尔·柯里昂终于升上了权力的巅峰，继他父亲之后成为新一代教父，所以他展开了一系列针对其他黑帮家族的复仇暗杀行动，而这些暗杀发生的同时，迈克尔正在教堂为一名女婴举行洗礼仪式。短短五分钟内，几十个迅速且频繁交换的镜头让观众明白谋杀和洗礼这两件不同的事情，是在同一时间、不同地点发生的。这也是一种规训，一种约定俗成，我们看电影时会觉得一切是顺理成章的，同时看到谋杀的发生和洗礼的进行也没觉得有什么不妥，但现实中身处某时某地的人，不可能同时见证到另一个地方的其他事情。所以影像的剪辑其实给了我们一种重新把握时空的能力，一种比阅读小说更为直观的上帝视角。正是在这个基础上，谋杀和洗礼这两件事情形成了极为强烈的对比，具有鲜明的象征意义——善与恶、光与暗、圣洁与暴力、纯洁与堕落。当迈克尔和神父说他放弃撒旦、拒绝他的一切作为时，所有观众都能看懂他其实正在成为新的撒旦。所以剪辑能把时间和空间放大或缩小，能把不同的事件联系起来产生新的意义。

　　剪辑是以镜头为单位进行创作，那么如何拍摄镜头就是电影的第三个形式特征——摄影（Cinemato-graphy），英文的字面意义是运作摄影机来进行写作，换言之，这涉及拍摄的方法。一般而言，这里面包括三个要素：镜头的摄影特性、镜头的画面构图以及镜头拍摄的时间长度。喜欢摄影的同学对这些应该很熟悉，所以我建议大家不要去记以下这些概念，在实践中玩两次再对照看看就都明白了。从镜头的构图来看，主要是拍摄对象在景框中与其他事物的位置关系，即不同的透视关系，比如有单点透视、双点透视和利用视错觉的强迫透视。镜头自身属性中最重要的就是焦距，我们根据焦距的大小来划分，焦距在 35—50mm 之间是最接近人眼在正常条件下看到的景象，即没有扭曲的透视；焦距小于 35mm，是夸大景深、视野宽阔的广角镜头；焦距在 75—250mm 之间，是视野狭窄、减少景深的长焦镜头，这种镜头处理的四周景物呈现出一种扁平化、挤在一起的感觉；除此之外根据清晰度来划分还有对焦、失焦的区别。从取景角度来看，景框的长宽比，我们一般称之为纵横比（Aspect ratio），对应不同时期的电影屏幕是不一样的；从拍摄角度来看，有仰角、俯角、水平等划分；而从摄影距离来划分，就是我们之前谈到的全景、中景、近景、特写等类型。电影作为一种叙事艺术，它与以小说为代表的文学作品唯一的区别就在于，它的基本单位是镜头而非语言。

最后一个形式特征就是场面调度，其原文"Mise-en-scène"是法语，源于剧场，本来指的是固定舞台上一切视觉元素的安排。在电影领域，就是把舞台换成摄影棚，指导演为摄影机安排的场景以及场景中的一切元素，以此来进行拍摄。这也是电影唯一与戏剧艺术一脉相承的元素。具体来说有布景（你想拍一个什么样的场景）、服装道具（反映这个地方所处的时代及具体定位），还需要演员的演出、化妆等细节来进一步赋予这个场景的"真实性"或说感性。此外还有灯光、色彩、空间关系（演员的站位和走位）等。所以观众从电影上随意截取的一帧画面可能感觉是很自然的，但对导演以及电影的创作者而言，每一帧画面都是场面调度的直接反映，理应是经过深思熟虑的。在具体分析时，镜头里任何一个看起来"随意摆放"的东西你都不能随意处理或略过，越是觉得自然越是要叮嘱自己这其实是有意为之的，因为这时的你是研究者而非电影院里的消费者。为什么影片会给你看这些东西而不是另外一些？为什么会让你用这种视角去看而不是另外一种？再烂的电影都是有想法的。又或是那些标榜自己完全写实的纪录片、独立电影，它永远会有创作者自己的介入。

现在我们简单总结一下电影的四种形式特征：场面

《月球旅行记》电影海报，1902 年

调度就是拍什么，摄影关乎怎么拍，剪辑是指如何把拍好的镜头组织成叙事，而音乐为的是增强叙事效果、影响观众。请注意这样一个总结肯定不是什么正确答案，说它是片面不完整的一点也不为过。不过我觉得大多数没有基础的同学可以把它当成一种参考、一个线索，便于你快速融入到这门课的学习之中，结合文学研究的方法来分析电影。

最后，我想请大家一起看一下最早的一部叙事性电影，乔治·梅里爱（Georges Méliès，1861—1938）的《月球旅行记》（1902）。它不是第一部电影，准确来说也许不是第一部叙事性电影——可能很多其他老电影湮灭在历史长河中不为我们所知，但就目前看来，它是第一部讲了一个完整故事的电影。这个故事来源于凡尔纳的科幻小说。当时由于条件、技术所限，没有特效，没有声音，然而不同语言、文化、种族的观众都能看懂这个故事——一个从地球乘坐大炮前往月球历险的故事。但大家想一想，是什么因素促使你看懂的？天马行空的想象？演员夸张的表演？戏剧色彩浓厚的肢体语言？舞台布景设置？还是连续完整的镜头表达？没错，我觉得就是因为梅里爱运用了剪辑，在不同的布景中表演不同的情节，再根据故事的发展顺序将这些情节连贯在一起，所以就带出了故事的起承转合。剪辑让会动的影像得以开口讲故事。

参考文献及相关电影

● [哥]加西亚·马尔克斯著，杨玲译:《霍乱时期的爱情》(海口: 南海出版公司, 2012)。

● [奥]弗兰茨·卡夫卡著，叶廷芳等译:《变形记》，载《乡村医生》(北京: 人民文学出版社, 2017)，第19—96页。

● 吴均:《永平铜盘》，载《续齐谐记》，"维基文库"https://zh.m.wikisource.org/zh-hant/%E7%BA%8C%E9%BD%8A%E8%AB%A7%E8%A8%98。

● Walter Benjamin, "The Storyteller: Reflections on the Works of Nikolai Leskov," in *Illuminations*. Translated by Harry Zohn and edited by Hannah Arendt (New York: Schocken Books, 1969), 83-109.

● György Lukács, *The Theory of the Novel: A Historico-philosophical Essay on the Forms of Great Epic Literature*. Translated by Anna Bostock (Cambridge: The MIT Press, 1974).

● 《黄金三镖客》(*The Good, the Bad and the Ugly*)，导演: 赛尔乔·莱昂内 (Sergio Leone), 1966。

● 《教父》(*The Godfather*)，导演: 弗朗西斯·福特·科波拉 (Francis Ford Coppola), 1972。

● 《月球旅行记》(*Le Voyage dans la lune*)，导演: 乔治·梅里爱 (Georges Méliès), 1902。

叙事性才是电影成为艺术的关键

绘画、摄影与电影的诞生

这一讲我们会从历史的脉络，展示电影如何从一种新的技术转变为一门独立的艺术。上一讲我向大家简单介绍了文学与电影的异同，特别是叙事性与视觉性之间的纠缠及互动，让大家忘掉那种教科书上常有的无谓论断——即电影是一种视觉性的小说，而小说是一种叙事性的电影。有的同学也许能发现这个"梗"，我其实借鉴了莱辛（G. E. Lessing, 1729—1781）的《拉奥孔》（1766）的开篇架构。他在这本书里以拉奥孔雕像为例探讨诗与画的界限，开篇就是反对一种普遍而流俗的观点——认为画是一种无声的诗，诗是一种有声的画。莱辛并不完全否认诗与画之间的紧密联系以及交互影响，他厌恶的是文艺批评家不假思索地把上述套话当作恒定的真理并拿来套用一切实例。第一个提出诗是有声的画、画是无声的诗的人，无疑有些天才的敏锐，但后世亦步亦趋的盲从者也许只是尝到了重复他人妙语的快感。所以密尔（J. S. Mill, 1806—1873）在为言论和思想自由辩护时，一个很重要的理据是：哪怕是完全正确、充满真理的意见，如果不把它放进切实的讨论中让它接受热切而认真的辩驳，大多数人其实无法理解或感受到这一意见的真理性——他们信奉这种"真理"本质上不过是持有一种偏见罢了。同理，很多人讲文学强调叙事、电影侧重视觉这类话时，并没有在脑子里好好思考这两者，而是在重复一个似是而非的"偏见"。当然，我的看法未尝不是一种偏见，故而期待大家在仔细读书、认真思考的基础上也一视同仁地对其加以批判。我认为，从历史的角度看，视觉性是电影之为电影的根本，但叙事性才是电影从技术升华为艺术的关键。为了说明这一点，今天的课程分为三个部分：

首先是关于西方视觉艺术史的一次极简导入，主要是回顾一下透视法与西方现代绘画的演变——这是理解现代性与视觉文化必不可少的背景知识；其次，我们在现代文化兴起的背景下考察电影的诞生及其影响，梳理一下"现代性"的多重涵义；最后，放映马丁·斯科塞斯（Martin Scorsese，1942—　）的《雨果》（2011），其中有关于《月球旅行记》的导演乔治·梅里爱的故事。这部电影本身就是现代性要素的一次汇展：19世纪的巴黎、铁路火车站、钟楼、机器人以及电影。

一 透视法与西方绘画艺术的演变

1 西方古典绘画中的透视法

　　有一种常见的说法，认为西方绘画，特别是古典作品，重在写实，而中国画则讲求写意，所以在描绘对象上，或说反映现实方面，西方画比中国画更加真实。作品是否符合现实并不是评判一件作品好坏的唯一标准，这点我们早已达成共识。但大家想一想，是什么因素让我们觉得某些西方画看起来更真实呢？有同学说是西方画注重明暗对比，有同学说是西方画构图符合近大远小的原则。都没错，这些因素综合起来就是一个术语——"透视法"（Perspective），它集中体现了西方绘画艺术对再现现实的追求。

　　透视法本质上就是一种将三维世界的对象再现在二维平面上的绘画技巧，在中世纪就已出现，但却随着文艺复兴而兴起。为了使绘画具有透明感和立体感，传达出一种写实的效果，它必须包含以下几个基本要素：水平线（Horizontal line），也叫原线，指和画面平行的线；所有不与画面平行的线则叫消逝线（Disappearing line）或变线，因为它们都向一个点集中，在此消逝；这个点就叫作消逝点或灭点（Vanishing point）。下面这幅图画《透视法下的罗马遗迹》非常清晰地展示了这三个要

《透视法下的罗马遗迹》（*Roman Perspective*），粉笔石墨画，1525 年，藏于佛罗伦萨乌菲兹美术馆（Galleria degli Uffizi）

素。图画作者是文艺复兴时期的画家、建造师——巴尔达萨雷·佩鲁齐（Baldassare Peruzzi，1481—1536）。这是一个典型的剧场透视布景，水平线很容易确认，灭点就在画面正中的拱门，所有不与画面平行的线都在此消逝。明明是在平面上创作的画，却因此像是有了深度，似乎作为观者的我们也能顺着这条街道走向"远处"的拱门。画中的明暗对比，特别是阴影效果，都强化了这种纵深感。然而透视法的意义并没有停留于此——它不仅仅让二维的绘画作品看起来像三维世界，更暗含了一种视觉上的控制与秩序，进而为人们进入、掌控、管理空间提供了认识论上的基础。

我们再来看另一个例子，也是文艺复兴时期的画家皮耶罗·德拉·弗朗切斯卡（Piero della Francesca，？—1492）的名作《鞭笞基督》（1468—1470）。由于是名画，且具有浓厚的宗教背景，这幅画历来有很多不同的解读。但我想让大家关注的不是这幅画的内容和主题，而是其中透视法之于客观视角、科学知识，以及从地方向空间转化的意义。

皮耶罗是一位伟大的画家，同时也是一位伟大的数学家。说白了，透视法就是通过一定的法则将三维世界的物体映像在二维平面上，这是一种数学的方法，代表着一种不同以往的科学语言，使人们能以一种新的方式

《鞭笞基督》(*Flagellation of Christ*)，蛋彩画，约 1468—1470 年，藏于乌尔比诺马尔凯国家美术馆（Galleria Nazionale delle Marche）

看待世界，感受时间与空间。如果绘画的目的是尽可能再现外在对象，那么透视法就自然会占据视觉艺术的主宰地位。当它一旦成为一种美学上的主流标准，我们就会习惯性地将这种观看世界的视角当成再现世界的唯一正确方式——客观性，即科学标准的前身。在皮耶罗这里只是世界客观化的开始，一切从形形色色、彼此各异的地方向同质、抽象空间的转化。

透视法下一次的飞跃则是笛卡尔（René Descartes，1596—1650）和他创立的解析几何，或者叫坐标几何。我想大家中学时一定都学过如何围绕一个几何图形建立二维或三维的直角坐标系，利用已知的数值信息，通过求解几元几次方程来获取该几何图形的其他数值信息。所有的空间几何问题，都能借助此种转化，由代数计算的方式加以解决。我们在纸上画坐标系，用代数的方法解决几何问题，不正和利用透视法再现对象的画家们一样做着类似的事情吗？当然解析几何的抽象化更加彻底，所以它能达成适用一切的普遍化：从此以后，世界上再没有什么神秘的、不可进入的地方了，一切依赖故事和想象，身处在山野、洞府中的鬼怪精魂都无处遁形了——不是那些打着科学旗号的生产力和技术革新摧毁了它们，而是我们身处的整个世界、所有空间，理论上都能被转换成抽象的运算符号。如果世界上的任何一处

如果世界上的任何一处场所、任何一点都能以（x，y，z）的方式呈现，哪里还有供山鬼、狐仙生存的地方呢？

场所、任何一点都能以（x，y，z）的方式呈现，哪里还有供山鬼、狐仙生存的地方呢？也只有因为世界上的任何一点都能以（x，y，z）的方式呈现，我们才能认识、改造自然，进入、掌控空间。这恰恰也是现代性的祛魅过程（Disenchantment），不一定是轰轰烈烈的生产技术革新，可能仅仅一个念头、一种视角的变化，就再也回不去了。

借助以上两个例子，我想大家已经能够理解西方绘画艺术中的透视法以及它超越绘画以外的重要意义。仔细讲起来会更复杂，这里我只补充一点：假如灭点不固定，而是随着观者的视角移动，会是怎样的情形呢？首先它可以是一种歪曲的投射，即以变形的方式来呈现绘画对象，更像一种视觉上的游戏。比如小汉斯·霍尔拜因（Hans Holbein the Younger，约 1497—1543）的那幅名画《大使》（1533）。

画面上的两位男士衣着华丽，雍容高贵，显示出他们作为大使的身份。左边那位的装扮明显是航海家，手里还拿着望远镜；右边那位穿的是教士的服装，有点学者风范。他们身后的木架上摆放着地球仪、日晷、鲁特琴以及一些书籍。我们很容易捕捉到一些象征意味：权力、财富以及知识，这正好对应了 16 世纪地理大发现、殖民扩张开始的现代西方世界。不过地毯上一个看起来

《大使》（*The Ambassadors*），油画，1533 年，藏于伦敦国家美术馆（The National Gallery）

有点别扭、奇怪的图形引起了我们的注意。变动下视角，从右侧高处或左侧低处仔细看，你会发现它其实是一个人的头盖骨，明显意喻了死亡。也许这幅画是想告诫人们：无论你在社会中的地位多么显赫，积累了多少财富，抑或拥有多少知识，人之为人，最终都难逃一死。这种古老的劝诫通过一种创新的作画技巧表达出来，无疑更值得玩味。

另外一种图画中灭点移动的情况，就是中国画，特别是山水画中所谓的"散点透视法"。有一些执着于传统画论的人拒绝使用西方概念来理解中国画，要用高远、平远、深远等说法，我觉得叫什么无所谓，但大家必须知道这种"散点透视"或"三远透视"和我们刚才接触到的西方绘画中的"焦点透视"其实指涉的是两个不同的表征系统：前者和科学的语言没有关系，只有后者才能衍生出一种以抽象符号为核心的近代认识论。让我们以北宋画家郭熙（约 1023—1085）的《早春图》（1072）为例来说明。

郭熙在《林泉高致》一书中对"三远"有具体的解释："自山下而仰山颠，谓之高远；自山前而窥山石后，谓之深远；自近山而望远山，谓之平远。高远之色清明，深远之色重晦，平远之色，有明有晦。高远之势突兀，深远之意重叠，平远之意冲融而缥缥缈缈。"我们

《早春图》, 水墨山水, 1072 年, 藏于台北故宫博物院

据此可以很容易地在图画中找到这三远。高远是观看者的视点从低处仰望高处，所以我们的目光停留在画面最上方高耸入云的山巅；深远是观看者的视点从山前望向山后，就在画面左方有一条绕向山后的小径；平远是从近山望向远山，所以应该是从画面中央偏右、小瀑布的上方那块明晰而厚重的山顶，望向背后躲藏在云雾之间的远山。现在你可以看到，中国画同样可以传达出空间的深度——这不是焦点透视法的专利；由于有三个不同的视点，画中的时间是延展流动的，不像刚才的西方绘画那样如永恒一般。

在艺术手法、审美意境方面，山水画和西方绘画没有什么高下之分、好坏之别。但山水画这种散点透视的绘画空间，无法以科学的方式认识、进入。郭熙绝对没有用数学的方法作画。你可以把《早春图》拆解为三个部分去分别考察那些视点，但没法将它们整合进一个能映射现实空间的坐标系中。不是说山水画画得不够真实——它当然也是"师法自然"，只是因为它不想再现对象，不追求把三维的世界搬到二维的平面上，所以它产生不了将空间抽象化的工具，也不需要那种通过某种比例或原理去表征对象的方法。透视法在改变我们观看、认识世界方面最重要的产物就是客观性这一建构，而山水画和它是无缘的。

2 现代风格及对透视法的挑战

透视法在文艺复兴中逐渐兴起、发扬光大，主宰了之后理性时代、启蒙运动、工业革命中的视觉艺术——历经浪漫主义、现实主义、印象派，直到以后印象派为开端的现代主义艺术兴起，它的地位才遭到挑战。我要再强调一遍，请大家不要把这些主义、流派之类的术语当作金科玉律，它们既然是人为的知识分类方法，就必然会充满矛盾和争议——特别是不要把它们想象成一种线性历史发展中前后替代的关系。在这里我们通过几幅作品来简要领略一下每种风格的主要特征，希望大家能掌握一些解读绘画的基本分析线索，这在以后分析电影镜头画面时也是有用的。但凡一幅画，总有它要表达的主题，有它所呈现出的形象，有形象组合成的结构，以及描绘这一切所需的线条和色彩，最后再加上你个人对它的主观感受。下次当你走进一家美术馆或参观画廊时，试着用这几条线索去解读一下各种画作，说错了也不要紧。但记得不要轻易说自己看不懂，大多数人说看不懂视觉艺术其实是因为他们懒得思考，或不想费劲去表述自己的思考与感受。

第一幅画是浪漫主义的代表作，德国画家卡斯珀·弗里德里希（Caspar David Friedrich，1774—1840）的《雾海上的漫游者》（1818）。一位身着黑衣的登山者矗立于画面中央，背朝我们，望向远处绵延不绝的、被雾海笼罩的崇山峻岭。他在的位置正好覆盖了透视的灭点，凝聚起观者的视线。显然画中的风景不是写实的，而是画家主观理想的提炼，这是风景画形塑出的自然之美。有同学说从远方和群山中感受到了壮美，有同学说感受到了自然的恐怖，还有同学说画中的风景召唤出了一种崇高感——这位同学应该读过康德（Immanuel Kant，1724—1804）的《论优美感和崇高感》（1764），自然中有一些超出我们人类认知限度的景象，比如辽阔的群山、狂风暴雨、火山爆发等，这些景象会带给我们巨大的压迫感，让我们意识到自身的渺小，但随即又会在我们心中唤起一种更高层次上的感动。

虽然大家对这幅画的感受各不相同，但有一点是确定的，即它显露出大自然的神秘莫测——强调回归自然正是浪漫主义的一大特征。而浪漫主义的另一特征就体现在画中这位漫游者身上——独一无二的人之主体。我们不知道这位仁兄是在享受征服自然后的喜悦，还是面对辽阔无尽的天地感到了哀伤——我们无法界定他的情绪，也明白不了他的想法，但我们能从中感受到一种人特有的、彻底的孤独。这种孤独是一种本原的、形而上的孤独，人能感到的欢乐与悲伤、达成的伟大与渺小，其实都是短暂的，终会过去，但孤独作为一种生存状态

《雾海上的漫游者》（*Wanderer above the Sea of Fog*），油画，1818 年，藏于汉堡美术馆（Hamburger Kunsthalle）

却是永恒的。个体自我与神秘自然是联系在一起的，正是这种有限和无限之间的张力，让这幅画有了广袤的阐释空间。

关于浪漫主义，再多说一点，就是不要把它简单视为一种艺术风格或个人气质，它其实深刻地影响了我们的认识方法，甚至颠倒了我们原有的价值评判标准。比如在座的大家都有自己的个性，会注重自己的品位，追求与众不同，不甘平庸。在过去，平庸的生活并不是一种罪过，但浪漫主义视平庸为大敌，哪怕大好大恶、不被世人接受的处世之法都要比平庸好。所以浪漫主义者一定要离家出走，逼着自己去往远方，即使他心里明白远方并不一定比这里更好；所以浪漫主义者的思乡情结是自己强加给自己的，是为了证明自己能按照理想的方式存在；所以浪漫主义者孜孜不倦地寻找注定不可得的理想，无论他表现得多么怀念过去、多么渴望回家，也不会真的回去。有同学说这是一群很拧巴的人，没错；也有同学说，为了与众不同而与众不同有什么意义呢？但请注意，按照浪漫主义的讲法，意义是人自己发明的，是自我赋予的。既然要肯定个人天性，而每个人的天性又彼此不同、很难调和，那么就只能是你坚持你的主张，我珍惜我的追求，不存在所谓客观的对错标准。哪怕我追求的是一件所有人都认为不值的东西，但只要我的信念没变，我仍在坚持，那么这件事就没有问题。

这种态度或说观念，在我们现在的生活中依然非常普遍，这正是浪漫主义的影响之一。以赛亚·伯林（Isaiah Berlin，1909—1997）和卡尔·施密特（Carl Schmitt，1888—1985）对浪漫主义此种特征的阐发在我看来最具魅力。我就用前者的一段话来予以小结：

> 对于浪漫主义而言，活着就是要有所作为，而有所为就是表达自己的天性。表达人的天性就是表达人与世界的关系。虽然人与世界的关系是不可表达的，但必须尝试着去表达。这就是苦恼，这就是难题。这是无止境的向往。这是一种渴望。因此人们不得不远走他乡，寻求异国情调，游历遥远的东方、创作追忆过去的小说，这也是我们沉溺于各种幻想的原因。这是典型的浪漫主义的思乡情结。如果赐予浪漫主义者他们正在寻找的家园，给他们谈论的和谐与完美，他们却会拒绝这样的赐予。原则上来说，在定义的层面，这些东西都是可追求而不可得到的，而这正是现实的本质。

第二幅画是法国画家让-弗朗索瓦·米勒（Jean-François Millet，1814—1875）的《拾穗者》（1857）。

米勒在中国非常著名，素有"画圣"之称，我猜大概是受到"五四"那一辈人比如徐悲鸿、丰子恺等推崇的缘故。他和同一时期的法国画家古斯塔夫·库尔贝（Gustave Courbet，1819—1877）被视为19世纪西方绘画中现实主义的代表。"现实主义"这个概念大家都不陌生，不论是在文学还是绘画领域，现实主义都强调把作品当作一面镜子，按照生活本来的样貌去反映生活。库尔贝有句名言："我不会画天使，因为我从来没有见过他们。"所以现实主义的画作里面基本上不会有希腊罗马神话中的英雄、仙女或者王公贵族，也不会刻意营造写意的、象征意味浓厚的风景。画家画的就是常见的人物和日常的生活。

米勒这幅画反映的是当时农村生活中一个很普通的场景。秋天金黄的麦田里，三位农妇弯腰拾起地上的麦穗。这幅画的透视效果、稳定的三角构图让它看起来像定格的照片一样；阳光从左侧洒下，黄昏时分，人物的动作在逆光中显得更加坚毅；红黄蓝三原色的运用以及整体温暖的色调，让这幅画作中平凡生活的瞬间蒙上了一层永恒的宗教气质。拾穗的故事源自《旧约圣经》，耶和华要求那些拥有田地的人在收获时不可割尽田角，也别去捡那些遗漏在地上的麦穗，而要把它们留给穷人。若知道这个典故，你就会明白这三位农妇不只是农

《拾穗者》(*The Gleaners*)，油画，1857 年，藏于巴黎奥赛博物馆 (Musée d'Orsay)

民，还是农民中最穷苦的那一类。而米勒却把她们塑造得犹如史诗中的英雄，拥有光泽——祛除了戏剧性和过分的表现；又像希腊的古典雕塑一样，达到内容和形式的和谐。每当看米勒的画时，我就会觉得温克尔曼（J.J. Winckelmann，1717—1768）所谓"高贵的单纯，静穆的伟大"完全能够从古典艺术那里进入到现代作品中。

很多人喜欢引用罗曼·罗兰（Romain Rolland，1866—1944）所作《米勒传》（1902）中的一句话，大意是说从来没有画家能像米勒这样，赋予万物所归的大地如此雄壮、如此伟大的感觉与表现。但我觉得这句话的前面半句更重要——罗曼·罗兰称米勒将全部的精神灌注给了永恒，认为永恒的意义远胜过刹那。所以《拾穗者》是古典的作品，它里面的时间绵延悠长，好像停止了一样，我们不会去期待弯腰拾穗的农妇在下一刹那、下一瞬间会有什么变化，好像她们就应该一直保持这种样子；而刹那、瞬间，时间的快速变化，则是现代性的核心所在。到印象派那里，我们才会感受到这种新的时间经验对视觉性的冲击。

下面这幅莫奈（Claude Monet，1840—1926）的《印象·日出》（1872），我想各位同学再熟悉不过了。它画的是莫奈的故乡，法国勒阿弗尔港口晨雾朦胧时的日出

《印象·日出》(*Impression, soleil levant*)，油画，1872 年，藏于巴黎玛摩丹美术馆
(Musée Marmottan Monet)

景象。这幅画在巴黎送展时，遭到当时评论家的讥讽，认为看起来像没有完成的草图，充满了模糊的印象，遂有"印象派"这一称呼。那请大家讲一讲你对这幅画的感觉，以及你认为印象派的主要特征是什么？有同学说他们注重室外写生，强调自然光的呈现——没错，这幅画的光影效果要高于图像中的任何细节安排，印象派讲究要按人眼实际看到的景象绘画。有同学说色彩效果很特别，一轮红日冉冉升起，逐渐将光亮投射到橙黄色的云彩上，倒映在水里的影子呈橘红色，而弥漫的蓝灰色雾气给人一种水天相接的感觉——我们依稀能够辨识出远处的建筑、吊车、桅杆，这是一个正在作业中的现代港口。有同学说画笔是断断续续的，制造出模糊朦胧的印象——所以丰子恺有个说法是，印象派的画要远看而不宜近看，因为近看都是些斑驳的色点或色条，而远看则其中的光影与色彩极为逼真，就跟真的光线下看到实物的那一瞬间是一样的。我再加上一句，印象派的画要多幅同类题材放在一起看，而不宜单独一幅一幅去细看、解读。因为它其实是让你去体验而不是让你观看、沉思的作品。所谓印象，正是那一瞬间你对光线和色彩的感受与捕捉，转瞬即逝。你没法细看或沉思一个瞬间，如果硬要这样做，你其实只能把瞬间定格、凝固，变成永恒的样子，或至少把时间拉长；但那样的话就不是人真正体验到的瞬间，所以只能是印象和感受。

这几位同学讲得都对，不过我个人觉得，这一切其实都是为了让印象派能把时间上的瞬间归还给绘画。像莫奈的上百幅《睡莲》还有《鲁昂大教堂》系列，每一幅都不同，不是绘画的对象不一样，而是绘画的对象在每一个瞬间看起来都不一样。本雅明有个说法是，现代性本质上是一种震惊体验（Shock experience），但你先得把时间理解成一个一个独特而即逝的瞬间，才有可能获得这种现代性经验。而莫奈除了画工业港口这种以前画家不会画的题材，还喜欢画火车站——铁路和电影亦是与现代性关系最密切的两大发明。印象派明显受到现代技术发展的刺激以及工业化都市生活环境的影响，所以印象派画家就和波德莱尔（Charles Baudelaire，1821—1867）笔下的风俗画家居伊（Constantin Guys，1802—1892）一样，都是现代生活的画家，都捕捉到了时间打在我们身上的印记。但印象派艺术从未放弃再现现实这一出发点，甚至追求的是加进时间因素以后更真实的瞬间光景，所以大多数艺术史分类都不会把印象派当作一个现代主义的艺术流派。现代主义视觉艺术发端于所谓的后印象派。

所谓后印象派画家最出名的有三位：塞尚（Paul Cezanne，1839—1906）、凡·高（Vincent van Gogh，

1853—1890）和高更（Paul Gauguin，1848—1903）。像高更就批评印象主义只关注画家的眼睛看到了什么，一味地研究色彩，把绘画变成了一种科学实验，但却没有思想、没有神秘感。塞尚有句名言，说绘画绝不意味盲目地复制现实，而是要寻求各种关系的和谐。所以绘画艺术在这里开启了一种新的主体性：画什么不重要，重要的是怎么画；画作不是"影子的影子"，而是一场光线、色彩与形象的表演，它本身就是一个自足的世界，不需要受制于现实；绘画要表现的是画家的艺术思想和主观情感，从此以后对画作的阐释要比画作的内容更为重要。

凡·高和高更的生平经历与他们的作品一样充满魅力，我想大家都非常熟悉了。这里我们只谈一点塞尚，他可能不是你最喜欢的画家，但在任何人列的名单里都绝对是最重要的画家之一。塞尚常被称作"现代绘画之父"，主要原因有两点：一、他真正脱离了自透视法主导以来，西方绘画追求写实，试图客观再现现实的主流传统；二、他之后所有的现代主义风格及绘画技巧，都能在塞尚的画作里找到源头。

塞尚画得最多的是静物画与风景画，它们表现的对象不同，却有异曲同工之妙。我们来看《高脚果盘》和《圣维克多山》这两幅画，很明显他不是为了客观再现

《高脚果盘》（*Still Life with Fruit Dish*），油画，1880 年，藏于纽约现代艺术博物馆（Museum of Modern Art）

《圣维克多山》（*Montagne Sainte-Victoire*），油画，1904—1906 年，藏于巴黎奥赛博物馆

那些静物水果、盘子，以及家乡圣维克多山的自然风景；画上的色块与形象似乎在审视所谓绘画自身的纯粹性。首先与印象派模糊朦胧的绘画语言相比，塞尚笔下的物象明晰而坚实。他一方面用几何形状将所画对象的形象高度简化，另一方面使用深色且强力的线条勾勒出轮廓。请注意，这里的线条正是对现实的反叛——因为现实中物体轮廓只有界限，这么直白、夸张的轮廓线是画家作画时心中的产物。

其次，相较于之前的透视法则讲求的近大远小——距离上的不同引起视觉上的虚实差别，塞尚明显不在意这一点，画中物象的清晰度几乎是一致的。此外，他会故意歪曲透视关系或是把个别对象画得形态奇怪，看起来有点别扭，但却使整幅画中所有视觉要素达致一种秩序与平衡。以前曾有人这样评论塞尚的静物画："如果你想从 17 世纪荷兰画家的静物画中拿掉一个苹果，它会好像立即到你手中；但你如果想从塞尚的静物画中拿掉一个苹果，它会连带把整幅画都一起撕下来。"这正说明绘画的目的从再现对象转向了建立一个独立自主的世界。

最后，我们再关注一下塞尚作品中的色彩，特别是这幅风景画中的色彩。有同学说颜色丰富，我倒觉得丰富可能还谈不上，但色彩强烈、富于变化这一点是没错的。你再仔细观察就会发现，塞尚画中的色彩也是有主体性的。那些物体的形象其实完全是由色彩组成、形塑的。现实中的风景被回炉重造变成了色块与形状，各个物象由不同的色块组合在一起，是颜色的变化取代了传统的远近关系和明暗对比。这种强烈而变化的色彩也反映出塞尚本人深沉的精神世界：风景被他当作一种道具，用来研究、探讨绘画本身的形式性——色彩与形象之间更多元开放的可能联系。

到这里为止，我们已经很清楚地看出塞尚脱离了客观再现的主流传统后，开启了现代主义绘画艺术的两大潮流：一是强调结构秩序、几何形状的抽象艺术，比如立体主义、风格主义等，代表作有毕加索（Pablo Picasso，1881—1973）的《亚维农的少女》（1907）；一是注重主观情感和抒发自我的表现主义艺术，如野兽派、德国的表现主义等，代表作有马蒂斯（Henri Matisse，1869—1954）的《生之喜悦》（1905—1906）。要细分的话，里面还有达达主义、超现实主义、未来主义、俄国的前卫运动等，大家有兴趣可以自行了解、学习。不过对我们的课程来说，绘画部分讲到这里也就足够了。如果大家对西方视觉艺术中的透视法感兴趣，可以去参阅约翰·伯格（John Berger，1926—2017）的入门著作，或者艺术史大师潘诺夫斯基（Erwin Panofsky，

1892—1968）的名著《作为象征形式的透视法》（1927），
精彩至极，发人深思。

二　电影作为一门独立艺术的确立

1　从摄影到电影

以上围绕透视法及其复制现实之企图所展开的绘画历史，你可以把它看作西方视觉艺术内部的一种美学演进或者说风格变化，但我们也要考虑它所面临的外部环境与技术挑战。小孔成像原理、作为绘画辅助工具的暗箱由来已久，不过直到 19 世纪二三十年代才形成真正的照相术——我们常说的达盖尔摄影法并非是最早的摄影发明，但达盖尔的"银版法"大大缩短了曝光所需的时间，使得这一技术普遍流传开来。

印象派画作中的光线设置明显已受到摄影技术的影响，且印象派画家很多人都是业余摄影爱好者；而后印象派亟待让绘画与摄影划清界限，凸显绘画自身的独特性与纯粹性，无疑也是因为遭到了这一技术的挑战。摄影术某种程度上实现了透视法的机械化、标准化，如果绘画的目的是复制现实，那么再天才的画家也比不上一台傻瓜摄影机。柯达相机早年的广告标语深入人心，它的一幅广告宣传画中著名的那句"你只管按按钮，剩下的交给我们"(You press the button, we do the rest），就是声称对于相机这一产品，任何人不经过培训都能在日常中使用。过去画家试图再现对象，除了眼睛的观察，最重要的就是他积累的手上功夫，他那拿着画笔的手才真正起到了完成写实任务的功能。但现在这样一个复杂的过程被简单地按下按钮这一动作取代，只需用眼睛尽力去捕捉想拍的东西就行了。

另一幅广告宣传画主打的是"和柯达同在家"(At home with The Kodak），似乎家家户户都应该备一个相机，随时记录你和家人生活的点点滴滴、温暖回忆。然而这种情感消费也是被灌输、被规训出来的，渐渐地就变成，好像不去拍照就没有在生活——你吃了米其林三星餐厅，你去了埃菲尔铁塔旅游，但如果没拍照记录下来（虽然你之后也不会怎么看），就好像你没有吃过、没有去过一样。对视觉意象的消费，被巧妙地转换成对生活的挽留和延续，对时间流逝的抵抗。就人这种有限性的存在来说，没有比这更大的诱惑了。

摄影与绘画之间的竞争，对先前艺术范式和标准的颠覆，以及摄影自身是否可算作是一门艺术，有关这些问题的讨论从 19 世纪开始延续至今。本雅明就认为摄影技术的出现使艺术作品原有的灵光（Aura）消散，进入了一个机械可复制的时代。他在 1931 年发表的《摄

THE KODAK CAMERA.

"You press the button, -

- - - we do the rest."

The only camera that anybody can use without instructions. Send for the Primer, free.

The Kodak is for sale by all Photo stock dealers.

The Eastman Dry Plate and Film Co.,

Price $25.00—Loaded for 100 Pictures. ROCHESTER, N. Y.

A full line Eastman's goods always in stock at LOEBER BROS., 111 Nassau Street, New York.

柯达相机广告之一，1881 年

At Home with
THE KODAK

Make Kodak your family historian. Start the history on Christmas day, the day of home gathering, and let it keep for you an intimate pictorial history of the home and all who are in it. Make somebody happy with a Kodak this year—the pictures will serve to make many people happy in the years that follow.

Unless you are already familiar with Kodakery, you will find the making of home portraits much simpler than you imagine—so simple, indeed, that the novice often gets the credit of being an expert. To make it still simpler we are issuing a beautifully illustrated little book that talks about home portraiture in an understandable way that will prove helpful to any amateur. Whether you already have a Kodak or not we would like you to have a copy of this book.

Ask your dealer or write us for a free copy of "At Home with the Kodak."

EASTMAN KODAK CO., ROCHESTER, N. Y., The Kodak City.

柯达相机广告之二，1910 年

影小史》和1936年发表的《机械复制时代的艺术作品》两篇经典文章（后者更多指涉电影），都是在探讨现代视觉技术（摄影和电影）的出现，使一切变得可以复制，人们置身于一种"视觉潜意识"（Optical unconscious）中（摄影机能呈现出人眼看不到的世界，而我们会把前者当作现实），从而使灵光凋萎，本真性丧失，这和我们之前谈过的现代经验的贬值、被信息取代是一脉相承的话题。

那什么是灵光呢？也有翻译成光晕或灵晕的，我觉得灵光的翻译比较好，既有视觉光学上的所指，也有类似宗教性的、神秘体验的意味。在两篇文章中，本雅明都使用了同一个具体例子来解释灵光：当你在一个夏日午后歇息时，眺望地平线处的山峦，或者凝视在你身上投下树影的树枝，这样一个时刻你就能感受到那山和树的灵光。所以灵光首先是对一定距离的独特呈现，无论对象与你多么切近，它始终和你保持了一定的距离——它没有真正归属于你，你也未完全沉溺其中，通过这一距离，某种仪式感的东西保持了下来，你和拥有灵光的对象才能建立起一种关系——被观看的对象把我们投射过去的目光以某种方式返回给了我们自身。其次，灵光意味着对象在时空中是独一无二的存在，也即艺术作品所具有的本真性。无论多么完美的复制，始终都少了一样东西，就是艺术作品的"此时此地"；我们能够借助摄影复制艺术品的形象来拥有它，但我们无法攫取它存在的那一时刻、那一地点，因为时空都成了它是其所是的一部分。所以本雅明认为，摄影通过生产复制品、鼓励对这些复制品的消费，满足了大众的占有欲和在现代社会中所需要的普遍平等的感觉，但它的实现是以破坏原有经验的完整性与神圣性为代价的。相较于绘画而言，照片会让灵光消散：一幅画反馈给我们眼睛的东西永远不充分，所以我们的眼睛对绘画是没有餍足的；而相机虽然能记录我们的样貌，却不能把我们的凝视还给我们，故而照片对我们的眼睛来说就像充饥的食物或者解渴的饮料。但请注意，本雅明是个很矛盾的人，越是批判就越是眷恋，虽然他的天才也不体现在表述的一致和连贯方面；他会给自己偏爱的对象开特例，比如卡夫卡的那张童年照片就又能令他体验到灵光乍现。

摄影照片能否像绘画作品一样拥有灵光，这对苏珊·桑塔格（Susan Sontag，1933—2004）来说就不构成一个问题，只是时间运作于两者的方式不同。在她看来，画作往往无法抵御时间的侵袭和掠夺，但照片却能把时光对自身的雕琢转化成美学价值的一部分。简言之，给它足够的时间，大多数照片都能具有灵光。这就好像说，哪怕是赝品，只要放的时间够长，拥有了自己的历史，早晚也能变成文物。桑塔格基本上承袭了本雅明的脉络，认为摄影是对经验的一种核实或拒绝，但无论如何，在现代社会我们总是要把经验化为影像。人们不再直接与这个世界打交道，而是通过影像来认识它、想象它。不过桑塔格更关注摄影引发的伦理问题，比如摄影把过去变成一种可供消费的对象，我们该如何衡量那些缺席的真实；摄影作为一种占有或收集行为，规训我们什么值得看、值得被记录，如何看待等；摄影如何卷进他者的生活，特别是照片上呈现出的他人之痛苦，尽管有时会激发我们的同情，但总体上却令我们越来越容易接受或是以泰然处之的态度对待受苦的他者，摄影照片缓解了我们的震惊体验，附带作用是可能还麻木了我们的同理心。

相较于本雅明和桑塔格，罗兰·巴特（Roland Barthes，1915—1980）对摄影技术有一种更为明显的偏爱。他不是以摄影者或理论家的身份谈论摄影，而是回归到照片观看者以及被拍摄者的角度，所以他那本书的题目取为"明室"（Camera lucida），对应的正是摄影机中的"暗箱"（Camera obscura）。巴特将一幅照片呈现的内容，或说它所有的符号信息、文化背景等，称为"知面"（Studium）——就是他能用结构主义那一套方法，能指所指、指示内涵等，来进行分析的东西；而把这幅照片中某个能打动他的细节（若有的话），称为"刺点"（Punctum）——这关乎个人的生命体验，指向情感和时间，往往都是带有伤痕性的、能联想到死亡的。或许是母亲逝世的缘故，巴特在这本书里放弃了他所擅长的符号学理论、结构主义方法，回归到个体自我的主观感受。整本书篇幅不长，其实只揭示了一个点：摄影的本质是对时间流逝的证明，照片意味着它的对象曾经存在过。图画做不到这一点，图片可以升华或是抽象化对象，赋予对象一些隐喻象征，却不能证明这些人与物的存在。请大家想想，照片的本质是它的对象曾经存在过，这意味着什么？照片永远在告诉我们它"曾经是什么"，也许当下它已经不在了。又或者现实中它还在，但凝视照片会让你意识到，在将来的某时某刻，它终究会不存在。所以摄影其实指向了死亡。非常巧合的是，这本书恰好是巴特生前出版的最后一部作品——在它问世的同一年，即 1980 年，巴特因为遭遇车祸，伤重不治而亡，时年 64 岁。

话说回来，摄影在复制现实方面依然遵循了写实绘画的路径：制造深度的幻觉，将三维空间搬到二维平面上来——只不过摄影做得更加完美。相较于摄影呈现出的静止图像，电影的主要特征就在于影像的运动、动态——电影的英文"movies"即源于"motion pictures"

或"moving pictures"——或许在二维的平面上，深度永远是种幻觉，但时间这第四维度却能被完美地吸纳进来。

有些量子物理学家认为时间在世界的基本层面上并不存在，它只是人类认识局限性的产物，时间的连续其实是我们描述世界的一种假定。这样一种理论可以供我们思考和理解，但无法为我们所感知。就算是一种局限，就人之为人的经验而言，运动只能是在连续时间中的运动；时间不一定产生运动，但运动一定能引来时间。人物的动作、地点的替换、事件的变化，都指向了时间之流，这保证了叙述进行的可能，而叙述也只能在时间中展开。无所谓自然时间是否真实，进化论与历史主义的兴起使我们再也无法想象人能脱离时间而存在。但时间若想被人感知、获得意义，就必须经过叙述的组织与赋形——这是保罗·利科（Paul Ricoeur，1913—2005）的主要论点。电影为视觉图像引入了时间，其实就是赋予了它们叙事性。问题是，如何制造运动的幻觉呢？

受制于我们眼睛的生理构造，静照必须快速地通过才能让我们看到连贯的运动。一般来说，人每秒看到的画面在10—12幅之上，才能有此效果。有个术语叫"帧率"（Frame per Second），就是用来测量每秒显示多少幅图像。在早期默片时代，通行的标准是每秒16帧；

迈布里奇拍摄的马的运动照片，1878 年

20世纪20年代末，有声电影兴起，加入了音频变化，制定了每秒24帧的新标准，也沿用至今。不过对现在一些流畅度要求更高的电子游戏来说，特别是动作类的，每秒24帧的话，画面会非常卡，所以一般会设定在每秒30帧以上。由此可见，要想制造出连续的图像，曝光时间就要非常短，必须瞬间曝光在1秒钟获得16幅以上的图像。

1878年，为了研究运动中马的步态——据说是想搞清楚奔跑中的马是否能四条腿同时离地，而人眼无法直接识别这一点——摄影师埃德沃德·迈布里奇（Eadweard Muybridge，1830—1904）把12台照相机排成一排，每台照相机的曝光时间设定为千分之一秒，使得每张照片能够记录下奔跑中的马间隔半秒的样子，从而证明了马在奔跑的某个瞬间确实能四条腿都离地。不过倒过来想，把这12张照片在1秒钟内快速地呈现出来，不就是在以电影放映的形式重现运动吗？

随后的二十年，有关电影的各项技术日趋成熟，终于在19世纪90年代早期，美国的发明家爱迪生（Thomas Edison，1847—1931）和法国的卢米埃尔兄弟（the Lumière brothers，1862/1864—1954/1948）分别制造出了不同的摄影及放映机，标志了电影的诞生。

爱迪生1893年和助手一起发明了可以拍35mm电

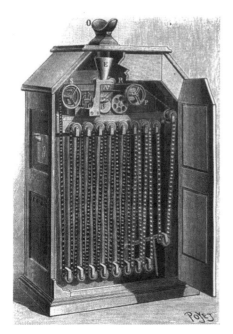

爱迪生发明的"西洋景"设备, 1893 年

Le cinématographe Lumière: projection.

卢米埃尔兄弟发明的电影放映设备, 1895 年影短片的摄影机（Kinetograph camera），再把胶卷放进一个木箱中，观众就可以通过一个放大镜似的窥孔来观看里面的动态影片（the Kinetoscope）。所以这种机器放映时只能一个人看，看电影在这时是一种私人体验。爱迪生除了爱发明还要想着赚钱，所以需要投付一枚硬币才能观影，最长也就二十多秒，像自动贩卖机似的。这种针对个体观看者的活动电影放映机在中国最早也被称为"西洋景"。

卢米埃尔兄弟最大的贡献是发明了针对多位观众的投影系统——在摄影机后面加了一个"魔术灯"装置，就变成了放映机，可以把动态影像投射到大银幕上。这样就使得很多人可以同时在一起看电影，观影成了一种集体活动。1895 年 12 月 28 日，历史上有记录的第一次电影公开放映是在巴黎大咖啡馆（the Grand Café）的地下室内。据说银幕上迎面驶来的火车吓坏了第一批电影观众，这就是电影诞生的神话。很多学者做过考证，认为这一传说是杜撰的，但并不妨碍人们乐此不疲地一遍又一遍讲述电影诞生的故事。所以电影院也就成了现代都市中典型的公共空间，而电影的制作和放映更成了一种遍及全球的商业活动。

顺带说一句，中国最早的电影放映据记载是在 1896 年 8 月 11 日上海一个叫徐园"又一村"的地方。

所以仅仅一年不到，电影就已经从法国巴黎传到了中国上海——它们之间的时间间距没有我们后来想象得那么巨大；晚清的部分中国人某种程度上可以和同时代的西方人一样现代。只不过后来有官员上奏朝廷要求禁止电影放映，因为电影院室内灯光昏暗，且允许男女一同入座，伤风败俗。对新事物的抵制、对公共空间的打压，往往都是以捍卫道德之名进行的。

早期电影大多由一个镜头构成，呈现为一个固定的画面，叙述一件单纯的事情，比如卢米埃尔兄弟拍摄的工人从工厂下班、火车进站、火车离站等短片。后来人们逐渐学会把摄影机架在行驶中的火车上来拍摄沿途风光和人事，这种类型的片子被称作"幻影之旅"（Phantom ride）。请注意，当时人们看电影的乐趣与我们现在看电影有较大的不同：这种几十秒的影片无法承载太多内容，人们更多的是把电影当作一种新的视觉娱乐手段，运动的图片本身即为一大卖点。所以学者汤姆·冈宁（Tom Gunning，1949—　）将 1895—1906 年这一时期的早期电影称作"夺目电影"（Cinema of attractions），也有人翻译成"吸引力电影"，我觉得这个译法不是很准确——所谓吸引力，突出的就是运动视觉对人眼的吸引力，而不是别的地方有什么吸引力；观众看电影看的不是故事和情节，而是会动的图片。在此之后，电影开始逐渐具备讲故事的能力，直到 20 世纪 20 年代末才逐渐发展出一套完善的讲故事技巧，电影才终于被广泛承认为一门独立的艺术。

那为什么电影能开始讲故事了呢？拍摄技术、打光技巧、表演艺术、布景设置等都有了进步，没错，但最关键的是剪辑，有了剪辑，电影才具备了讲故事的能力。因为无论故事本身多么简单，都需要一个以上的镜头才能说明剧情，否则电影就跟一直开着的监控摄像头没有区别。这一时期有三位主要导演奠定了用电影讲故事的基本框架，除了我们之前提到的梅里爱，还有埃德温·鲍特（Edwin S. Porter，1870—1941）和戴维·格里菲斯（D. W. Griffith，1875—1948）；在此基础上兴起了三大剪辑流派：经典好莱坞电影（Classical Hollywood Cinema，也称作透明剪辑或连续性剪辑）、苏联蒙太奇（Soviet Montage）和法国的前卫运动（French Avant Garde）。它们的不同风格和具体内容我们之后讲剪辑的时候再深入探讨，这里我是想让各位意识到，正是在这些人的努力下，加上剪辑技巧的不断发展，才令电影于 20 世纪 20 年代末从一种新的视觉技术转变为一种新的艺术形式，所以我说电影的艺术性之所以得到普遍承认，其实就是运动的视觉性重新又被赋予了叙事功能，叙事性又回来了。

2 现代性的四重内涵

我想对今天这一讲里反复出现的一个概念——现代性（Modernity）——进行一个简短的说明。它可能是学术领域最具争议又最难被界定的理论术语之一。不过相对于以民族国家为单位、指涉政治经济发展过程的"现代化"这一概念，现代性更多强调人的历史经验与文化意义。为了方便大家理解，我在这里简要梳理一下现代性的四重可能内涵。

首先，它可以指一种历史分期：最早可追溯到15世纪的文艺复兴运动和地理大发现（美洲大陆和全球航路的发现），继而经过17、18世纪"启蒙、理性的时代"，期间伴随着工业革命以及资本主义的全球市场在19世纪确立，一直延续到第一次世界大战前后（也有学者会把第二次世界大战包含进来）。在这种思路下，现代性基本上和现代化是一致的，即人类文明如何从传统农业社会过渡到工业都市社会。在集体方面，是传统的封建国家、帝国、天下，被民族国家取代；在个人方面，公私领域的分化、世俗的生活得到肯定，一种新的个人主义观念成为一切政治思想和社会活动的基石。

其次，它也可以作为一种哲学概念或者说思想理念，其中最重要的两个概念：一是自我，二是启蒙。前者关涉个体主体的普遍自觉，后者既推崇觉醒的理

　　　　　　　　　　　　　文学与电影十讲

性个体也蕴含着对理性的反思与批判，两者共同构成了现代社会对人之为人的一般预设：人是自由、独立、具有理性批判能力的个体。在认识论方面，这起源于笛卡尔1637年推导出的"我思故我在"，这里的"我"只是一个思想着的东西，一个形式上的空位，但它保证了我们能用一种新的眼光看待这个世界，用新的方法处理知识。康德1784年为启蒙做出了一个通俗的说明——现代性生活的理想指南：启蒙就是人要有勇气祛除自己加诸自己身上的不成熟状态，敢于运用自己的理性，自己成为自己的主人。不过人在成为自己的主人后，又总是喜欢做别人的主人，这就是启蒙和被启蒙之间永恒的矛盾。而在1776年，美国《独立宣言》以一种立法的形式将个体主义的基本核心特征确立了下来：人生而平等，并被他们的创造者赋予了以下不可撤销的权利，即生命权、自由权和追求幸福的权利——在洛克（John Locke，1632—1704）的原意里，所谓能为法律界定的幸福，其实就是个人所占有的财产。

再次，现代性还可以是文学艺术领域中的一种形式风格，比如我们之前提到的卡夫卡的《变形记》、塞尚等人的画作，以及马勒（Gustav Mahler，1860—1911）、勋伯格（Arnold Schoenberg，1874—1951）等人的无调性音乐。这个时候现代性又分享了现代主义这一术语的大部分职能。需要注意的是，这些文学、美术、音乐作品都有着内在的深度联系，但我们的问题并不是说，究竟是摄影、电影技术的发明发展启发了现代主义文学中的意识流手法，还是倒过来，文学中新的叙述框架、写作技巧为电影等新技术／艺术做了铺垫。这样的发问及其可能的答案几乎没有学术上的价值及思考的启发。我们更应该关注的是历史语境中的具体细节及其变化——电影的剪辑技巧、小说的意识流手法、交响乐中调性的崩解在什么意义上是可以比较参照的，或者说我们如何借此来理解现代人在时空认知、感性经验和审美意识方面的诸种嬗变。

最后，现代性在很多情况下都表示一种新的经验，特别是我们对时间和空间有了不同以往的体验。这种体验和科学技术的发展、都市文化的兴起息息相关，包括旅行移动、视觉影响、通信网络、消费娱乐、沟通交流、焦虑迷茫，诸如此类。它是经验的贬值却又将经验变成欲望的最高对象，它通过时间来换取空间却又湮灭在速度之中，它让人们意识到瞬间的可贵却又把所有当下变得单调而类似，它颂扬个体的独一无二却又不停地制造着同质的消费者。这种经验的核心特征是流逝与矛盾。用马克思（Karl Marx，1818—1883）的话来说，"一切坚固的东西都烟消云散了"，马歇尔·伯曼（Marshall

Berman，1940—2013）的同名著作就是以这个思路来探讨现代性的经验。总之，这种经验和以上的历史语境、思想概念、形式风格进行多种组合排列，为我们提供了丰富的文本案例和思辨可能。

这一讲的最后，我们来看看电影《雨果》中梅里爱的故事。梅里爱从魔术师改行去当导演，在摄影棚天马行空地制造梦境——把镜头剪成故事，却又因为战争的爆发导致破财，失去所有。美好的大团圆结局只会出现在电影里，这句话对这部电影也同样适用。马丁·斯科塞斯其实是借用了"成长小说"（Bildungsroman）的形式，向我们讲述了电影在现代都市中诞生、兴起的故事。里面的机器人、钟楼、火车站、电影院，无疑都是现代性的典型意象，事实上，有了这几样东西就可以建立起一座现代的城市。这部片子你刚开始看时以为是奇幻片，看到一半会以为是惊悚片（特别是梦中梦那一段），到最后你才意识到原来看的是一部科教片。我觉得不是导演把握不好，而是他有意为之——不光是电影内容中暗藏了很多老电影的"梗"，而且这一叙述架构本身就是在致敬早期电影与现在不一样的套路。新的都市世界像机器一样精准而美好，温情脉脉，人与世界的冲突不需要以毁灭来告终，而是最终达成一种和解，这是现代性早期才会怀有的单纯而美好的希望。可惜我们似乎再也回不去了。

《雨果》电影海报，2011年

参考文献及相关电影

- [美]以赛亚·伯林著，吕梁等译：《浪漫主义的根源》（江苏：译林出版社，2008）。

- [英]威尔·贡培兹著，王烁、王同乐译：《现代艺术150年》（桂林：广西师范大学出版社，2017）。

- Erwin Panofsky, *Perspective as Symbolic Form*. Translated by Christopher S. Wood (New York: Zone Books, 1991).

- H. H. Arnason and Elizabeth C. Mansfield, *History of Modern Art: Painting, Sculpture, Architecture, Photography, Seventh Edition* (London: Pearson, 2012), 14-69.

- Marita Sturken and Lisa Cartwright, *Practices of Looking: An Introduction to Visual Culture, Third edition* (New York: Oxford University Press, 2017), 139-178.

- Walter Benjamin, "The Work of Art in the Age of Mechanical Reproduction," in *Illuminations*, 217-252.

- Walter Benjamin, "Little History of Photography," in *Walter Benjamin Selected Writings, Vol. 2 1927-1934*. Translated by Rodney Livingstone and edited by Michael W. Jennings, Howard Eiland, and Gary Smith (Cambridge, MA: Harvard University Press, 1999), 217-251.

- Susan Sontag, *On Photography* (New York: St Martin's Press,

2001).

● Roland Barthes, *Camera Lucida: Reflections on Photography*. Translated by Richard Howard (London: Vintage Classics, 2006).

● 《雨果》（*Hugo*），导演：马丁·斯科塞斯（Martin Scorsese），2011。

文学与电影十讲

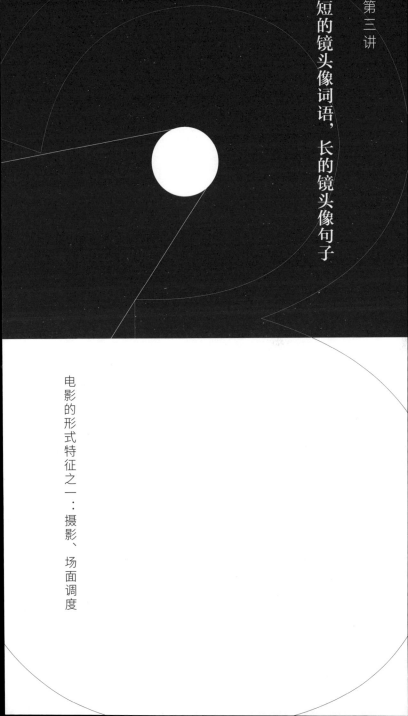

第三讲

短的镜头像词语，长的镜头像句子

电影的形式特征之一：摄影、场面调度

我们之前讲过，文学的基本单位是语言，必须遣词造句，把句子和段落组合排列起来，最终得出属于你自己风格的作品。同理，电影作为一门独立的艺术，最基本的形式单位就是镜头，短一点的镜头好比词语，长一点的镜头就像句子，通过把它们整合起来，进而得出最终的电影作品。这一讲的内容基本上都和镜头有关，镜头怎么拍——它的方法涉及摄影的问题，镜头要拍些什么——它的内容则是场面调度。在此基础上，我们会以《哈姆雷特》（1599—1602）的影视改编为例来比较电影与戏剧的异同。

一　摄影

简单讲，镜头是摄影机一次拍摄人物、事件或动作的最小单位。根据摄影距离、取景构图、拍摄角度、透视关系等，镜头可以划分为很多不同的类型。这方面的知识——荷兰角、三点布光法等，我们在这里基本不会讲，因为这类知识大家其实都可以在网上、书本中找到。但最好的学习方法还是自己去实地拍摄一下，很多东西自然就明白了。专业术语的价值不是为了让你背下来去吓唬专业之外的人，而是永存于具体的操作和积累起的经验之中。

我们先来聊一聊很多同学关心的、之前问询过多次的长镜头（Long take）。长镜头的"长"指的是拍摄时间的长短，这是一个很主观的判断，没有什么标准可言。一个场景用一个镜头贯穿，中途不切换，这种一镜到底的拍摄手法我们一般称作长镜头。与之针锋相对的就是由一个个短小镜头剪接、交替而成的拍摄手法，叫作影像蒙太奇。那么蒙太奇和剪辑有什么区别呢？它们有时好像指一回事，有时好像又不同——分别对应美学风格和拍摄技法，这个之后我们再谈。在这里大家只需辨别清楚，蒙太奇和长镜头是不同的，前者由很多短镜头交替剪接而成，后者往往是一场戏一个镜头。

很多同学认为长镜头特别有"文艺范儿"，能体现出一部电影的思想内涵和导演的美学风格，使用长镜头的代表人物有侯孝贤、沟口健二等。但我觉得抛开一部电影作品自身的艺术完整性，单纯去讲它的某一个形式特征或评判它某一项技艺的运用，都没什么意义——长镜头有时也是最简单的拍摄方法，一刀不剪并不都是意味深长，也可能是能力不足。不是因为谁用了长镜头谁就是名导演，这部电影就了不起，恰恰相反，是在一部伟大的电影里恰到好处地出现了一个长镜头，才让我们觉得惊艳无比、记忆犹新。

长镜头受到推崇无非有内外两层原因。从它自身形式上讲，长镜头拍摄难度大，耗费时间长，对导演和演员的要求都更严苛。因为要拍的这场戏时间长，所以导演必须在心里对它有一个完整的把握，比如场景布置、灯光、服饰、摄影机的运动和演员的走位都要事先反复琢磨清楚，继而演练很多次。因为要一次成功，一旦有失误就需要重来，所以长镜头也很依赖演员的演技以及相互之间的配合——演员一旦开始表演就要完成相当长度的剧本内容，他／她的站位、走位、台词、动作、情绪酝酿及感情变化都需恰到好处、一气呵成。

从电影理论的内在层面来看，长镜头受到推崇经久不衰，我觉得是巴赞（André Bazin，1918—1958）的功劳。巴赞认为，蒙太奇和主题性剪辑这些盛行于无声电影时代的形式技巧，过于随意地处理视觉影像，会摧毁现实时空的复杂性。蒙太奇并不呈现事件，而只是暗示事件。它其实是将简单的结构——通过隐喻和联想来提示概念——强加给复杂多变的现实，并且投射入观众的意识。这样事件就被主观化了，我们是在按照导演的想法和创作者制定的规则去观看银幕上的世界。这样的镜头是剪辑师代替我们从现实生活中做选择，而我们作为观众往往会不假思索地予以接受。故而巴赞特别偏爱段落镜头和景深镜头，将其视作电影语言的伟大演进——这些长镜头能更好地表现事件，让你更深入、主动地去体会影像表达的现实世界。巴赞并不是完全反对剪辑或蒙太奇美学，但他不能忍受把蒙太奇当作评判电影艺术的主要甚至唯一标准。况且像现实主义题材的电影，巴赞就觉得更适合用长镜头去呈现。巴赞之所以是伟大的电影评论家，不在于他说得都对，而是即使你不赞同他的观点，也会意识到他揭示出的深刻之处，这为我们提供了讨论空间。

我们可以通过墨西哥导演亚利桑德罗·冈萨雷斯·伊纳里图（Alejandro González Iñárritu，1963— ）的电影作品《鸟人》（2014）开场前十分钟的片段，来感受一下长镜头的拍摄。伊纳里图从《爱情是狗娘》开始就拥有自己鲜明的风格特征，他极为出众的导演能力同时也受到好莱坞、主流商业的青睐——《鸟人》和之后的《荒野猎人》（2015）都获得过奥斯卡最佳影片。这门课的选片标准是在我的个人趣味和导入性之间力求平衡，所以没有让大家直接去看维斯康蒂（Luchino Visconti，

1906—1976）、费里尼（Federico Fellini，1920—1993）或者塔可夫斯基（Andrei Tarkovsky，1932—1986）的电影。但我希望大家学完这门课后，可以去看看这些人的影片。

《鸟人》讲述的是一个曾演过超级英雄的电影演员陷入了中年危机，徘徊于证明自己和重获认可之间。如果他想要的只是世俗的成功，那么这两者就是一回事，没什么矛盾；但他放不下一种执念，坚信自己有些真的东西，坚信自己与别人相比多少还是有才华的，所以希望世界按照他自己喜欢的方式来认可自己——在戏中就是去出演百老汇的戏剧向他人证明自己的艺术才能与追求。问题是，他对自己这种执念的真诚性也充满怀疑——如果真的只是相信才华，热爱艺术本身，又何苦需要他人的认可呢？为表演艺术付出诸多牺牲以彰显其追求的纯粹与真诚，但这种自虐式的真诚不还是一种为了迎合他人，博得名利和关注的虚伪手段吗？所以这部电影表面上是在讽刺充斥好莱坞的超级英雄电影，但它打动观众的核心部分却是现代个体的普遍矛盾：是坚持精神追求、决绝抵抗下去，还是承认世俗欲望、趁早妥协。可惜这不是一个清晰的选择题，因为入戏太深，生活在人群之中，我们自己都搞不清楚到底想要什么。若说完全不爱名利，不想被人认可，恐怕连自己都不会相信；但若让你以放弃理想、自我的完整性为代价获得这一切，有时比被毁灭还痛苦。

男主角在化妆间里对着镜子自我剖析，现实和超现实的细节轮番交替。镜头随着飞出去的花瓶急摇而去，等到花瓶碎时，场景已经换成他在接受一些无聊庸俗的访谈。这里就是利用道具实现了一个巧妙的转场，两段较长的镜头在这个剪辑点上实现过渡，而整部电影更是由十几个长镜头无缝衔接在一起。有些技术原教旨派会认为这些不算"真正的"长镜头，只是一些伪长镜头，因为它没有在拍摄上完全一镜到底，反而借助了很多新的取巧手段，比如特效转场等。但对我来说，这并不重要，关键还是看长镜头最后的实现效果，即在整部电影作品中所具有的意义。为什么这部戏的导演要选用长镜头或者说刻意追求长镜头的效果？除了大家说的炫技之外，我觉得就电影作品本身来看，有以下两个方面：

首先，这部戏的场景几乎就是百老汇的一间剧院，事件相对简单而完整。它不需要像那种多线叙述、不同事件来回交替的电影那样，要求观众首先得厘清头绪，看明白大致的故事线索，而是希望一开始观众就能沉浸其中，在感同身受的基础上展开思考。长镜头更容易将你带入银幕中的世界，把你拉进事件之中，更别提那配合叙述进展、摄影机运动及演员走位而时急时缓的纯粹鼓声，极尽渲染之力。

其次，这部电影的主题和男主角实现自我的载体，正是表演艺术本身。换言之，电影传达出的思想性及反讽意味，其实是在拷问表演艺术的本真性——电影中的主要人物在表演什么呢？没错，表演他们在表演，表演他们是演员这件事。如果演员演的是其他角色，医生、科学家、超级英雄等，我们可以用演技来评判他们是否打动观众，因为演员不同于其所扮演的角色。但在这部戏里，他们扮演的是演员自身，表演的本真性没法用演技来衡量，所有关于表演艺术的体验、评判、反思，最终都化归到自我实现与他人认可之间的矛盾。相比于蒙太奇剪辑，长镜头显然更适合探索、呈现这样的内在主题。

长镜头经常会和深焦摄影结合在一起使用，后者是将画面前景和背景中最远的地方清晰入焦的一种拍摄方法，这样利于保持时空的完整性和叙述逻辑的一致性，在《公民凯恩》（1941）中有非常典型的表现。要想改变观看视角或者说被摄影像的空间关系，可以通过改变焦距来实现，也就是所谓伸缩镜头；另一种就是直接移动摄影机去取镜，也叫摄影机运动，包括横摇、直摇、推轨等，还有现在比较流行的手摇镜头——拍摄的画面是晃动不稳的，有一种实时感，也能暗示出被摄人物内心的凌乱与焦虑，这在《鸟人》中也有体现，大家可以自己去影片中找找。

二　场面调度

如果说摄影主要关乎镜头拍摄的方法——怎么拍，那么场面调度就是指镜头拍摄的内容——拍什么。作为导演，你心里应该清楚自己的每个镜头里到底要装进哪些东西，以及这些东西该如何摆放、怎样呈现出来。现在的体制下，副导演一类的角色会在现场帮助调度场景，但导演依然要决定两个最基本的东西：摄影机放在哪儿，这决定了有哪些元素会被呈现在银幕上；以及演员在镜头前如何运动，这决定了叙事会如何展开。所以场面调度包含有许多与舞台表演艺术相同的元素：布景（Setting）——室内还是室外、怎样装潢设计；服装道具（Costume and Props）——角色身份、时代背景往往与服装息息相关，衣服上的一个褶皱或其他配饰道具都有可能隐喻人物的内心活动；灯光（Lighting）——如何打光、从什么角度打以及打在什么位置上从而获得理想的视觉效果，灯光决定了人物形象呈现出的立体感以及银幕世界上细节的质感；色彩（Color）——本身就带有情绪性和象征意义，是最能表现电影风格的元素之一，故而一般我们在纪录片、现实类的影片中较少看到强烈的色彩效果；演出布局（Staging）——通过构图设计引导观众去观看你想让他们看到的重点，比如演员的站位、情绪和动作所塑造出的人物形象；空间（Space）——大家还记得电影其实仍然是二维平面上的视觉艺术，它加入的是运动和时间，但电影中的三维空间（深度）依然是一种幻觉制造，其并不能完全等同于电影拍摄、制作时所处的空间，这就需要你对镜头中的距离关系、演员所占空间的大小都有一个精准的预设。

我们看电影时很容易接受银幕上呈现出的东西。不管你是赞同影片中的某个观点，还是反对导演的某种呈现手法，你都会首先接受电影作为一个整体呈现出的一切，在此基础上才能继续去谈赞同或反对。不过请注意，镜头里并没有什么天经地义又或碰巧偶然的东西，对合格的创作者来说，这一点一滴都要经过他们的构思、拿捏甚至精准计算。比如我们看《鸟人》的片段，男主角和他的助理在剧院的过道里边聊边走，时不时有些工作人员或其他演员从他们旁边经过。我们在看的时候不会有太多怀疑，好像这种路人角色出现在剧院的过道里是理所当然的事情；但停下来想一想，这不也是导演及创作者专门安排的吗？电影中的现实世界不是拍出来的，而是做出来的。银幕呈现出的真实、巧合，乃至平庸日

《月球旅行记》戏剧中有关"大炮"的场景，1875 年

《月球旅行记》电影中有关"大炮"的场景，1902 年

常,都是创作者有意为之的。你对它的接受程度有多高,取决于导演的场面调度能力。由此可见,长镜头和场面调度最能体现导演作为"作者"所拥有的创造力与风格,以及电影的表现力,所以会被巴赞极力推崇,被视为电影语言随着现实主义发展的演进。

接下来我们再用几个具体的例子来说明。首先,第一幅图是一种旧式的立体照片,源于 1875 年根据凡尔纳的科幻小说改编的月球旅行戏剧,它出现在梅里爱的电影之前。大家已看过梅里爱的《月球旅行记》和斯科塞斯的《雨果》,我想对其中相关场景应该还有印象——没错,就是那个把人发射到月球去的大炮。现在假设你是梅里爱,你既读过凡尔纳的小说,也看过奥芬巴赫(Jacques Offenbach,1819—1880)改编的戏剧,现在你要把这些文字和图像转化成镜头,该怎么做?搭建场景,制作道具,寻找演员给他们说戏,教他们如何站位和行动,如果技术条件允许,你可以把画面做得非常绚丽逼真。但在 1902 年,梅里爱只能利用第二张图中这样的背景和道具,几乎是将戏剧舞台直接呈现出来;而且为了能让大家看懂这个故事,演员的站位和表演以今天的标准来说可能有些夸张,过于戏剧化。所以作为导演,你要能把你脑海中的语言与图像在一个现实的三维空间里呈现出来,或者借助剧本之类的文字记述,或者

所有电影作品的

创作与分析，无

外乎就是在语言

文字和视觉图像

之间进行不同层

次的转换。

借助草图、照片的视觉辅助，这个呈现的过程就是场面调度。其实不只是名著改编，所有电影作品的创作与分析，无外乎就是在语言文字和视觉图像之间进行不同层次的转换。

接下来这幅剧照也非常出名，它出自法国导演阿伦·雷乃（Alain Resnais，1922—2014）的电影《去年在马里昂巴德》（1961），剧本是由小说家罗布-格里耶（Alain Robbe-Grillet，1922—2008）根据自己的作品编写的。如果你熟悉这些人名，就会明白这部电影具有强烈的反叙述性——对一般故事意义予以颠覆。这部电影情节虽然模棱两可，但其实很简单：在一个城堡里，有一个男人 X 先生伺机向女主角 A 小姐搭讪，宣称他们两人去年就在这里相遇，并且约定今年重逢时去私奔，只是 A 小姐记不起来了；A 小姐则坚持他们两人之前素未谋面，但也逐渐怀疑起自己的记忆；而 A 小姐的丈夫 M 先生一直沉迷于纸牌游戏，还在游戏上打败了 X 先生。那么这一切到底是怎么回事？谁的说法是对的呢？是否存在一个客观、真实的叙述角度呢？影片最终也没有提供答案。

作为观众，如果你的关注点在剧情上，那么可能看完这部电影会感觉像没看过一样；而这部电影就是要肢解连贯叙述的意义，让你无法获得听懂故事的那种安全感。电影探讨的其实就是失真的时空、错乱的叙述以及由此衍生的一些对立范畴：现实与幻想、回忆与当下、主体与客体，它们相互对立又暧昧纠葛。德勒兹（Gilles Deleuze，1925—1995）就将这部电影解释为两种时间观念的对峙——标记记忆的尺度时间与生成记忆的潜在时间。那么现在，剧情和理念都有了，问题是，如何用具体的视觉影像来表达导演对叙述时空的哲学思考呢？我们用先前分析图画一样的方式来探讨一下电影中的这一幕。

映入眼帘的是构图呈轴对称的花园场景，它的取景地在德国慕尼黑郊外的施莱斯海姆宫（Schleissheim Palace），所以不论是室内的建筑还是室外的花园，都是典型的巴洛克风格——自带强烈的戏剧性效果。形态各异却又显得冰冷的大理石雕塑，被修剪成几何图形的景观植物，人物看似漫无目的的固定站位暗含玄机——他们其实是呈 S 字形，所以当导演安排 A 小姐径自穿过这样一个构图阵型时，人与物的含混、人与人的疏离油然而生。如果你观察再仔细一点就会发现，画面中所有人物都拖着狭长的身影，可周围的植物、雕塑却没有影子——再次暗示了这是一个不真实或说非现实的空间。同样，宫殿的室内场景本应是一个封闭空间，但却借助循环往复和碎片化的表达方式直指无限。如果说先

《去年在马里昂巴德》中的花园场景，1961 年

前关于叙述歧义、时空错乱的观念仍可归功于罗布 - 格里耶，那么雷乃借助走廊、石柱、镜子、演员及台词而建构起能呈现在银幕上的"时空迷宫"，则是其场面调度能力的明证。

最后一个我认为非常适合拿来讲场面调度的例子是《布达佩斯大饭店》（2014）。导演韦斯·安德森（Wes Anderson, 1969—   ）具有鲜明的个人风格，还指导过《了不起的狐狸爸爸》（2009）、《月升王国》（2012）、《犬之岛》（2018）等电影。所以熟悉他的同学马上就会想到那强迫症似的轴对称构图、高饱和暖色调的频繁运用、服化道细节上的极致还原、充分凸显戏剧张力的移动长镜，以及值得玩味分析的各种隐喻和典故。以上这些特征都能在《布达佩斯大饭店》里找到。有人说他的电影每一帧截图下来都能当壁纸，这恰恰说明导演对摄影机镜头要拍下哪些视觉元素以及如何安排这些视觉元素具有高度自觉和绝佳的掌控能力。

电影的内容讲述了 20 世纪 30 年代在一个虚构的欧洲国家，任职于一间著名酒店——布达佩斯大饭店的礼宾员古斯塔夫先生和门童 Zero 卷入名画失窃及遗产争夺案的故事。导演呈现这个故事的手法颇为讲究，甚至有点繁复，可以分出四层叙事结构。第一层，影片一开始即当下的时空，一位少女穿过墓地给一位著名作家的雕像献花，并坐下来阅读他的名作《布达佩斯大饭店》；第二层，书中的作家身处 1985 年时，开始大谈自己的创作经历，回忆起自己年轻时去欧洲取材的事情；第三层，回忆中年轻的作家于 1968 年下榻布达佩斯大饭店，与饭店主人、著名富翁穆斯塔法共进晚餐，听他讲自己和饭店的故事；第四层，穆斯塔法向作家讲述的故事，正是影片的剧情主体——1932 年的布达佩斯大饭店，当时穆斯塔法还是饭店领班古斯塔夫先生手下的门童 Zero，有一个在烘焙店工作的女友阿嘉莎……

为什么导演不直接去讲古斯塔夫先生的事迹而要设置这样一环套一环的结构？这其中有叙述者和叙述视角的问题。一个可能不太恰当但能帮助思考的例子是：为什么鲁迅写《孔乙己》（1919）不是直接描写这个落魄文人的种种遭遇，而要设置一个回忆起二十多年前在咸亨酒店当伙计的叙述者来讲孔乙己的故事？其实从文学性的角度看，叙述本身要比叙述的内容更加重要，阐释的丰富性和文本的反讽往往也来源于此。读者不能只是被动地接受信息、听凭作者的论断，必须自己去感受不同的视角，做进一步的反思。我中学时读《孔乙己》并没有太多感触，现在人到中年再读时常常会鼻子一酸。当我意识到这是回忆中的故事、叙述者的设定，我才发现鲁迅所讲的不仅仅是孔乙己的悲剧故事，不单纯是他

《布达佩斯大饭店》剧照，2014 年

的不幸与不争，还有整个社会、所有看客对他的凉薄与厌倦。这里的"看客"不只有故事中的人物和回忆孔乙己的叙述者，还有当初朦朦胧胧默认了这一视角的我自己。可以说只有到这时，我们才算体会到鲁迅那种批判力量的穿透性。

言归正传，我们之前提到过本雅明对故事和小说、经验与信息的区分其实也有助于我们理解。一个故事的发生一定要有讲者和听众，这不是为了给你带来什么新的信息，而是让你聆听某种古老的教义，感受异己的经验；这不是纯粹信息和视觉图像所能传达的。安德森非常明白这一点，但他是在拍摄电影而不是书写文字作品，所以对叙事结构的合理呈现与衔接最终有赖于他的场面调度能力。比如不同年代的故事就采用相应年代的银幕的长宽比，虽然观众不易觉察，但在影片中起到了标识时间线的作用。叙述场景的变换也会依靠灯光作为提示——特别是穆斯塔法开始讲故事和讲完故事的地方；人物关系的发展也和他们在构图中的站位相互暗示，比如随着门童 Zero 的成长，他终于成为和古斯塔夫平等的朋友，他在银幕上的位置也由边缘向中心靠拢。更别提饭店的布景在 20 世纪 30 年代是粉蓝的色调，背景犹如舞台剧般，这些都呈现出一种梦幻的错觉；而到了 60 年代，呈现出的是一栋土黄色的破败建筑。

尽管这算是部喜剧，但我们在观看的欢乐中总能捕捉到电影的伤感与惆怅，越到后面越明显——这其实从一开始的叙述手法那里就定调了。无论古斯塔夫先生和他的世界看起来多么美好，是纯粹的虚构还是曾经有过的真实，我们作为观众只能想象却无法进入；换句话说，这个粉蓝色的童话故事在回忆和讲述中越是温暖美丽，就越是在提醒我们，那个昨日的世界再也回不去了。而影片最后向奥地利犹太裔作家茨威格（Stefan Zweig，1881—1942）致敬，也正表明影片自身是在凭吊、感伤一种逝去的欧洲文化。茨威格以描写人物心理的短篇小说和生动形象的历史传记而闻名，生前活跃于两次世界大战期间的维也纳文化圈，结识了各类名流精英。随着战争爆发和纳粹迫害，茨威格离开欧洲，逃至巴西；虽然性命无忧，但眼看欧洲故土、自己的精神家园被毁灭殆尽，他与妻子于1942年选择自杀离世。他的遗作也是一部回忆录，名叫《昨日的世界：一个欧洲人的回忆》（1942），与《布达佩斯大饭店》的主旨交相呼应，大家有兴趣可以去看看。不知道有没有人比较过王国维的投湖和茨威格的服毒，想来应是比较有趣的话题，我就不在课堂上胡乱发挥了。

三 《哈姆雷特》：电影与戏剧之比较

　　到这里为止，可能有些同学也会感受到，我们做电影分析、解读，其实就是导演创作、拍摄电影的一个逆向过程。比如你要拍一部电影，首先会有一个文字的剧本。有的导演说他／她不用剧本，没有关系，他／她的脑海里总会有一个基本的故事情节和几幅简单的图画。当导演进行创作时，就需要把脑海中的想法转换成现实中的视觉元素，以其想要的方式在镜头面前呈现这些元素，并以一种或多种方式进行拍摄，最后再剪辑这些原始影像，形成一部电影作品。而我们所做的工作就是把这样一个成品打散开来，检视它的每个部分是如何完成的、为什么要这样做，再用自己的论点将它们统筹、组合起来，这就是一篇研究型的影评文字。由于我们今天谈到的场面调度和摄影，都与戏剧艺术有千丝万缕的联系，所以接下来我想探讨、比较一下电影与戏剧文学的异同，反思它们相较于彼此的主要特征。

　　我选择的文本是莎士比亚（William Shakespeare，1564—1616）最负盛名的悲剧《哈姆雷特》，也译作《王子复仇记》。内容大家都很熟悉，丹麦王子哈姆雷特的父亲去世了，叔父继承了王位并和他的母亲再婚。但哈姆雷特父亲的鬼魂告诉他，自己是被篡夺王位的叔父杀害，所以哈姆雷特需要给父亲报仇，匡扶正义，当然这个复仇的过程一直由哈姆雷特的犹豫无奈、敏感多疑甚至一种怀疑主义、虚无主义的倾向来贯穿始终，这里面探讨了很多诸如背叛、复仇、堕落、乱伦、自由意志、意义的虚无等深刻主题。这部戏剧作品的阐释空间非常复杂广阔，我们常会讲一句话即"一千个读者，就有一千个哈姆雷特"，这也印证了每个人的阅读体验和阐释角度都可以是不同的。

最早对这部戏剧的解释着眼于剧情的发展和角色的动机，比如哈姆雷特为什么在复仇的过程中犹豫不定、拖拖拉拉；后来人们更多地意识到哈姆雷特这个人物形象的矛盾性，他的言行和独白同时透露出深刻敏感与疯癫虚无，所以便于我们从哲学及道德观念上来理解人的本性、自我是什么等问题；而哈姆雷特最大的特征就是能说却不能做，所谓思想的巨人、行动的矮子，这就暗合了19世纪普遍出现的一种知识分子形象——多余人，可能哈姆雷特这个丹麦王子才是知识分子的主体原型；再有精神分析，像弗洛伊德等人就是从潜意识、恋母情结等角度来进行阐释；当然像新史学及文化史会看重戏剧反映的历史文化背景，格林布拉特（Stephen Greenblatt，1943—　）的《俗世威尔：莎士比亚新传》（2004）就是这方面的代表；女性主义则会关注过去被边缘化的女性角色——哈姆雷特的母亲和女友奥菲利娅在整部戏剧中的意义和功能。在这里我只希望大家去阅读相关的指定章节，从文学和电影的角度去思考两个问题：如果你是导演，要把这部戏剧搬上银幕，你会如何呈现哈姆雷特父亲的鬼魂以及哈姆雷特那著名的独白？

1 鬼魂的视觉化

从文本上看，哈姆雷特父亲的鬼魂出现在第一幕的第四场和第五场。地点是城堡的露台，时间是午夜12时，人物有哈姆雷特和他的两位好友霍拉旭及马西勒斯。文本还描述了当时的天气是刮着凛冽的寒风，附近伴随有铜鼓、喇叭及鸣炮的声音——因为哈姆雷特的叔父和母亲正在举行婚礼。事件就是鬼魂出现并向哈姆雷特讲述了自己被谋杀的经过。光有这些元素已够我们拍戏了。文本所述地点是城堡的露台，那么你可以考虑如何搭架或者绘制一个你想要的城堡的场景。每个人关于城堡的想象是不同的，你可以忠实于原著制作一个12世纪丹麦的古堡，也可以把它改定成一个大多数观众熟悉的样式，比如《去年在马里昂巴德》里的巴洛克式华丽城堡。时间是午夜12时，你要考虑如何用画面或声音来传达这一信息——通过时钟这样的道具或一个打更人，当然也可以安排某个演员告诉观众现在是午夜12点了。你还要找至少三个演员来饰演你心目中的哈姆雷特和他的两位好友。凛冽的寒风、室内庆祝的场景以及与此格格不入的哈姆雷特，这些都应该要加以考虑，不过你也可以选择不把这些要素放进影片中。接下来，请大家思考一下：哈姆雷特父亲的鬼魂要怎么拍呢？

有同学说用道具做出一种灵体的感觉，轻飘飘的；有同学建议用一块白布做成人偶的形状，不能出现双脚——因为双脚有实体感；还有同学说不要衣服，弄一些阴影效果直接加旁白。我发现大家对鬼魂的想象还是很西方式的，中国传统文化中的鬼不一定是一袭白衣、没有双脚或飘着的，对吧？人死为鬼，化为尘土，本质上是精气，所以大家都会觉得鬼要比人轻盈一些。《搜神记》（约350）中就有一个宋定伯卖鬼的故事。宋定伯在路上遇到一个鬼，骗鬼说自己也是鬼。后来，鬼将定伯背起来时，怀疑定伯不是鬼，因为觉得定伯的身体很重；定伯狡辩说他是新死的鬼，所以不像一般的鬼那样轻。哈姆雷特父亲的鬼魂自然是西方的鬼，而且据文中所述他身披甲胄，不过你也可以按照非西方的视角来展现。有同学说可以像僵尸一样，这就比较有挑战性了。鬼魂出现告诉你一件事你至少会半信半疑，但若僵尸借尸还魂开口说话，你有多大概率相信它？也许没等它说完就逃命去了。这其实也暗示了我们潜意识里对灵魂 /

理性和肉体／感性的一种偏见，更有可能是我们摆脱不了以貌取人——哪怕是僵尸，但如果它形象尚佳，比美人还美，估计也不会有什么接受上的问题。

我们先来看一个《哈姆雷特》经典的电影改编，1948年版劳伦斯·奥利弗（Laurence Olivier，1907—1989）演的《哈姆雷特》，里面鬼魂的出场就很符合大多数同学的想象。影片中鬼魂在烟雾中若隐若现，哈姆雷特不顾朋友的劝阻毅然要前往鬼魂之处。这里导演有个非常巧妙的安排，让哈姆雷特把佩剑倒握着向前，是不是很像拿了一个十字架？它其实有很强烈的宗教暗示。而哈姆雷特倒举着佩剑，一步一步沿着城堡的阶梯走向顶端的露台，这时候鬼魂发声了，语调平缓，听起来非常虚弱，就像一个年迈的父亲那样。这里显示的鬼魂视觉形象是虚幻轻飘同时又让你会对他有几分可怜的感觉。

接下来是1964年苏联改编的版本，导演柯静采夫（Grigori Kozintsev，1905—1973）擅长改编西方文学经典名著，所以这部影片里面有明显的苏联蒙太奇传统——剪辑比较快，而且表现主义风格浓厚——特别是广俯长镜下的自然景观总让你感到别具深意。负责配乐的是大名鼎鼎的肖斯塔科维奇（Dmitri Shostakovich，1906—1975），诗人同时也是《日瓦戈医生》（1957）的

《哈姆雷特》中的鬼魂，1948 年

作者帕斯捷尔纳克（Boris Pasternak，1890—1960）也参与了编剧工作，可以说是明星阵容、豪华制作。总体来说，1948年和1964年这两部电影改编各有千秋，但我特别喜欢1964年这一部对鬼魂形象的塑造，非常震撼且极具想象力。有同学说这部电影里面国王的鬼魂看起来像蝙蝠侠，黑盔甲黑披风，像高大威武的超级英雄从天而降。没看这部之前，你很难想象哈姆雷特父亲的亡魂可以表现得这样气势磅礴，充满力量，对吗？他不是飘忽、虚幻的，也不让你觉得可怜兮兮；他拥有坚实的双腿，身披甲胄行走的样子占据画面中心；他不是在向哈姆雷特倾诉自己的可怜遭遇，而是在控诉、在导引，像历史真理一般，要求哈姆雷特把颠倒的时代给纠正过来。

这两部电影对鬼魂显身氛围也有不同的营造：在1948年的英国版本中，鬼魂的出现和哈姆雷特自身的状态有关，并不是一个纯粹外在的对象。导演给了鬼魂一个面部模糊的特写，谁能保证这不是哈姆雷特个人的妄想抑或着魔体验呢？而在1964年的苏联版本中，导演基本上还原了原著中的场面描写：子夜时分、凛冽的寒风、婚礼的吵闹声，但在中间加上了一段哈姆雷特的叔父和母亲在婚礼的高潮时刻告别宾客，急于进入卧房享受鱼水之欢的场景——淫乱与罪恶，室外狂风中惊慌

《哈姆雷特》中的鬼魂，1964 年

不安的马匹，配乐中陡然而起的高音，巨大的黑影——这是被掩盖的真相、被扭曲的正义，而像超人一般的黑武士英雄形象，宣告了复仇的合法性和必然性。电影中的鬼魂不只是语言的表述或某种概念，它是你阅读、思考作品后的具体产物；换言之，作为导演，你得把它变成某种实体。所以文字剧本给了你同样的场景、人物、事件等设定框架，但不同的导演完全可借由自己的想象力和特定的表达要求，借由场面调度，最终实现风格各异的视觉呈现。

2 电影如何呈现哈姆雷特的独白

接下来我们考察第三幕第一场中哈姆雷特的著名独白以及它的视觉呈现。地点是城堡中的一室，也就是说在室内，所以像天气这类外在环境因素我们不得而知；从文中推断时间大致是在下午，人物有哈姆雷特、奥菲利娅，或者我们也可以把藏在暗中观察的国王和波洛涅斯也算在内；事件就是国王等人让奥菲利娅打探哈姆雷特发疯的原因，哈姆雷特在见到奥菲利娅之前讲出了这段著名的独白。中文剧本大家多数看的是朱生豪（1912—1944）的译本，开头就是那句著名的"生存还是毁灭，这是一个值得考虑的问题"。我个人更喜欢卞之琳（1910—2000）的译本，开头的翻译为"活下去还是不活，这是个问题"。一方面卞氏本身是诗人，以诗译诗，流畅到位；另一方面卞之琳的翻译更容易放进整个剧情里，读起来确是哈姆雷特的独白，而不是哈姆雷特的申论。为什么这样说呢？我们都知道这段话是哈姆雷特针对人性、命运、行动和言语的思考与疑问，是在替全体人类发问，而且本身就是戏剧舞台的表演，但这不代表在语言上要预设众多的观众，也不必要用太多的书面语和议论句来向观众解释。朱生豪的译本自然有它的价值和文学史意义，但用"生存还是毁灭"去译"To be or not to be"其实是对哈姆雷特独白的一种解读、一个抽象化的意译处理，好像生怕读者看不明白一样，要先正本清源、解释清楚。而且从剧情故事的角度来看，我们很难想象当你内心饱受煎熬，去见情人时，会对自己说"生存还是毁灭"——除非这是为了表演而表演。卞之琳的译本"活下去还是不活，这是个问题"乍看起来平平无奇，少了很多气势，但它非常具体，也很贴合整个剧情和哈姆雷特的行为举止，其他那些关于世间人生的吐槽也译得很传神，你读的时候会觉得这就是哈姆雷特的满腹牢骚，他不是在跟预设的现场观众做解释，而是在跟自己对话——也因此他的独白才会穿越时空的限制，和这个星球上所有普遍的人类个体发生关联——我们每个人都是哈姆雷特的听众，但也同时是他自身。

这只是我个人的看法，不强求各位接受，欢迎你们提出不同的见解和批评。

　　我们如何理解哈姆雷特的独白势必会影响我们如何将其视觉呈现，然而影片的塑造也会反过来作用于我们的阐释。这里的哈姆雷特是个懦弱的王子、怀疑不定的抗争者，还是一个诗人哲学家？他是在思考世间的本质、人之为人的真相，还是不敢将复仇付诸实践、借由思虑来逃避被强加的责任？在戏剧里，这段独白过后，哈姆雷特拒绝了奥菲利娅的爱意，甚至对她出言侮辱，这是复仇所需的伪装，还是他本性中对他人、对自己的不信任，或者是一种厌女情结的必然？如果让我们来拍摄，会安排一个什么样的场景：城堡的房间内，还是室外，让他置身于大自然中？只有哈姆雷特一个人，还是也安排其他演员出场，又或添加一些道具来辅助表达？是让演员在镜头前不间断地背诵台词，还是让他像个忧郁的王子，眉头紧锁，一言不发，通过画外音的旁白来呈现？如果我们只是在表演舞台剧，那么哈姆雷特的这段独白似乎一气呵成，保持完整更好；但我们是在拍电影，所以可以利用摄影机的调度、剪辑，可以琢磨要不要在独白中剪切进一些其他画面，比如表现记忆的闪回等。

　　要想更深入地比较戏剧和电影的区别，我推荐大家

《哈姆雷特》中的独白，1948 年

有机会去看一下相关的戏剧表演，比如安德鲁·斯科特（Andrew Scott，1976— ）饰演哈姆雷特的那版（2018），BBC有转播；或者李六乙导演、胡军饰演哈姆雷特的那版（2018），最近在香港也有上演。由于时间关系，我们在课堂上还是只考察两个电影改编的片段——奥利弗1948年的版本和肯尼斯·布莱纳（Kenneth Branagh，1960— ）饰演哈姆雷特的1996年的版本。也许你会觉得这些电影版本依然有强烈的舞台风格，但其本质上已和舞台戏剧截然区分开了。

　　首先在1948年这一版中，我们发现电影和原著作品有明显区别。在电影里，哈姆雷特是先拒绝了奥菲利娅之后，一个人跑到室外才开始这段独白。镜头是从城堡室内沿着石梯迅速往上拉，直到一个室外的场景；王子眺望着波涛汹涌的大海，若有所思。镜头先是对着哈姆雷特的后脑勺予以特写，让我们好像进入了他的意识甚或潜意识中；请注意不是所有的独白都由演员念出来，中间当他握着匕首、闭目闭嘴沉思时，台词是由旁白来完成的，或许是为了凸显这是他内心的声音。作为道具的佩剑在这里完全是小巧精致的匕首，他一边沉思生死复仇的问题，一边把玩它，甚至这样的小物都拿捏不住，一不小心把它掉进了大海，这暗示了他的犹豫不定、左右为难、行动上的软弱。导演把场景设置在室外，明显是为了突出带有隐喻性质的大海与波涛；特别是镜头在翻滚的海浪与哈姆雷特虚化的脸部之间进行转接，作为观众我们很容易看明白这是在暗喻他那不平静的内心——事实上这部电影里大量镜头的调动与转接都是这样充满主观性，即不是跟随人物动作、事件发展，而是跟随应和哈姆雷特的主观视角和他的内心活动。

大家如果查文献，会发现这部电影本来就深受弗洛伊德学说的影响，也有很多评论家热衷于阐释片中对恋母情结的表现。可以确定的是，这部电影中哈姆雷特的独白就是他在对自己进行精神分析，在我看来很像是知识分子的雏形"多余人"的形象源头。了解俄罗斯文学的同学对所谓"多余人"应该不陌生：知识分子就是这样，想得多，说得好，但就是做不到，不知道该怎么做；甚至他的思想愈复杂，话语愈激烈，行动力就愈弱。所以在独白末尾，奥利弗扮演的哈姆雷特不是下定决心要采取行动，而是一个人落寞又无奈地消失在浓雾中。他给我们的感觉，始终是被动的，身不由己，充满思虑又很柔弱的样子。他不是出于自己的意志想要去复仇，而是颠倒混乱的时代找上了他这个倒霉蛋，让他不得不去做些什么。

接着我们再来看 1996 年布莱纳自导自演的这个版本。有很多同学说更喜欢这个版本，这个版本让人更容易接受。为什么呢？因为它看起来更接近现代人，更符合诸位"97后"对哈姆雷特的想象？它的场景转换到了室内，但一看布景、道具还有服饰，绝对不是12世纪的古堡，更像是19世纪华丽奢靡的欧洲宫廷。是不是在丹麦发生的都无所谓了，时间和地点不重要，因为历史语境被削弱了，倒也从某种层面普遍化了这一永恒场景。这部电影中的哈姆雷特就是在室内，紧握着锋利的匕首，对镜独白。布莱纳把原著台词全念了出来，但完全没有流露出犹豫和软弱；相反，他非常坚决，甚至有点狂躁，像是在责备、拷问自己一样。

镜子在这里是个很重要的道具，它和前一部的海浪一样都参与到了哈姆雷特的意识运作和心理建构中，但所起作用很不相同。镜子反映出人的影像，哈姆雷特对镜独白也是在和自己对话，在进行自我反思与确认。读过拉康（Jacques Lacan，1901—1981）的同学，看到镜子就会联想到他的"镜像阶段"。人还是婴儿时，在镜中看到自己，但没法把镜中的自己当作本身，而是把镜中的我当作一个他者来接受。所以一个理想化的自我其实是关于他者的误认。自我意识是根深蒂固的幻觉，是欲望作祟，主体的本质只是空白与匮乏。所以这里的哈姆雷特没有犹豫，没有思绪万千；他一直在行动，处于躁动不安中。当他对着镜子念出"To be or not to be"时，

《哈姆雷特》中的独白，1996 年

他没有在纠结要不要报仇的问题——仇是一定要报的，他完全知道自己要干什么；他追问的不是要不要去做或该怎样行动这一类问题，而是我这样去做这件事，它的意义是什么。当人渴求意义时，自我就显现出来了。布莱纳的哈姆雷特不缺乏意志，不畏惧行动，他有很强的意志力；他不是在拷问自己是否懦弱，不是在疑惑我该怎么办，而是要求能为这一切赋予意义的东西，即确认、反思这一行动的主体。在这个意义上，我们才会说他是在本体论的意义上探讨超越了行动的生死问题。这里的独白与其说是剧情和事件的发展，不如说是思辨性和艺术上的创造；而这个哈姆雷特更像是一个神经质的、躁动不安的狂人哲学家。所以这部电影改编欠缺了一点原有戏剧故事的娱乐性质。

3 电影与戏剧之异同

最后我想就今天这一讲内容，简单反思、总结一下电影作品和戏剧表演的相似与不同。我认为电影和戏剧的相通之处在于场面调度，这也是电影脱胎于戏剧舞台的地方。但以电影的方式呈现戏剧文本，并不是把一场戏剧表演用摄影机记录下来。比如著名的百老汇歌剧《歌剧魅影》（1986），既有电影版，也有将现场表演摄录下来的电影。广义来说两者都是电影，但后者只是将电影当作一种复制传播的技术工具，是为了推广舞台艺术 / 戏剧表演的消费替代品。即使我们会去电影院或是在自己的显示器上观看，但我们知道它和现场的表演是不同的——若有可能还是希望大家能亲临现场，因为它们恰恰就是本雅明所谓缺失了灵光的复制品。而电影版的《歌剧魅影》则是一种新的艺术创作，电影是一种艺术手法而非记录工具，故事还是那个故事，但故事不是通过戏剧的节奏而是通过电影的模式（场面调度、摄影、剪辑、声效）被讲出来的。

　　电影作品和舞台戏剧的区别首先在于两者的基本形式单位不同：电影的基本单位是镜头，而戏剧的基本单位是场景。场景对应的是舞台世界的封闭性，而镜头世界则是开放的，其视觉度和完成度更高。因为戏剧舞台的固定性，它每次转场时无法像电影那样从一个镜头转到另一个镜头就是另外的时空场景，必须现场变换布景、用道具来暗示或用语言进行说明，最重要的是观众都明白虽然场景换了但舞台还是那个舞台——观众也要积极配合，接受它的设定才能进入去欣赏。正因为戏剧的视觉信息少，它对观众的要求比电影更高，能沉入进去的观众不能只是看，还需要主动去思考、去感受、去参与；但电影院里的观众就被技术惯坏了，不需要特别做什么就可以径自进入镜头构成的世界——无所谓这个世界呈现得好不好，也无关他们是否喜欢这样一个世界。

这方面讲得最透彻的还是巴赞，他有篇文章就叫《戏剧和电影》，提出一种观点，即舞台世界是向心的，而银幕世界是离心的。当我们看电影时，如果影片中的人物走出了摄影镜头，我们会觉得他／她只是暂时地离开了我们的视野，他们身处其中的那个世界在电影中依然存在，没有停歇。但我们观看戏剧表演时，如果有演员从舞台上离开，我们就知道他／她肯定是退到了后台，戏剧的世界就有了短暂的中断，必须等他／她回来或有新人登场才能继续下去，因为戏剧呈现的世界就是围绕人来运转的。人是戏剧艺术的主体和灵魂，我们欣赏戏剧基本上是在欣赏演员们的表演，看他们是否能打动台下的观众，引起共鸣。但在电影的世界中，人并不居于中心，也没有任何特权，他／她只是这个世界上的一者，甚至不用是必然存在的。

所以我个人的理解是，戏剧本质上仍然是一门语言的艺术。除了哑剧是引导你去欣赏演员的身体动作之外，话剧、歌剧、音乐剧等，演员的说、唱、动作举止都是围绕着语言构成的台词叙述而进行，语言是核心，表演是外在，它们一道推动事件的进展。而电影呈现的时空由一个一个的镜头构成，演员的动作和台词表演都只是每个镜头中的一部分，它们服从于围绕镜头摄影而展开的场面调度，所以我才说主导电影叙事进展的是镜头，而非演员的表演或台词。或者可以简单概括为，戏剧几乎仍是"说"出来的——所有的文学作品终究还是要通过语言去表达、去理解、去欣赏，而电影则是"做"出来的——借由摄影机拍摄和导演剪辑，制造一个可以让观众直接进入的"第二现实"（塔可夫斯基语）。

本雅明的《机械复制时代的艺术作品》和潘诺夫斯基的《电影中的风格与媒介》（1936）这两篇传世名文都有类似看法。前者从经验的变化去思考，认为电影演员是在摄影机这一机器面前自我表现，而不是在观众面前为人表演，所以在表演层面已经历了一次异化；但观众也有类似的异化，电影观众与演员之间没有直接的接触，观众看到的是可被剪辑的影像而非现场的演出（虽然大多数时候我们会忘记这一点），故而电影观众对演员的认同说白了其实是对摄影机的认同。后者遵循的是一贯的视觉形式分析，认为电影作为新的象征形式诞生出了自身语言。剧院的空间是静态的，观众和舞台是不能移动和充分变换的，但这反而使得观看的主体得以保持一个稳定状态。电影的观众虽然在观影时身体也是固定的，但其视觉体验却永久处于运动之中，因为观众的眼睛自始至终为摄影机的镜头所引领——镜头是不断移动、不停变换的，在这个运动和变化的过程中，观众不断丧失并不断重塑自我的主体性。

潘诺夫斯基认为戏剧比电影具有更高的文学性，再好的电影，它的剧本都不适合拿来阅读。因为决定一部电影好坏的不是语言文字，而是它所组织起来的视觉图像；电影不是依靠语言文字来讲故事，而是借助图像的运动来叙事。所以，接下来我们有必要去了解电影的叙事结构是怎么一回事。

参考文献及相关电影

- [苏]安德烈·塔可夫斯基著，张晓东译：《雕刻时光》（海口：南海出版公司，2016）。
- [日]野田高梧著，王忆冰译：《剧本结构论》（南昌：江西人民出版社，2019），第57—108页。
- [英]莎士比亚著，卞之琳译：《哈姆雷特》（杭州：浙江文艺出版社，2001年）。
- André Bazin, "The Evolution of the Language of Cinema," "Theatre and Cinema," in *What is Cinema? Vol.1*. Translated by Hugh Gray (Berkeley, Los Angeles and London: University of California Press, 2004), 23-40, 76-124.
- Erwin Panofsky, "Style and Medium in the Motion Pictures," in *Three Essays on Style*. Edited by Irving Lavin (Cambridge and London: The MIT Press, 1997), 91-128.

- 《鸟人》（*Birdman or The Unexpected Virtue of Ignorance*），导演：亚利桑德罗·冈萨雷斯·伊纳里图（Alejandro González Iñárritu），2014。
- 《去年在马里昂巴德》（*L'année dernière à Marienbad*），导演：阿伦·雷乃（Alain Resnais），1961。
- 《布达佩斯大饭店》（*The Grand Budapest Hotel*），导演：

韦斯·安德森（Wes Anderson），2014。

- 《哈姆雷特》（*Hamlet*），导演：劳伦斯·奥利弗（Laurence Olivier），1948。
- 《哈姆雷特》（*Hamlet*），导演：格里高利·柯静采夫（Grigori Kozintsev），1964。
- 《哈姆雷特》（*Hamlet*），导演：肯尼斯·布莱纳（Kenneth Branagh），1996。

文学与电影十讲

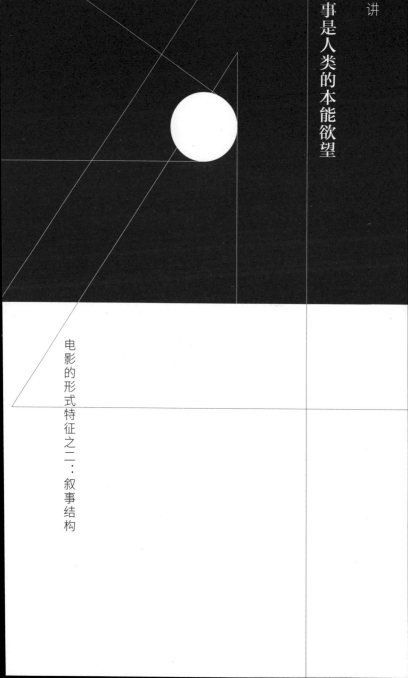

事是人类的本能欲望

讲

电影的形式特征之二：叙事结构

上一讲我们探讨了电影的摄影和场面调度两大特征，在此基础上比较了电影与戏剧艺术的异同点。在进入到剪辑之前，我认为大家要先学会辨识、梳理电影中的故事线索，也就是所谓的叙事结构。一部电影的好坏不仅由剧本内容决定，导演会不会讲故事，是否会用视觉影像的形式去讲好故事，同样至关重要。这一讲我们就来了解什么是叙事、叙事学；文本分析中的叙事结构如何转换到电影艺术中，常见的电影叙事模式有哪些；最后我想以芥川龙之介（1892—1927）的两则短篇小说《罗生门》《竹林中》与黑泽明（1910—1998）的电影改编《罗生门》（1950）作为案例分析，探讨其中叙事结构的变换，帮助大家理解叙事之于文学和电影的意义。

一　电影的叙事结构

1　叙事与叙事学

叙事在西方文论的传统中，最早可以追溯到柏拉图（Plato，428/427BC 或 424/423BC—348/347BC）、亚里士多德那里。关于事件或情节的呈现方式有这两种基本的对立模式：摹仿（Mimesis）和叙事（Diegesis）。摹仿是指对事件的直接显现，你需要把故事重新表演出来，不只是场景和角色，还包括事件进程中的人物及其动作举止——这其实也是戏剧艺术最本质的东西。叙事则侧重于对故事的讲述，既然是讲故事就需要有讲故事的人，他可以是故事中的某一角色，也可以是看不见的、中立的叙述者，还可以是对所有事件和人物了然于心的全知全能叙述者。随着叙事技巧的发展，讲故事的虚构叙述者与写故事的现实作者愈发相互背离、各自发展。

从文本的角度看，叙述者或者是可信的，或者是不可信的，更可能二者兼之。亚里士多德在《诗学》（335BC）第三章里说：即使我们用同一种媒介去表现同一个对象，表现的方法也可以不一样——或者通过叙事，要么像荷马那样借由角色之口讲述，要么就由作者本人直接讲述；或者通过摹仿，把所有角色都活生生地呈现在我们面前。这样一种二分法一直延续到近代，比如奥尔巴赫（Eric Auerbach，1892—1957）在那本著名的《摹仿论》（1946）中，就是以荷马史诗中奥德修斯腿上的伤疤和旧约故事亚伯拉罕献子为例，区分摹仿和表征（Representation）；他认为前者是一种直接的呈现，不需要阐释，后者总是有一个隐藏的、深藏意义——但需通过特定的阐释才能被揭示出来。表征或再现在范围上要比叙事更广——毕竟它不是只有一种媒介形式，但也可能是现代性的影响让我们更偏爱用表征而非叙事。事实上在电影行业，叙事（Diegesis）会用来表示银幕上讲述的故事，其不同于本来发生的那些事件以及它们在时间内的自然进程。

　　研究故事如何被讲述的学问源远流长，但我们一般所谓的叙事学是比较晚近的产物，和俄国形式主义文学理论密不可分。其中较著名的研究有普罗普（Vladimir Propp，1895—1970）的故事形态学，他搜集、比较了世界各地的神话传说、民间故事，探讨它们所蕴含的共同形态特征以总结出一般规律。巴赫金（Mikhail Bakhtin，1895—1975）立足于拉伯雷（François Rabelais，？—1553）的《巨人传》（1532—1564）和陀思妥耶夫斯基（Fyodor Dostoevsky，1821—1881）的小说进行叙事研究，为我们贡献了许多沿用至今的重要术语，比如复调小说（Polyphonic Novel）、时空体

（Chronotope）、"众声喧哗"（Heteroglossia）等。20世纪80年代叙事性逐渐兴起成为一种跨学科的研究方法，进入到比较文学、流行文化研究、影视戏剧创作等领域，但它们的关注点依然是故事怎样被讲述，叙事怎样被联结为整体和它的素材如何为人们所理解，以及叙事策略、叙事视角、相应的美学传统及象征意义等。

2 故事何以为故事？

故事是人们理解世界、他人，获得不同经验的一种基本途径。我们每个人都是有限的存在者，即使事必躬亲，行万里路，也无法穷尽这个世界以及人类生活的一切。所以听故事就成为我们从小了解、想象这个世界的重要途径，故事里的经验也为我们自己的为人处世提供指导和借鉴。现代社会的广告宣传，经常鼓吹你要多去远方旅行，去体验不同的生活，享受没吃过的美食，拥有奢华的衣物等——其实都是在以讲故事的方式鼓励你去消费。但消费本身并不足以把这段旅程或你购买的东西变成一种经验，除非它们能够进入到你的生命之中，让你可以把它们像讲故事一样讲述出来——在讲述的过程中你也是在认识自己、完成自己。所以为了故事去消费，和在消费中成就一段故事，是很不一样的两种体验。

听故事和讲故事都是人类的本能欲望。儿童在很小的时候就会自然地学习叙事这一技能——能够听懂故事并且把故事再次讲述出来。小孩子经常闹着要听大人讲故事；如果你讲故事的时候想偷工减料，或者每天重复同一个故事，又或者当一个故事还未结束，你就企图欺骗小朋友故事讲完了，他们才不会上当。换言之，尽管儿童不懂得叙事理论，甚至他们自己也弄不明白（他们说不清楚自己为什么会感觉这个故事没有讲完，为什么能断定你是在敷衍了事），但已经形成了一种关于故事的感觉，这使得他们能够区分哪些故事是完整的，哪些故事的结束是恰当的。

我想大家小时候都听过这样一个故事：从前有座山，山里有座庙，庙里有个老和尚，老和尚正在给小和尚讲故事。讲什么故事呢？从前有座山，山里有座庙，庙里有个老和尚，老和尚正在给小和尚讲故事……如果你用这种方法给小孩讲故事，孩子肯定要崩溃了。那为什么小朋友觉得这不是一个故事？绝大多数人也不会认为这是一个真正的故事。有同学说是因为它一直在循环，没有变化。没错，这种循环往复的叙述不会被当成一个真正的故事，因为没有变化发展，只是在自我重复。用数学的术语来说，就是递归（Recursion）——函数在定义中使用函数自身的方法。而故事之所以能成为故事，最基本的条件就是情节要有变化，事件要有发展。不过，即使叙述有了发展和变化，它依旧可能是一个更大循环的一部分——这正是博尔赫斯（Jorge Luis Borges，1899—1986）之类作家的作品善用的策略；但只要你看不到这一点，只要你的感觉发生了变化，就不会产生焦虑，不会觉得自己被骗了。

按照亚里士多德的说法，一个完整的情节，也就是故事，必须包含开头、中间和结尾三个部分。三者之间产生的联系或者缘于遵照某种规则，或者缘于因果必然性。开头给出了情境，是引发变化和发展的原因；中间是变化的展开；结尾则是公布结果，为先前情节的变化和发展赋予意义、加以说明。为什么故事一定要有结局呢？结局不是对叙述时间的中断，而是要保证叙述的完整性，让你明白这一切到底是为了什么。开放式结局倒还好，只是给你留下有限的悬念，但很多实验性的文学作品为了突出反叙述性，会戛然而止，在你认为还不该完结的地方结束一切，让你不明所以，搞不懂它到底在讲什么。所以这类作品的解读需要辅之以大量的理论阐释。尽管这类作品有自己的审美追求和先锋价值，但永远不可能被多数人耳熟能详、津津乐道，因为它进入不了普遍的"故事"范畴中。此外还涉及叙述的长度与张力问题。通过以上例子我们就已经明白，故事不是越长越好。

除了循环之外，对事件进行一连串、长长的列举也并不足以产生吸引人的叙事，这就像列出购物清单一样；但一篇简单的小作文却能通过布局和组合让文字充满张力，使你感动，产生意义。荷马讲述奥德赛的历险并没有把一切都囊括进去，他不是要复述这位英雄的一生，甚至也不是每次冒险都要涉及，他知道讲故事要有取舍、有选择，在此基础上形成一个完整的叙事。接下来我们再用两个具体例子加深大家对故事自身特性的理解。

　　据说1920年的某一天，海明威（Ernest Hemingway，1899—1961）与一群作家朋友闲聊时，有人提议比比看谁能写出最短的小说。海明威和其他人打赌说他只用六个英文单词就能写出一个完整的故事，并以十美元为赌注。最终他以随手写下的这个六字小说赢得了这笔钱：出售，婴儿鞋，未穿过（For sale. Baby shoes. Never worn.）。倘若我们去做历史的考查，会发现这个故事其实和海明威没什么关系，是后人硬加在他身上的。但它却作为微型小说、最短故事的代表，常常为人所引用。

　　大家觉得为什么这六个单词合在一起是一个故事呢？有同学说它有开头、中间和结尾。从形式上来看确实如此，而且它的这三个部分呈现出一种因果关系上的必然，而不仅仅是时间上的先后相继。有同学说它激发了很多联想，即为什么会有一双婴儿鞋在出售，而且是没穿过的；原先的那个婴儿现在怎么样了；婴儿的父母经历了什么……我们会据此脑补出很多其他故事情节。不错，虽然同样有赖于文字，信息叙事重在精确实用，不需要有言外之意，它的意义是呈自我死循环的；但故事叙事则要求有变化和交错，我们之所以觉得它有想象力或激发我们的联想，无非是它的意义指向了自身之外的东西。叙述的想象力是无穷的，要比长长的列举、记载更有威力。

在这个故事里，若你把"婴儿鞋"替换成"婚戒"，依然能激发读者的联想，虽然力道上弱了一些；但你若换成"大衣"，那几乎就没有联想的空间，大家只会把它当成一则售卖广告。因为这六个字的故事里同样有故事的核心——变化，只不过它是以不在场的方式完成的；尽管我们无法切实地描述它、解释它，但我们都能确认到这一变化的存在。所以不是说故事要有变化，你就必须把相关的情节变换从前到后、事无巨细、堂而皇之地摆上台面告诉读者，讲故事的方式可以是多种多样的。

此外，就算你把"婴儿鞋"换成"婚戒"好像是得出了一个新故事，但这就是所谓的套路；你没有改变讲故事的方式抑或叙事的类型。事实上，真正的天才小说家只有两种，或者是发明了新的叙事类型，比如爱伦坡（Edgar Allan Poe，1809—1849）、卡夫卡；或者是组合、变换旧有的叙事类型以产生新的意义，比如博尔赫斯、卡尔维诺（Italo Calvino，1923—1985）。可能陀思妥耶夫斯基是个例外，他既没有优美的艺术语言，也没有复杂恢宏的情节内容，更不具备天才的叙述技巧；他其实是在文学和哲学之间转换，用非理论的、普通人的语言追问一些最基本的价值评判问题。所以恪守小说技艺的纳博科夫（Vladimir Nabokov，1899—1977）欣赏不来陀思妥耶夫斯基，这就和尊奉英美新批评的夏志清（1921—2013）读不懂鲁迅是一个道理。

关于故事的类型我们可以再多说两句。我去年读了一本书，叫作《艺术家的形象》（1979），探讨那些著名艺术家，主要是大画家的形象，是如何在各种传奇故事中被塑造出来的。这本书本身读起来略无趣，但它的主要论点和我们的课程有相关之处：过往艺术家的逸事、传奇都含有某些类型化的叙事，这其实反映了古今中外人们内心的一些恒定特质与普遍要求。其中，一种类型化故事是这些大画家从来没有受过任何训练，并且家境贫寒，多为牧童之类，但在年少时偶然显露出了高超的艺术天赋；另一种类型化的故事是画家创作的某件作品栩栩如生，有以假乱真的效果。当然这本书讲的都是西方文化中的画家故事，比如大师乔托（Giotto，？—1337）从小在村里放牛，偶然被人们发现了绘画的天赋；宙克西斯（Zeuxis，464BC—？）画的葡萄非常逼真，引得飞鸟来啄食。但中国画家也不缺乏这样的故事，画圣吴道子（680—740）从小家境贫寒，在学书法的过程中领悟到绘画的妙法；而张僧繇（479—？）画龙点睛的故事我想大家从小都听过。

所有伟大的画家都有某些相同的故事，即使现在的媒体要捧红某些大师，他们在塑造形象的过程中也是使用差不多的故事。这和史实、真相没有关系，而是人们为什么在涉及画家时，喜欢讲也喜欢听这样的故事。在人们的普遍想象中，伟大画家就应该是这样的：第一，他是天才，是神童，生来不凡，年少时看起来平平无奇，但注定的才华与天赋就预示了往后的伟大成就。如果说这个画家从小刻苦学绘画，报个培训班、夏令营，天天被父母逼着练习，就算之后有不错的成绩也多半不会被人们视为伟大的画家。这可能和他的作品没什么关系，完全是因为他没有值得人们津津乐道的故事。第二，他必须要有以假乱真、让世人惊讶的本领。但我们仔细想想，没有哪一幅画作是因为能迷惑观者、以假乱真而被称为伟大的。所以苏轼才说："论画以形似，见与儿童邻。"问题是，人们就是喜欢这样的故事——画家像是有魔力一样创造出栩栩如生、有生命气息的作品。这其实反映了我们对本体和图像、现实与表征地位关系的默认，画家的以假乱真和真假关系不大，而是他／她能填平这两者之间的鸿沟，扭转我们的偏见。由此可见，叙事研究的重点不是故事的内容，而是故事的类型和讲述方式，这能帮助我们在更深层和更普遍的意义上理解人性是什么。

3 叙事结构

我们之所以能研究叙事，或说叙事理论得以成立的根本，就在于情节和对情节的表述是不同的，故事和讲故事的话语是对立的。在这对立两者的缝隙及豁口中，叙事才拥有了一个别样的时空——叙事是有结构的。叙事结构总是潜藏在故事的背后。因为面对一个文本，读者通过辨识故事、厘清线索进而去理解整个叙事，在这之后他们才会把文本重新解读为是对故事的一种表述方式。也就是说，只有通过搞清楚"发生了什么"，我们才能把组成叙事结构的文字、视觉材料等符号看作对所发生事情的一种描绘与再现。

经常有人抱怨说某些小说读不懂、某些电影看不明白。为什么会"看不懂"呢？因为这些小说和电影讲故事的方式或叙事结构过于个性，跳脱常规，让读者和观不要轻言"看不懂"——思考和研究本来就是一个重复的过程，懂不懂只取决于你当前停留在哪一步。

众觉得疲累又茫然。虽然你目睹了情节的发生，见证了事件的进行，但却未能将其转化为可供辨识的故事，自然也就无法分析、欣赏、批评背后的叙事结构。这一方面可能源于创作者的失败或故意挑衅，另一方面也可能要怪读者自己不愿付出更多智识上的努力，只想坐享其成，热衷于被动满足。如果真正踏入到分析研究领域，那么不论是电影还是小说，我们其实都是在重读、重看：因为第一遍时我们总是执着于故事，只有第二遍重新回头去看时，我们才会明白原来它呈现故事的方式是这样的。我觉得，如果有人初次看一部电影的关注点就是它的场面调度是怎么弄的，镜头是如何拍的，那么要么是这部电影实在不行，要么就是你辜负了这部电影。所以大家不要轻言"看不懂"——思考和研究本来就是一个重复的过程，懂不懂只取决于你当前停留在哪一步。除非你是看了一遍或看了一半就嫌累，觉得无聊，从此与它诀别，撒手不管，否则不会有任何一部电影是你真正"看不懂"的。

如果你要分析故事的讲述方式，或说把握叙事结构，需要从一些关键点上着手。首先是叙述者，因为一个故事永远是要有人（或拟人者）来讲，谁说了什么、谁在对谁说，这些最基本的问题能帮我们确定叙述者，其和故事的作者抑或故事的主人公并不一定重合。其次是叙事的时空，叙述者在什么地方、什么时间讲述故事，使用什么样的语言讲话。再次是叙述视角，比如全知视角，即大家都很熟悉的上帝视角，叙述者在故事里基本上是全知全能的；限制视角，即叙述者知道的仅仅和人物角色知道的一样多，甚至要更少；具体写作时又分为第一人称、第二人称及第三人称叙事，这些都是可以组合变换的。最后是叙事关系，我们知道事件的进程（在一个预设的真实时间线上）和叙事的进程是不一样的，所以最简单的叙事关系就是事件前后相继。但大多数人不会只满足于厘清时间线上的前后关系，那样的话故事就和生活没有区别了，况且就算辨识出了不同事件在时间线 AB 上的位置，我们也还不敢说自己搞懂了这个故事。那什么时候我们才会心安理得地宣称自己看明白了这个故事呢？只有当我们能够用"因为……所以……"这样的句式来解释它时，我们才会说自己看懂了这个故事，也就能够把这个故事对其他人讲出来了。简言之，我们之所以觉得自己看懂了，很大程度上是我们自以为把握住了不同事件之间的因果关系，能够回答下列问题：X 为什么要这样做，这个事件的起因是什么，最终导致了什么样的后果，等等。

我们来看具体例子，同样一件事能够有哪些不同的叙事手法。第一句话是："那个男人点燃了一支烟。"这就是一个非常简单、非常普通的叙述句，能供我们分析的成分很少。但我稍微变换一下："那个头部有着白色毛发的雄性智人种将一直燃烧着的管状物拿近自己的口腔部位，然后一阵烟雾就从他的口腔和管状物未燃烧的另一端飘散开来。"有同学说这是不讲人话。没错，这就是一种刻意营造且不怎么成功的陌生化效果，我们日常叙述中很少使用，虽然叙述者也可能是一个前来观察地球人的外星生命。不过我们稍微想一下也能明白它叙述的到底是怎样一件事。还可以再扩展一下："爷爷点燃了一支烟，但他内心的苦闷仍未得到缓解。"这里我们首先就意识到叙述者和这位老人的关系肯定不一般，而且叙述者知道一些我们未获得的信息——内心的苦闷是什么？叙述者怎么就能断定这一苦闷没有缓解？接下来又会发生什么？这自然就会迫使我们在更大的语境中去寻觅、破解叙事关系。但请大家注意，即使是全知叙事抑或叙述者的内心独白，都不意味着叙述者一定掌握着真相，否则我们就不用再去阐释解读，直接接受这些说法就好了。所以我们分析叙事不是为了去确定真相（往往也确定不了），我们只是在理解不同的叙事策略、叙事结构自圆其说的依据在哪里，是什么得以使故事继续下去。所以一方面我们不能说自己什么都没看懂，另一方面即使你研究得再深入，阐释得再精彩，也不敢说自己都懂了。其实叙事和生活本来就是一致的，不仅是因为生活围绕叙事来建构，还因为它们都共享了人之为人的局限性：我们无法确定终极的真实是什么，永远在自圆其说和对它的不满与质疑之间摇摆；努力寻找但也总得妥协，这是对我们自身限度的承认。

回到电影上面，常见的叙事结构一般可以分为三种：经典模式（Classical paradigm）——叙述与故事基本一致；现实主义模式（Realistic paradigm）——故事本身比叙述更重要；形式主义模式（Formalistic paradigm）——叙述胜过故事。我没有考证过，但我想这类三分法应该都是受到黑格尔（G. W. F. Hegel，1770—1831）的影响，他在《美学》（1835）一书中，把所有的西方艺术利用内容和形式的关系分为三大类：形式超过内容是象征型，内容胜过形式是浪漫型，内容和形式统一是古典型。

电影叙事中的经典模式也是好莱坞电影最常使用的"三板斧"，把故事的开始、中间和结尾转换成情节的铺垫、冲突与解决，也就是著名编剧菲尔德（Syd Field，1935—2013）总结的"三幕式结构"（Three-act structure）。在这一模式下，情节的发展基本是将人物作为因果关系的中心，人被卷入事件之中，但其实是他／她自己在推着事件前进。故事的起因或是出于欲望——动了念头想要得到什么，或是出于矛盾——比如不得已要去复仇；故事的高潮就由冲突来体现——人与人之间的冲突、人与社会之间的冲突、人内心中不同层面的冲突等；故事的结局意味着矛盾化解了——或是你成长了，与世界和解，对欲望的理解上升了一个台阶，或是你成了一个"更好的自己"，领悟到家庭、爱情、生命的可贵等。从剧情上说人物完全有可能绝不妥协，走向毁灭，但商业电影很少会采取这样的选项，毕竟观众是花钱消费，渴望共鸣和感动，偶尔教育一下、装下深沉可以，但不能玩脱了，否则从此以后作为电影工作者的生涯就结业了。为了怕观众看得太闷，一般在主要事件之外还会陪衬一条支线。比如主线故事是打斗、复仇、夺权等，那么支线通常就是所谓的感情戏，谈情说爱、三角恋关系之类。

现实主义模式讲求反映社会现实问题，电影像是透明的装置一样，银幕上呈现的故事就是未经雕饰的真实生活。所以它的情节结构会显得松散，你不一定能找到明确的开头、中间和结尾，甚至也察觉不到那种戏剧化的冲突焦点——因为这才是生活和现实本来该有的样子。有同学说《偷自行车的人》（1948），这是意大利新现实主义;有同学提到贾樟柯的《小武》(1997)、《站台》(2000),还有同学说小津安二郎(1903—1963)的所有作品。这些都可以称为现实主义叙事模式,不过请注意,这种对"现实"的主张和实践本身就是处心积虑的叙事策略。你只有在欣赏小津精心制作的电影时才会感慨:"这就是生活!"——低角度摄影、固定机位、断层式的空间、舒缓的节奏、看似无关的空境、完美处理的画面、平民生活的点点滴滴。除了极偶尔的灵光闪现,你一般不会在经历自己每天朝九晚五、两点一线的生活时联想到:"这就是小津的电影!"现实中的不公与矛盾,难道不会形成比电影更具戏剧性的冲突吗?你的生活中永远是宁静缓慢、天高云淡,就没有爆发的愤怒、凝固的尴尬,抑或卑劣的欲望吗?我们总说现实生活就是衣食住行、吃喝拉撒,但有多少电影为了凸显写实性而去拍后两者呢?所以现实主义的叙事同样有对生活的取舍与处理,有对观众的规训和妥协。

最后一种形式主义模式,主要是指创作者个人风格非常浓烈,他们喜欢用自己特有的方式来讲故事,比如之前提到的《去年在马里昂巴德》。这类电影总是把原本故事的时间线拆开重组,使用倒叙、插叙、多重叙事,或者故事里面套故事之类的模式。有同学说诺兰(Christopher Nolan,1970—)也是这样,不过诺兰的电影总体上仍然暗合好莱坞的主流叙事和意识形态，而像早期的《追随》（1998）、《记忆碎片》（2000），无疑个人风格更为鲜明。同样，就我看来，奉俊昊（1969—　）的《杀人回忆》（2003）要比《寄生虫》（2019）有意思多了，但后者更容易被大多数观众接受。这也反映出形式主义叙事并不是不注重内容，不讲好故事，而是讲故事的方式更引人注目——你们可以将其想象成电影界的博尔赫斯和卡尔维诺。

以上三种模式不是什么绝对的划分，不存在客观的标准，它们彼此之间经常有重合或相辅相成的地方，只是希望大家把它们当成一个基础的入门引导、一个便捷的参照系来使用。此外，那些所谓的类型片也都有自己的叙事套路，比如以前的西部片、武侠片，现在的超级英雄、穿越、转生等题材的电影。所有的超级英雄电影都要讲述英雄的诞生，讲述他们的成长与转变；一旦套路太明显让人感到厌倦时，就加入些所谓的黑暗题材，无非就是超级英雄像普通人一样有自己的无奈和痛苦，所以常常是借经典叙事模式的壳，时而偏向写实，时而偏向形式，比如诺兰的蝙蝠侠系列，扎克·施奈德（Zack Snyder，1966—　）的《守望者》（2009）、"超人"系列等。

二 《罗生门》及其电影改编

1 小说作品

　　《竹林中》和《罗生门》都是芥川龙之介的代表作。芥川龙之介是日本著名文学家，除了日本文学之外，对中国文学和英国文学也颇为精通，和夏目漱石（1867—1916）齐名。他的短篇小说非常出名，鲁迅说芥川的小说创作的主题总是围绕着一种不安、不确定的情绪和状态。不只局限于小说作品，他为中国读者熟悉的还有一部《中国游记》，那是他20世纪20年代作为《大阪每日新闻》的记者前往上海、北京等地观光而写作的游记。本来芥川之前受汉学影响对中国非常向往，但实际去了之后却大失所望，甚至在游记中称中国是"屎与尿的国度"（因为当时的卫生条件非常糟糕），感叹他心目中古典的中华文明终于逝去了。他一辈子身患多种疾病，也有忧郁症，终于35岁时不堪折磨，选择服药自尽。我觉得很有意思的一点是，如果你看他的生平，其实非常短暂且平淡，没有什么特别的传奇经验；但他的作品却透露出对人世间极为深刻的洞察，以及一种对普遍人性的敏感和关怀——这多半缘于他广泛的阅读和文学造诣。所以不是一定要有很多亲身经历、要去往远方或者过一种不平凡的生活才能创作出伟大的作品。

小说《罗生门》的故事主题即人性是不可相信的。一个走投无路的落魄武士，纠结于要有气节地饿死还是干脆去偷盗谋生。当他在罗生门的城楼上看见一个老妇人拔死人的头发想拿去换钱，顿时勃然大怒，站在道德高地上指责她。但这个老妇人却辩解说人想活下去都不容易，这些死了的人也没几个好东西，生前都干过不少骗人的勾当。于是在故事的结尾处，这个前一秒还想坚持道义、维持武士形象的人突然顿悟了，打昏了这个老妇人，抢走了她身上所有值钱的东西，逃之夭夭。你可以看到这里面善与恶的转换非常激烈而快速，一刹那间一个人就可以由善到恶，却没有任何叙事上的突兀或逻辑上的矛盾。因为芥川的重点不是要表明人是自私的或人性中善的脆弱性，这不是一个关于性本恶的故事，重点是因为人性不可信，所以善恶都成了一个念头，是善是恶都不足为奇。

　　反而《竹林中》这个故事更接近于《罗生门》电影改编的主题，即真相是无法获得的。小说用七个登场人物（樵夫、行脚僧、捕快、老妪、强盗多襄丸、女人、亡魂）给出的七份供词，以不同的视角讲述同一件谋杀案。当然作为读者的你可以根据自圆其说的解释，甚至按照概率论去选择一个可信的叙述者及其持有的谜底，但文本本身始终保持了真相的不可确定——你无法证实任何一种答案。这恰恰也是这篇小说经久不衰的魅力所在。文本里面没有一个客观的叙述者来进行引导，七个叙述者在地位上是平等的，不存在最后一个出场的人物所说的话就更加可信，恰如七段证词平行地呈现在读者面前。请注意，正是因为这种安排，读者阅读这篇小说的时候，其实无意中扮演了堂上断案官员的角色。你不仅是听故事的人，同时还是审判者，自然就会注意到人物彼此证词之间的矛盾。

据强盗多襄丸的供证，他用长刀杀死了武士，两人还大战了几十个回合；武士的妻子背叛了丈夫，并且趁两人决斗时逃跑不见了。在女人的忏悔里，强盗蹂躏她之后将她踢昏，待她醒来时强盗已经不知去向；她没有背叛丈夫却遭到丈夫的鄙夷，为了贞洁和尊严，她用匕首杀死了武士。武士的亡魂又有另一种说法：妻子背叛了他，且因此受到强盗的鄙夷被踢倒，他自己不愿承受这样的侮辱，为了尊严用匕首自杀了。即使那些看起来是次要角色的证词里也都暗含玄机：第一个发现尸体的樵夫说自己从来没见过凶器——能够换钱的佩刀；而行脚僧连女人的容貌都看不清，马匹的大小也不确定，却记得漆黑箭筒里有二十多支弓箭。他们每个人都是基于自身的立场，从对自己有利的角度来讲述见闻，但没人认为自己在欺骗、隐瞒什么，甚至他们可能并未有意识地去维护自己，而是真的相信事情就是按照他们所讲的那样发生。

什么是最成功的谎言呢？就是连你自己都深信不疑，忘记这是谎言的谎言。这样的谎言就是故事，我们每天都会不由自主地讲个不停。强盗最忌讳被人瞧不起，怕被看成是鸡鸣狗盗的卑鄙小人，所以他一定把自己描述成光明磊落、高大威武的样子，甚至要主动和武士比武，借夸对方是好汉来自夸。武士最怕被人嘲笑懦弱无能，为了维护作为武士和作为丈夫的尊严，他要强调自己被背叛了，不愿受辱而自戕。这两人的叙事中反而皆会赞扬彼此，都对女人充满了不屑。但女人也不是吃素的，她深知在这种男权社会里什么最重要，所以宁愿揽上谋杀亲夫的罪名也要强调自己没有背叛，没有为欲望蛊惑，没有丧失贞烈。她的叙事重点不在于要逃脱罪行，而是要使自己能够被社会同情，被众人原谅。

小说中的这些主要情节和叙事特征都被黑泽明的电影保留了。可既然电影的剧情内容都源自《竹林中》，为什么片名还要叫《罗生门》呢？从史实的观点看，据编剧桥本忍（1918—2018）的说法，当时剧本只有《竹林中》的情节，可又觉得太短，就灵机一动想把《罗生门》这个故事也拉进来，《罗生门》中走上歪路的仆人就是后来《竹林中》的强盗多襄丸的前身。尽管两个故事都想拍，但时间来不及，片名原先叫《罗生门物语》，后来干脆就改成《罗生门》。黑泽明在《蛤蟆的油》最后部分也谈到了这部电影的相关制作情况，但这都是从电影生产的史实角度给出的解释。我觉得，若从电影的叙事结构入手，其实也能为上述问题提供一个答案，不一定正确，却能引人思考。

2 电影改编

黑泽明于 1950 年将芥川龙之介的故事搬上了银幕，改编电影获得了当年的威尼斯电影节金狮奖，被认为是日本电影走向国际、为欧美所重视的标志。黑泽明和小津安二郎一样是日本贡献出的两个无可置疑的电影大师，对他们来说，谈喜不喜欢这一类问题是没有意义的。就好比古典音乐中我们经常听到有人说自己喜欢马勒、喜欢瓦格纳或者喜欢德沃夏克，但很少有人说自己喜欢莫扎特和贝多芬，不是因为不喜欢，而是根本不用说，这两位音乐家本身就是"伟大"这一词语的标杆。

我觉得在电影领域，黑泽明和小津安二郎也与此类似——你绕不开这两位。两人的风格是有较大差异的。简单地讲，黑泽明是把东洋的美学气质融入到好莱坞式的经典叙事中，让所有观众都能领悟到其故事对人性的深刻思考；小津的故事你也能看懂，欣赏他的风格是容易的，但要能欣赏他故事的纯粹就必须要摒弃对西方经典叙事的依赖，同时具备一定的人世体验。所以黑泽明对西方电影的发展影响更大，没有黑泽明的《七武士》(1954)、《用心棒》(1961)，我们可能也看不到赛尔乔·莱昂内的"镖客三部曲"或者乔治·卢卡斯(George Lucas, 1944—)的"星球大战系列"；而黑泽明对莎士比亚戏剧的重新演绎，我个人觉得是所有莎剧电影改编里水平最高的。

这一讲我们关注的问题是：《罗生门》电影中的叙事结构有什么特色？或者说黑泽明如何用视觉的方式来推进叙事？我们之前讲过，小说的基本单位是语言，电影的基本单位是镜头；那么电影的叙事进展一定和镜头与镜头的组合息息相关。在《罗生门》这部88分钟的电影里，黑泽明用了420多个镜头。但镜头的组合也分不同的层级。从微观角度看，镜头的组合就是剪辑，就像电影的组词造句一样；但在宏观的角度，还要连句成段、谋篇布局，故而镜头组合就是电影的叙事结构，故事通过视觉的手法重新讲述出来。

黑泽明的剪辑风格华丽而明快，整体节奏非常流畅，即使眼花缭乱也不会让你觉得晦涩到如坠雾中。这一方面得益于他对镜头长度的计算、镜头之间的精细匹配有非常深刻的把握，另一方面得益于他擅长的多机位

《罗生门》电影海报，1950 年

摄影。比如一个动作，人从马上摔下来或武士出招，在正常情况下，我们的人眼只能从一个视角去看，一晃而过，但多机位摄影可以从不同的视角把这一动作记录下来，再精心剪辑，我们就看到了一个更全面、更流畅的动作过程。关于《罗生门》的剪辑，唐纳德·里奇（Donald Richie，1924—2013）的著作《黑泽明的电影》（1998）和佐藤忠男（1930—2022）的《黑泽明的世界》（1970）都有精彩分析。特别是后者于1983年被翻译成中文后在中文圈子里影响很大，我至今还记得书里对多襄丸强暴的那场戏有非常独到的阐释。

大家应该记得，电影在故事的讲述过程中穿插了非常多自然风景镜头——大雨、狂风、树叶、太阳等，这些自然风景在这里有什么用意？有同学说是为了转场，但全部都是为了转场吗？这些镜头本身其实没有这一需求，完全可以用其他方法转场，况且去掉这些自然风景镜头也不会影响叙述的流畅性。有同学说有象征意义，寄寓了导演的褒贬；也有同学说为了寄情于景，反映人物的内心状态，加强戏剧的冲突效果。但请注意，电影里都是瓢泼大雨、猛烈的阳光，不是和风细雨式的、优美细小的景物，它们如何能反映人的内心或加强故事的戏剧性呢？所以这里就显现出佐藤忠男的高明之处——他已经预料到一般读者会有这种套路式的、平庸的解读。在他的解读里，不是这些自然风景反映人物的内心活动，而是人的纯粹和本质自我被这些风景暴露出来，为风景所审判。我念一段原文给大家听：

> 黑泽明的作品中，狂风、暴雨以及几乎要引起中暑的强烈的阳光，常常起着重要的作用。乍一看，好像只是为了提高戏剧性的矛盾冲突的效果，做了过分夸张的表演动作一样，事实上，内容空洞的作品才只能是那样。在描写内心紧张的几部作品里，这样激烈的风、雨、光，为了让主人公面对他来自内心的声音，就更加发挥出把他们同社会关系切断的作用。也就是说，坚决排斥因为别人喜欢我了，我就高兴；意识到对不起社会了，自己就感到有罪，如此等等纯粹他人本位主义的道德观念——（而是）为了正视自己的欲望、要求、罪恶感的本来面目，才置身于狂风、暴雨和烈日之中。

所以按照佐藤忠男的解释，这些自然风景出现在电影中完全是为了凸显自我探索。《罗生门》电影中人们会犯罪、会说谎，不是出于具体的利益考虑，和他们的阶级地位、社会身份也没有直接的关系——武士和强盗都会为了维护理想的自我形象而撒谎，但我们的重点不会放在武士的阶层以及强盗的经济地位上；你当然知道他在作恶、在撒谎，但你不会用一种社会道德的评判去指责他们，那样就离题了。换句话说，不是因为他是武士才这样，不是因为他是樵夫才那样，而是因为他们都是人，那种人之为人的本能欲望促使他们纯粹地去行动、去犯罪、去撒谎，而这一切都在狂风、暴雨和烈日之下呈现给观众。不是说佐藤忠男的这种阐释就一定对，也不要求大家都要接受，但我想大家能感到这种阐释的独创性和合理性，而且多少能为我们带来些启发——这就是一个好的电影评论的基本要求。

《罗生门》的双重叙事结构使黑泽明扬名立万，也启发了后世无数导演。我们可以看到在电影的改编中叙述时空增加了一重，除了小说里本就含有的案发现场竹林中和审判现场衙门堂上，现在还多了一个地点——罗生门，它事实上是整个故事的讲述现场，一个元叙述发生地。电影开始有一个为了躲雨来到罗生门的路人，他其实代表、引领了观众；整个故事是他在罗生门听到的，由樵夫讲述，行脚僧补充；但他们讲述的内容又是自己之前在纠察使署堂上作为证人对相关案情的陈述加上其他当事人、被告们的证言；并且樵夫和行脚僧也在案发当日亲历了事件，看到了部分或者在暗中看到了全部。所以这种双重叙事结构指向了三个层面：对被叙述事件本身的见证（案发现场），对第一次叙述（审判现场）中真相的追问，以及对第二次叙述（发生在罗生门的这次）中谎言的反思。

电影的改动，除了最后弃婴的情节，最显著的就是樵夫在罗生门对路人讲的故事有一个最后的修正版本。在这个故事里，樵夫说他在暗中看到了一切：武士拒绝为妻子而战使得强盗多襄丸也决定抛弃女人，真砂这时绝望了，唆使两个懦弱自私的男人决斗，他们非常猥琐地撕扯在一起，多襄丸侥幸胜利，真砂最后趁机逃跑了。如果在小说中七个出场人物在叙述上地位是平等的，那么在电影中樵夫才是真正的核心叙述者，一切真相和谎言其实都是从他嘴里说出的。所以路人在听完樵夫的最终故事版本后，反倒有些不屑一顾，充满冷嘲和鄙夷，因为他知道樵夫的话里也有谎言，并没有把一切都讲出来。

这样的叙事构造使得对电影结局的理解注定不止有一种答案。如果你把它看成是经典的叙事模式，即包含铺垫、冲突和解决的有始有终的故事，那么最后的结局还是正能量的。樵夫也许在审判现场撒了谎，但他在罗生门讲的故事与事实八九不离十；他对自己有所反思，选择收养弃婴真是出于善意而非谋财害命，而行脚僧就是代表这类观众相信了他；最后雨过天晴，人性复归。

所以这部电影并非彻底的怀疑主义，樵夫收养弃婴的结局就是为了给人性以希望，佐藤忠男甚至包括黑泽明本人都是这样理解的。但如果你执着于它的双重叙事，也不满足于导演本人的解说就是正确答案，那么你会和电影中听故事的路人一样，认为樵夫既然撒过谎，为什么这次就肯定不是撒谎呢？他走后会不会变卦把婴儿卖掉？这样你的心就一直悬着。小说的七段叙述是平行地摆在你面前，读者最终的结论区别没有这么大，因为真相毕竟是不可知的；但电影从一开始就在引导你，叙述者时不时穿插进来也带有评说性质，而当你意识到叙述者地位的不平等时，选择从哪一层叙述中走出来由你自己决定。

为什么电影的意涵能够有别于文本设定的语境，甚至超出导演黑泽明本人的意图？因为一旦采用了这种双重叙事结构，就无法再关上叙述自身溢出的力量，它那种自我指涉的反讽性是控制不了的。现在回到我们之前提出的问题，为什么这部电影的名字要叫《罗生门》而不是《竹林中》？权且将黑泽明、桥本忍的说法先搁置，从叙事结构的立场看，正是"罗生门"的引入，改变了叙述的时空与叙述者的地位，虽然没有出现小说《罗生门》的情节，但电影还是把两个故事变成了一个故事。本来小说《罗生门》的故事讲的是人性不可信，而《竹林中》的故事讲的是真相不可知，但电影《罗生门》却讲述了一个新的、合二为一的故事：因为人性不可相信，所以真相不可获知。叙述的存在保证了故事每一次被重新讲述都能获得新的意义，所以电影《罗生门》其实是为两个短篇小说赋予了一种因果性，把人性和真相绑定在了一起。为什么有的观众到最后都觉得搞不清真相是什么呢？因为他看完电影之后还是无法相信人性——谁能保证樵夫不是《罗生门》小说中的那个在最后一秒转变善恶的落魄武士呢？但那些相信人性的观众，就可以带着他们认可的真相心满意足地离开影院。电影的这种开放性或说歧义性是由叙述自身所赋予的，即使是权威的评论家，哪怕是导演黑泽明本人，都没法彻底消除它。以上只是我个人的见解，仅供大家参考。

既然谈到了叙述的反讽性，那么最后我想从电影再回到文学，聊一聊鲁迅作品中的叙述问题。大多数鲁迅的研究者致力于借助理论深挖鲁迅作品中的思想内涵，这固然不错，鲁迅小说的内容无疑是深刻的，但不要因此忽略了他的另一个面向：与同时代作家相比，鲁迅其实对叙述的反讽性有高度自觉，而其纯熟、高超的叙述手法也显露在他的小说创作中。前边我们提到过《孔乙己》，为什么鲁迅不直接刻画、描写这样一个落魄的旧知识分子形象，而要费事去设定一个不太可靠的叙述者，通过回忆二十年前的往事来呈现孔乙己的故事？我的看法是，在这篇小说里，叙述的多重性与批评性的深度是联系在一起的。小说批判或者说讽刺的对象，既有借助叙述者视角呈现的孔乙己，还有那些旁观他的咸亨酒店的顾客，同时还包括了当年作为店小二和现在依旧冷漠、无谓的叙述者，以及因为对叙述者的视角产生某种认同而混杂着轻蔑与悲悯的我们——小说读者。

　　同样在《祝福》（1924）里，那个知识分子式的叙述者，在面对祥林嫂的疑问（"一个人死了之后，究竟有没有魂灵的？"）时显露出的不知所措、敷衍逃避，也正暴露出自居启蒙者的无能为力与脆弱不堪。但这不也是我们这些读者的真实写照吗？有谁能回答祥林嫂的疑问？甚或有谁会去真正思考祥林嫂提出的问题？我们会对她的遭遇报以同情，甚至洒下热泪（如果大家的共情能力未被重复性的讲述腐蚀的话），但即使到今天我们也无法在对等的意义上去理解她、面对她。你不可能对祥林嫂说："你是一个独立自由的个体，要有勇气运用自己的理性去思考、解决问题。"这些诱人的大词陡然丧失了力量，不是因为祥林嫂的问题本身，也不是因为这一问题出自祥林嫂这样一个被苦难包围的人之口，而是小说的叙述凸显了对叙述者自身的反讽，并将其扩展到了我们身上。因为在叙述者的视角下，他优越于鲁镇那些无知、冷漠的男男女女——我们读者不也默认自己要比那些麻木的看客更好吗？但对祥林嫂来说，鲁镇的人、叙述者以及读者又有什么区别呢？没有人能解答她的疑问，没有人能真正拯救她。这才是力透纸背的批判与反讽。

其实这种嵌套式的叙事结构在鲁迅最早写白话文小说时就用上了——《狂人日记》（1918）中的狂人在最后爆发呐喊"救救孩子"。但叙述的终止处并非故事的结局，结局在小说开头那篇文言文的序里——狂人的病被治好了，不发狂了，所以"救救孩子"只是发病时的疯话，孩子也好，社会也好，根本不用去救。在这种叙述安排下，最后的呐喊看起来多么强烈、多么真挚，但同时就有同等的虚无与怀疑跟随其后、阴魂不散。所以鲁迅是有自知之明的，一个如此充满怀疑、自我拷问甚至逼着所有人都要进行反思的人，不可能是振臂一呼、应者云集的英雄。

有同学提到《伤逝》（1925），"人必生活着，爱才有所付丽"，渣男的觉悟就是这么高。表面上看，是涓生和子君的爱情悲剧——美好的恋情抵抗不了生活的平庸和物质的需求，而男人又总喜欢把自己的失败怪罪到女人身上，好像如果当初没选择她，自己的人生就能飞黄腾达，可爱过的女人因自己而死，他又感到后悔和自责。问题是，涓生的忏悔与追忆是真诚的、可信的吗？有同学认为他的忏悔是真诚的，因为他完全暴露了自己的自私与虚伪；也有同学说这就是渣男惯用的伎俩。不过我想指出的是，这依然是一种叙述效果。问题不在于他是否真诚，而是真诚也被当成了一种自我解释的叙述工具。小说一开始就是以回忆的方式展开的，作为叙述者的涓生说，如果他能够回忆，他要写下自己的悔恨和悲哀；而在最后他下定决心要以遗忘和说谎作为向导，继续生活，拥抱新生。所以回忆是为了遗忘，遗忘是为了能编织谎言，说谎是为了能开始新生，而子君是永远地逝去了，并且在涓生的回忆／叙述中再次被利用，可以说是拉康意义上的"二次死亡"了。所以不是说涓生有所掩饰（他没有隐瞒自己是渣男），也不是说他的忏悔不够诚恳（他内心多少是有些痛苦的），而是一旦回忆被设定为最终的开脱，那么叙述的反讽性就避免不了——他忏悔的话语、写下来的文字，无论多么真诚都会走向自身的反面。毕竟我们清楚，无论他多么痛苦悲哀，重来一次他还是会抛弃子君，因为他才是那个靠遗忘和说谎在新的生活中默默前行的叙述者。

我相信通过以上这些例子，大家都能领悟到鲁迅小说中高度的反讽、深刻的批判与其叙述技巧密不可分。李欧梵（1939— ）老师在《铁屋中的呐喊》（1987）一

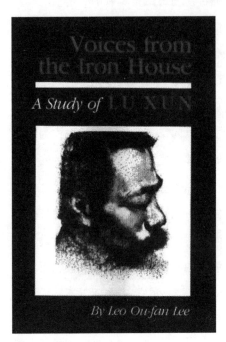

《铁屋中的呐喊》英文版, 1987 年

书中有更详细的分析，他认为鲁迅正是借助这种叙述方式将自我置于一种反讽的位置上。鲁迅也不停地写"我"，以第一人称叙述，但不像大多数"五四"作家那样直接表达自己的意见，把叙述者的"我"等同于自己本身。换句话说，鲁迅的小说也都是用"我"来进行叙述，却极少表现自我；那个叙述者的"我"反而成了鲁迅拉开自己和读者对"我"的联想之间距离的方法。从这个意义上讲，我认为像"（希望）决不能以我之必无的证明，来折服了他之所谓可有""绝望之为虚妄，正与希望相同"这样鲁迅思想的经典命题，不只是他从文学内容和思想资源上悟出的结论，同样可以是一种叙述逻辑的延续——鲁迅对绝望的抗争不是什么悖论或激情，而是真正一以贯之的理性与逻辑。事实上，一个对叙述反讽性有如此自觉的作家，早晚会推导出上述命题。

参考文献及相关电影

- [美]戴维·波德维尔著,张锦译:《电影诗学》(桂林:广西师范大学出版社,2010)。

- [日]芥川龙之介著,文洁若等译:《罗生门》(北京:人民文学出版社,2015)。

- [日]佐藤忠男著,李克世、荣莲译:《黑泽明的世界》(北京:中国电影出版社,1983),第104—111页。

- Donald Richie, *The Films of Akira Kurosawa, Third Edition, Expanded and Updated* (Berkeley: University of California Press, 1998).

- Ernst Kris and Otto Kurz: *Legend, Myth, and Magic in the Image of the Artist. A Historical Experiment* (New Haven and London: Yale University Press, 1979).

- Leo Ou-fan Lee, *Voices from the Iron House: A Study of Lu Xun* (Bloomington: Indiana University Press, 1987).

- Wallace Martin, *Recent Theories of Narrative* (Ithaca: Cornell University Press, 1986).

- 《罗生门》,导演:黑泽明,1950。

电影是一门时间的艺术

电影的形式特征之三：剪辑

法国新浪潮导演戈达尔（Jean-Luc Godard，1930—2022）有句名言：电影是每秒 24 格的真相，而每个剪辑点都是谎言。剪辑比其他形式特征更能提醒我们，无论一部电影看起来多么写实，它始终是一门叙述虚构的艺术。我们之前说剪辑就像电影的遣词造句，你可以把它理解为电影的句法；只不过剪辑就和造句一样既是一门技术活，也是审美和天赋的结晶体。这一讲我会先介绍剪辑的主要类型和不同的美学流派，之后会将蒙太奇和现代主义文学创作中的意识流手法做一对比，供大家探讨。

在这一讲开始前我想先请大家设想一下：如何用电影的手法来呈现这一事件——我从家里出门去学校上课。

有同学说拿着摄影机一路拍到底，这是一种很没追求的"长镜头"拍摄法，其实是把电影当成了监视录像。即使这样，你拍了两个小时长的影片——关于"我从家里出门去学校上课"这件事,可能除了特定的友情人士,基本不会有观众去观看。除非你把这件事变得像普鲁斯特小说的开头"很长一段时期内,我都早早去躺下睡了"这样一种文学的打开仪式,否则大多数人都会觉得观看这两个小时的影片没有意义。为什么呢?因为电影不可能完全等同于生活,即使理论上你可以拍一部电影用相等时长去记录一个人的一生,你也很难找到愿意用一生时间去观看的观众——实践上也无法完成,他还得吃喝拉撒、睡觉休息,哪怕一天看 10 个小时也总有疏漏。

有部电影叫《让娜·迪尔曼》(1975),用了三个多小时,流水账似的展现一位中年寡妇的日常生活,女主角在厨房削土豆的情景令我至今难忘,那是一种折磨也是一种震撼。即便如此,导演阿克曼(Chantal Akerman,1950—2015)还是把这位禁锢在普通生活中的女人三天的时光剪成了三个小时的影片,而不是事无巨细、完全没有遗漏地呈现出来。有时我想,如果真的把她这三天的生活变成一部详细记录的 72 小时影像档案,是否还会如电影那般,带给观众强烈的震撼并具有持久的影响力?

其实仔细想想,电影打动你的从来不是现实中的生活,而是银幕上的生活;无论多么写实、多么具有现实主义意义的电影,它的力量并非来自真实,而来自对真实的叙述——即主要依赖剪辑实现的电影叙述。所以电影只能去表达生活，而没法完全还原生活；它本质上是一种做减法的艺术，你可以去描绘生活、反映现实，加上你自己的很多想法与材料，甚至创造更多的生活与现实累加起来，但你最终还是要有所取舍，构成电影的视觉素材一定会有必须要被舍弃的部分。

有同学说，那我把刚才的全程跟拍剪短就行了。没错，但问题是怎么剪呢？需要几个镜头来说明事件？镜头之间如何切换？是从同一段镜头中剪出来，还是每个镜头都可以用不同的方法去拍摄？最普通的，就是至少三个镜头，一个场景一个镜头，分别表示我在家里起床、路上乘车、抵达学校。由于主体我是保持一致的，所以不同镜头的转换保持了我在时空中的连续性，按照真实生活发生的两个小时的事情，通过镜头的组合 10 秒就够了，而且所有观众都能看明白。镜头与镜头之间的切换其实只有四种方法：切、划变、叠化、淡入淡出用以转场，但每个镜头的表达方法又有特写、中景、远景及更细致的划分，所以最后剪辑组合的可能方案就有很多了。

我们这里只是举了一个简单的剪辑例子，但你完全可以把一个事件用更复杂的剪辑方法呈现出来。大家还记得黑泽明的《罗生门》中，故事一开头樵夫走进树林的段落吗？那里的背景音乐是《波莱罗舞曲》，非常简单的事件。但导演没有移动摄影机一路拍下去，而是采用一系列的剪辑，不断变换空间场景，从一个移动镜头切入另一个移动镜头。这样做的好处，除了引入自然风景（佐藤忠男借此进行了独特的解读），更重要的是可以弥补因事件单一而造成的视觉刺激之不足。整部电影中，黑泽明普遍用的是全景—中景—近景—特写这样一种组合拳打法，不停地重复切换；在强盗、武士、女人以及樵夫不同版本的叙事中，均运用了极为细致而顺畅的交叉剪辑——你也可以用一个中景或远景镜头同时把三个当事人的言行从头到尾拍下来，但黑泽明没有这样做，这就使事件的发展带有紧迫感和悬念感，又界定了人物的内心状态及其之间的相互关系。所以我希望大家先有一个大致印象：剪辑就是镜头之间的调度，它处理的是电影中的叙述，或者说，它是以重塑时空的方式将故事视觉化。具体例子可以参看章末"相关电影"中的介绍性影片——《出神入化：电影剪辑的魔力》(2004)。

一 常见的剪辑方式

最基础的剪辑方法就是连续性剪辑（Continuity editing），上文"我从家里出门去学校上课"这个例子就是对连续性剪辑最好的说明。因为电影是对生活的一种叙述，必然会对时空中的素材进行取舍，所以你要保证观众在事件没有完全再现的情况下依然能看明白发生了什么事情。也就是说，镜头组建起来的叙述时空应该是完整且统一的。要做到这一点，在连接两个镜头时，人物及其动作应该维持连续性。我在家里醒来、洗漱，我出门到路上乘车，我乘车抵达学校，这三个镜头分别对事件进行了浓缩，但我们依然能看明白这是同一个人在一段时间内连贯的动作行为——叙述在向前推进，其间没有断裂。

梅里爱的《月球旅行记》没有声音和文字的说明，但我们所有人都能因为其中的连续性剪辑而看懂这个故事。电影中的人物先是在争论、探讨从地球飞往月球的可行性，接着开始建造人间大炮，然后他们登上了那个炮弹似的宇宙飞船，接着飞船降落月球展开了冒险，等等。正因为镜头连接起来的是前后相继的故事段落，所以我们明白在上一个镜头他们登上炮弹飞船，和这一个镜头炮弹发射升空、击中人脸月亮，以及下一个镜头他们从抵达的炮弹飞船中出来，是同样的人和物在进行一系列连续的动作，即一个完整的叙述，尽管每个镜头呈现出的时空场景皆不相同。

在电影发展初期，另外一种非常重要的剪辑手法就是交叉剪辑（Cross cutting）。我们上文谈论的连续性剪辑，都是将一个个镜头按照事件的先后发展顺序连接在一起，故事在叙述上有始有终，但也略微显得单调、直白。但现在镜头的剪辑能够使同一时间里，不同地点发生的两件事情交替呈现出来，这就能强化故事的局势与节奏，营造出更紧张的感觉。也就是说，在简单的连续性剪辑中，故事和情节发展几乎是同一的，而交叉剪辑使得故事借由不同情节之间的交织及张力得以呈现。前文提到过的《教父》中洗礼与谋杀的那场戏（不同场景），还有《罗生门》中强盗多襄丸强暴武士的妻子，以及最后强盗与武士的决斗戏（同一场景），都是交叉剪辑的典型代表。同一时间不同空间发生的两套动作交叉在一起，既可以适用于不同场景，也可以适用于单一场景。所以场景并非电影叙事的最小单位，并不具备形式特征上的区分意义。

有同学提到格里菲斯的"最后一分钟营救"（Last-minute-rescue），就是《一个国家的诞生》（1915）最后那段，也是交叉剪辑。也有同学提到《党同伐异》（1916），但大多数人会把《党同伐异》形容成是平行剪辑或平行蒙太奇（Parallel editing）。我个人的理解是，把多个交叉剪辑叠加起来形成平行剪辑：前者是同一时间里不同空间发生的事件交叉轮替，在一条故事线上；

但后者可以是不同时空的时间借由主题串联，是多条故事线平行并进。其实不用纠结于这两个术语的辨析，它们本身在使用中就不太严谨，因人而异，而且本质上其实没有区别。为什么呢？因为所有的剪辑归根到底就是镜头与镜头之间的调度，完全可以用分屏的方式把不同镜头同时呈现出来，无所谓交叉剪辑还是平行剪辑，只不过这不符合我们习惯的视觉体验。

埃德温·鲍特的《一个美国消防员的生活》（1910），清楚地呈现了交叉剪辑是如何被用来讲故事的。这本身也是一个剪辑过的版本——最初版本里是没有交叉剪辑的。这部影片讲的是某栋公寓发生火灾，妇女小孩被困在里面，消防员接到火警然后前往现场灭火、救援，最终将母女救出。在1903年那个没有交叉剪辑的版本中，情节就是按照时间的先后顺序呈现的，甚至还有重复叙事，比如母女获救这件事，从公寓室内拍了一遍，又从室外的角度再呈现了一次，可能是因为当时的观影习惯——这样拍更容易让大家看懂发生了什么事情。但在有交叉剪辑的版本里，母女被困在失火的公寓里，与消防员在马路上驱车前往救援是交替出现的镜头，前者等待救援，后者前往拯救。我们自然就把这两个不同地点发生的事件联系在一起，赋予它们因果关系，期待着最后的结果。此外，在救助母女脱困的那场戏里，也没有重复性地把同一件事讲两遍，而是一边呈现室内的救援，一边呈现室外的延续——同一时间内不同地点发生的事件，它们是前后相继的。所以对比这部短片的不同版本，你会清楚意识到交叉剪辑在叙述上的作用——无疑是加快了节奏，制造了剧情的张力。

　　在现实中我们没法以肉眼观看到不同地点同时发生的事情，除非它们本来就都在你的视域之内。但电影依靠剪辑帮我们做到了这一点。当然文字叙述也可以在两件事情之间来回穿梭，可叙述总是有厚度的，你只有在一定时间内才能讲述语言或阅读文字。换言之，它们无法带来镜头切换这样的实时性和视觉冲击力，没法像电影这样把时间压缩到令人震惊的地步，尽管语言文字所能建立起的时空或许更加悠远深邃。对现在大多数观众来讲，这样的剪辑呈现方式并不能令人感到刺激，因为大家对此已经看得太多了。而且套路也可以换着玩，比如现在很多恐怖电影、犯罪片里都有这样的交叉剪辑：受害人往往是一个小孩，惊恐万分地躲在某个房间的角落处，室外凶恶的坏人或者怪兽一扇门一扇门地打开来寻找他／她，就在最后一扇门时，我们都以为小孩被找到了，将要难逃魔掌，但下一秒的镜头却告诉我们想错了，反派打开的并非"正确"的门——小孩安然无恙。这无疑利用了人们会在交叉轮替的镜头之间建立因果联系这样一种心理习惯——谁告诉你室内／室外、救援／等待、搜索／躲藏这两组镜头最终会在同一个时空点汇聚呢？你只是先看到了母女在火灾现场被困，又看到了消防员出警驾车赶路，但这并不能保证后者要救的对象一定是前者。不过这样的套路也只有在电影叙述模式成熟了之后才会出现，况且观众见多了最终也会习惯，不以为意。

连续性剪辑和交叉剪辑实质上都是"透明性剪辑"（Transparent editing），经过此种剪辑，影片呈现出的叙述是连续无缝的，你很难察觉它经过了人为剪辑这一过程，镜头之间的剪接与转换好像变得透明了似的。看不出剪辑痕迹的剪辑就是好剪辑，这样可以让观众完全沉浸在银幕的故事里。但这种对连续性幻觉的营造，也经历了由简单到复杂，从技术到手法的转变。在追求叙事连贯的基础上，剪辑还想要加强戏剧性，增添影像叙述的自由度：它不再是一个单纯的功能性连接——把故事讲清楚，还获得了创造风格的空间——把故事讲动听。所有这些透明性剪辑从美学风格上看也被称作古典剪辑（Classical editing），格里菲斯是其最重要的贡献者。因为他不仅完善了这套剪辑体系，还为此创造了许多新的电影语言和表达技巧，比如插入人物的特写来制造心理效果，或者使用一些隐形技巧使叙述更流畅。

这里举两个例子，一个是视线匹配（Eyeline matching），另一个是动作连贯（Cutting on action）。罗伯特·布列松（Robert Bresson，1901—1999）有言，剪辑一部电影，就是通过目光把人和人、人和物连接起来。我们在看电影时，经常会沿着人物的目光以及目光投向的对象，形成一条假想的连贯视线，从而忘记了这其实是剪辑的效果。比如电影中角色 B 正在等待角色 A，A 终于来到，面向 B 的背后。这时我们可以从 A 的视线切到迎面转身的 B，造成因果联系。还有对话场景中经常使用的正反打镜头，用两台摄影机分别拍摄两个角色，再通过剪辑相互切换，让我们以为他们是在面对着彼此进行对话。但事实上，这样的对话场景可能根本没有出现过，两个角色也可能不在同一个时空场景里——演员在不同的时间段里分别拍了自己的戏份。

动作连贯是说人眼对动作是否连贯非常敏感，不连贯的动作会让我们起疑，但连贯的动作能帮助掩盖剪辑的痕迹。比如上个镜头里角色 A 遇见角色 B 将要举手行礼，马上切入下个镜头，其中只有 A 正在举手行礼，因为举手行礼的动作非常流畅，以至于我们可能会忽略这其中有一个剪辑点。所以我们要谨记，电影的制作和电影的呈现是两码事，银幕上那流畅的叙述几乎都少不了剪辑的功劳。

以上我们可以看到，古典剪辑讲求隐去剪辑的痕迹，使叙述流畅连贯，这就要求镜头在转场时不能太突兀，不能给观众造成困扰。但也有一种剪辑是直接戳破时空连续的假象，用某个主题或某种逻辑将不同的场景连接起来，这就是跳接（Jump cut），最常见的表现是根据人物的形体动作、道具的连续运动连接来跳景。尽管跳接破坏了叙述的连续时空，但这并不意味着使用跳接和讲好故事是不兼容的。比如很多书上都会津津乐道戈达尔在自己的作品中充分使用了这一技巧，深刻冲击了人们对影像的体验和思考。

我个人比较喜欢的例子是巴斯特·基顿（Buster Keaton，1895—1966）1924 年拍的《福尔摩斯二世》，在默片时代基顿是和卓别林（Charlie Chaplin，1889—1977）齐名的演员兼导演。这部电影讲的是一位在电影院工作的放映员，平时爱读侦探小说，是福尔摩斯的粉丝。他在现实中遭受挫折，被人诬陷偷了项链从而被女友看不起。在一次放映电影的时候，他发现电影里面的故事与自己的遭遇很类似，便在半梦半醒之际灵魂出窍，进入电影的世界中。在这个戏中戏里面，他成了福尔摩斯二世，一位破案的侦探，最终成功抓获罪犯，最后回到现实中也沉冤得雪，实现逆袭。一方面，这部电影有非常经典的戏中戏、梦中梦的叙述情节，当男主角

《福尔摩斯二世》电影海报，1924 年

刚刚进入电影世界时（电影中的电影世界），面临时空场景不稳的窘境——也是对电影剪辑的一种反讽，这里有一段非常令人惊艳的跳接；另一方面，就是后面好人坏人的追逐戏，想象力天马行空，非常精彩，那可是在没有特效的年代做出来，需要场景、道具、演员以及摄影的完美配合——但最终使其近乎完美还是靠剪辑。建议大家有时间的话可以去欣赏一下。

二 蒙太奇理论与现代主义文学手法

1 什么是蒙太奇？

　　格里菲斯在集大成之作《党同伐异》中，把一种实验性的场景转换方式发挥到极致，这就是人们经常说的主题性剪辑或平行蒙太奇。在这里，剪辑同样无视时空的连续性，然而不像跳接那样聚焦于相对简短的动作场景，而是在更长的时段内分成不同的故事线，通过电影主题、思想的连接来完成叙述。《党同伐异》反映的主题是人类历史上或说人性之中，有一种对他者的普遍不信任，即无法容忍和自己不一样的人。这包括无法容忍和自己种族不一样的人，无法容忍和自己信仰不一样的人，无法容忍和自己价值观不一样的人，无法容忍和自己阶级不一样的人，等等。导演将古巴比伦的陷落、耶稣被钉上十字架、法国宗教战争对胡格诺派教徒的屠杀，以及当时 1916 年美国发生的劳资冲突做成四大故事线，再运用平行剪辑，使一个时代的故事穿插进另一个时代中。这样我们可以很明显感受到，这部电影中剪辑不再是单纯服务于叙述或突出心理效果，而是具有强烈的艺术风格和思辨色彩，进而激发观众的思考。一个较近的、运用类似技巧的例子是科幻电影《云图》（2012）。它以人的自由为主题，将不同时空中的六个故事（不只是历史上的故事，还有对未来的设想）通过蒙太奇的方式呈现出来。

我们在谈论剪辑相关的术语时，比如平行剪辑，经常会听到有人把它叫成平行蒙太奇，那么蒙太奇和剪辑到底是一回事，还是有区别呢？其实，蒙太奇（Montage）本来就是剪辑（Editing）的法语翻译，在最广泛的意义上也是"剪接""拼贴"的意思。但随着主题性蒙太奇在苏俄兴起，蒙太奇逐渐发展成一种电影中镜头组合的理论，影响深远。所以我们一般在谈论电影的制作过程时多用剪辑这一术语，而蒙太奇更多用来指一种电影理论及美学风格。不过请大家注意，并不是说在蒙太奇理论发明之前，就没有蒙太奇这种现象或说表达手法。比如我们都很熟悉的元曲，马致远（1250—1321）的《天净沙·秋思》："枯藤老树昏鸦，小桥流水人家，古道西风瘦马。夕阳西下，断肠人在天涯。"这就是带有蒙太奇效果的文字作品。前面三句，九个不同的景物拼贴在一起，构成了一幅萧瑟、寂凉的画面。重要的不是其中某一个景物，而是它们的组合方式；而且最终形成的意境也转化了先前每一个单独的景物——当你念完这首元曲，脑海中形成画面时，就会意识到枯藤老树不能仅仅作为枯藤老树而存在；甚至那种寂寞孤独的抽象心境，也因这些不同的视觉意象而得以具象化。据说爱森斯坦（Sergei Eisenstein，1898—1948）的蒙太奇理论是从日本俳句中获得的启发，这样看来倒也合乎情理。

爱森斯坦反对连续性剪辑，认为统一、稳定只是暂时的表象，矛盾与冲突才是艺术和生活的永恒本质。他大概受到了马克思哲学的影响。所以爱森斯坦会说，不要把电影假装成现实生活，它们本来就是不一样的：电影的剪辑不应该屈从于生活的叙事。电影最好能像文学作品一样在自我设定的规则下自由伸展，而不用过多顾忌叙述时空或因果关系。在格里菲斯那里，剪辑是为了让叙述更流畅，故而强调圆润的转接和隐藏自身痕迹不让观众察觉；但在爱森斯坦那里，剪辑就是为了制造冲突——镜头与镜头之间的碰撞，所以它需要被充分暴露出来，让观众意识到自己就是在看电影，并且应该参与其中，自己去感受那种冲突并解读相应的意义。爱森斯坦把一种辩证法的正反合公式带入到剪辑理论中，即镜头 A 是正题，镜头 B 是反题，两者在碰撞和冲突之中创造出新的意义和效果，A 加 B 不是 AB，而是更高层意义上的合题 C。所以在蒙太奇理论中，1 加 1 一定是大于 2 的。爱森斯坦还提出了有关蒙太奇的五种方法，但基本上是他个人的拍摄经验和审美判断，这里我们就不具体展开了。

上述理论的实验基础，就是著名的库里肖夫效应（Kuleshov effect）。导演库里肖夫（Lev Kuleshov，1899—1970）将一个男性面孔的镜头（其不动声色、没有面部表情），分别和一碗汤、一口棺材和一个小女孩的三个镜头剪接在一起。观众会对这三种组合产生不同的心理感受，给予不同的解读：当男性面孔和汤的图片接在一起时，我们能解读出"饥饿"的意思；当和棺材的图片接在一起时，我们好像感到了"悲伤"；而当和小女孩的图片接在一起时，我们好像又看到了他脸上的"慈爱"。但重点是，他的面部表情自始至终没有变化，一直是没有表情的扑克脸。这说明视觉图像的不同组合可以诱发我们不同的心理状态，产生不同的阐释意义。问题在于，为什么我们会有这样的心理变化？

库里肖夫实验其实是格式塔心理学（Gestalt psychology）的一个例证，中文也翻译成"完形心理学"，说的是我们在认知对象时，倾向于用一种整体论的方式把握它，赋予它或它们一个完整的形状或结构。特别是对视觉图像的认知，它是一种经过知觉整合后的形态与结构，而不只是各个独立部分的总和。简单讲，格式塔心理学认为，我们知觉到的东西要大于眼睛看到的东西，甚至大于眼睛看到、耳朵听到、手触摸到的东西。那种把握对象的整体感受与每个人的经验和记忆融合在一起，无法被拆开，也无法还原成视觉、听觉、触觉等部分拼凑的总和。

除了库里肖夫实验，还有很多经典的视错觉案例可以用来说明我们在知觉对象时遵循了一种"整体不等于部分之和"的原则——之所以会产生错觉，恰恰因为我们并非只是在观看。我们的记忆和习惯会干扰对视觉图像的认知，我们那种整体论的心理倾向会给观看对象赋予不同的框架，或根本无法脱离背景去单独认知对象。这就让图像有机可乘，欺骗我们的眼睛。比如著名的"鸭兔错觉"（Rabbit-duck illusion），有时看起来像兔子，有时看起来像鸭子，但你没法同时看出这两者——你只是后来知道图像的歧义性蕴含了这两者。还有"奈克立方体"（Necker cube），乍看之下就是一个立方体的透视图，但你既可以把它看成一个从高处俯视的透明立方体，也可以把它看成一个从低处仰视的立方体。"艾宾

"鸭兔错觉"

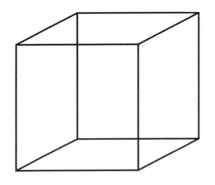

"奈克立方体"

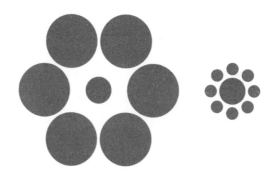

"艾宾浩斯错觉"

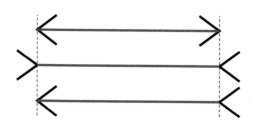

"缪勒 - 莱尔错觉"

浩斯错觉"（Ebbinghaus illusion）和"缪勒 - 莱尔错觉"（Müller-Lyer illusion）都和视觉对象所处的语境，或说我们赋予它们的整体背景有关。我们之所以觉得等大的圆形或等长的线段似乎看起来并非如此，是因为我们正在知觉的大脑不愿相信这一点——它没法脱离整体去盯住单个的部分。

话说回来，电影本身不就是视错觉的集大成者吗——运动图像的欺骗性。我们在一些动态的影像中发现了真实，领悟到众多意义，甚至好像触碰到了生活与现实的本质。法国哲学家梅洛 - 庞蒂（Maurice Merleau-Ponty，1908—1961）在1945年做过一场讲座，题目就是"电影与新心理学"。他在里面比较了新心理学——格式塔心理学与传统心理学之后，指出电影就是格式塔心理学的一大例证。任何一部电影不是诸种影像的总和，而是一个完整且独特的时间形式。任何一部电影都包含有很多的事实和观念，但它不能被还原为这些东西，因为电影本身就是一个整体的艺术存在。所以电影除了表达自身之外，并没有其他目的。梅洛 - 庞蒂的名言是：电影不是拿来被思考的，而是要被知觉。

现在我们再回到《战舰波将金号》（1925）中那个著名的蒙太奇片段。影片讲的是1905年沙皇政府的哥萨克军队在黑海港口城市敖德萨，镇压、屠杀老百姓的场景。不过历史上其实并没有发生这件事。准确地说，可能确实有哥萨克骑兵对老百姓的屠杀，但没有在敖德萨发生。爱森斯坦对此没感到任何不妥，他本来就认为电影不是为了反映现实，而是为了表达真相。电影的第四章"敖德萨阶梯大屠杀"，爱森斯坦把不同人在混乱中逃亡的景象和军队的血腥镇压以及其他道具、景物剪接在一起，呈对立排比，产生碰撞。看完影片的大家，能不能数一数在这 6 分钟内，有多少个特写、中景和全景镜头？没有电影学习背景的话，可能一下子数不全，没关系，我们作为普通观众多少能确定其中的一些：人们在阶梯上争先恐后地逃亡、不同受害者（年轻的母亲、老妇人、戴眼镜的青年人等）的面部表情、哥萨克军人齐步迈进、射击、挥舞军刀；最重要的引线是辆婴儿车，从在阶梯上摇晃不定，到快速地滑下阶梯最终翻倒在地，其间节奏越来越快，婴儿车的镜头和其他冲击性画面反复切换，最终达到高潮。当军舰上的起义水兵向哥萨克军队开炮还击后，最后是那个石狮子的三个特写镜头，分别是睡着的狮子、张着嘴醒来的狮子和站立起来的狮子，含义不言而喻。所以蒙太奇特别适合营造隐喻和象征，我们会觉得每个镜头都是有意为之的，它强迫我们去想背后的意义，但这些不同的意义只有在碰撞以及碰撞形成的整体中才能显现出来。所以这确实是很

《战舰波将金号》中的"敖德萨阶梯"场景，1925 年

主观的呈现，带有导演个人强烈的风格和意图。也有人觉得看起来很混乱。每个人有不同的观影体验这是很正常的，不过我想提醒的是，"混乱"也是一种主观感受，相较于我们默认的某种"稳定和正常"而言，我们才会给予"混乱"的判断——这或许是我们习惯了某些固定、循序渐进的影像叙事，被规训的后果。

最后补充一点，在 20 世纪 20 年代至 30 年代，除了苏联的蒙太奇运动及其美学发展之外，还有法国的超现实主义以及德国的表现主义，它们有时会被统称为欧洲的前卫电影运动或先锋派电影（Avant Garde）。相较于苏联蒙太奇，后两者并没有在电影制作技术上有太多独特之处，它们对电影再现客观现实丧失了兴趣，不论是长镜头还是蒙太奇。他们对人类的主体经验更感兴趣，开始用电影探索无意识、梦境、暴力与性等，玩转可见与不可见之间的悖论。比如艺术家达利（Salvador Dalí，1904—1989）和导演路易斯·布努埃尔（Luis Buñuel，1900—1983）合作拍摄的《一条安达鲁狗》（1929），或者多才多艺的法国导演让·科克托（Jean Cocteau，1889—1963）的《诗人之血》（1930），都充满了浓烈的实验性质和诗意表达。这样，电影的拍摄成了一种类似于抽象艺术的表达方式，当然剪辑还是会制造象征意味和蒙太奇效果，帮助我们借助可见的影像去窥视、领略不可见的深层意义，但它针对的不再是现实世界，而是人类的心理与意识，所以蒙太奇其实成了意识流的一种电影表达形式。

2 意识流及对时间的感知

意识流（Stream of consciousness）这一术语最早是美国哲学家威廉·詹姆斯（William James，1842—1910）提出来的。他认为人的意识这样一种内省的心理活动是一个连续不断的流体，本身是不可分割的；只有当我们谈论它、分析它时才迫于自身的局限性（语言的制约），将完整的意识处理成不同片段的衔接呈现出来。

法国哲学家伯格森（Henri Bergson，1859—1941）对时间有一个内外的二重区分，外在的时间就是能被测量、被计时的物理时间，而内在的时间大致就是意识流，他将其命名为"绵延"（La durée）。在伯格森看来，生命的本质就是意识的绵延，一个不可被因果关系分割、不能被单位尺度测量的流动整体。以康德为代表的启蒙哲学家混淆了时间和时间的表达形式，后者即一种空间化，像用数轴上的点和线段来表示时间。但绵延本质上是不可延展的异质经验，这就决定了它不能被设想成前后相继或互为因果的独特部分。

这其实也是一种整体论的思维模式，对不对？如果时间的本质是绵延，那对应于人的根本经验就是记忆。我们只有通过记忆才能把握真正的时间体验。所以有一种说法是，现代主义文学是时间的艺术（相比较而言，后现代主义更偏爱空间），意识流作为一种最突出的技法或说风格，就是要还原我们对时间的内在体验，表达作为存在本质的记忆本身而不是叙述、记录记忆中的内容和信息。那么，意识流是如何用文字和语言做到这一点的呢？

首先，它应该是某个叙述者的内心独白（Interior monologue）。但这种内心独白不同于过去的心理描写，即"我认为"或"我心想"之类，最好是处于叙述者自己都忘了自己在想、在意识这样一个状态。所以这种内心独白就呈现为某个角色内心的所思所想完全、整个地暴露出来，无所顾忌——因为没有其他听众，甚至也不把自己设定为唯一的倾听者。举个例子，你戴上耳机听音乐，取下耳机音乐依然在进行。当你需要叙述听到的音乐时，不要向读者说明你听的是哪一段音乐，也无须解释你有一个戴上耳机或又取下的行为（这一切都让读者自己去想象），而是让读者通过你的叙述感觉自己似乎是在不经意间听到了你在聆听的音乐，好比内在的心声一样。你也可以穿插进自己的评说、分析，就好像在做一种二阶反思，但这些内心的分析一定不要有确切的目的或作用，因为它们本质上是和先前及往后的内心独白联系在一起的川流。

其次，独白的叙述要由自由联想（Free association）串联起来。因为人的内在独白和外在言说是不一样的。只要我们是在有意识地言说，我们其实就假定了存在某个读者，尽管他／她可以不在场；只要有对象存在，我们的言说就会不自觉地有所顾忌，因为我们感到有责任讲清楚；这就势不可免地会用到"因为……所以……""首先……然后……"这样的表述模式。而自由联想就是要打破日常语言的秩序，抵抗任何一种可能的规律，突破时空场景和因果关系的限制，让各种印象或念头以一种自由、随意的方式结合在一起。当然这种"自由随意"的效果也是有意为之的。

比如一篇文字中，有一句话是描述某个角色在喝下午茶，茶点的香味让他联想到童年时经常去别人家做客吃的东西；而那个常去的主人家有个女儿是叙述者青梅竹马的初恋，两人因为某件小事大吵一架分手了，从此再未相见；想到吵架这件事，他又想到前不久才和工作的上司大吵一架；为什么自己的性格容易与人争吵呢，叙述者开始自我分析——注意，先前我们是以中立叙述者的角度描述他的举止，但现在可以直接转换成这个角色的内心独白，而不用加上"他以为""他问自己"这样的描述语：是不是因为自己从小受到父母的溺爱，才养成了不愿受委屈、爱和别人较真的性格？如果当初没有执意坚持，是否有可能挽回上一段婚姻？她现在过得好不好，在幼儿园和小朋友相处得如何？——由此看出，这里的"她"不是指离婚的前妻，而是自己的女儿……在自由联想的模式下，叙述不是为了负责解释事件，而是让读者去感受人物意识的流动；语言不再是日常生活中负责沟通的桥梁，而成了沟通、理解的障碍，形成意义的延宕，甚至逼迫你去关注语言自身。

我们来看一看文学作品中的经典例子。第一个就是意识流小说最著名的代表作，乔伊斯（James Joyce，1882—1941）的《尤利西斯》（1922），特别是最后的高潮——布鲁姆的太太摩莉那长达五十多行没有标点符号的内心独白。有同学说读不下去，确实，很多书单都把《尤利西斯》列为最难读的小说。不过我觉得其实还好，至少乔伊斯的叙述语言要比伍尔芙（Virginia Woolf，1882—1941）"友好"。伍尔芙的语言文字当然无与伦比，以至于任何褒扬、赞赏的评价在她面前都显得掉价。但她的故事就是她的语言，后者既是通往前者的密道，又是筑起它本身的迷宫。乔伊斯的语言反倒没有阻碍你看懂他的故事。插句题外话，伍尔芙本人并不怎么待见乔伊斯，她更喜欢普鲁斯特。虽然《尤利西斯》中各种

现代主义小说本
质上会抗拒信息
的传达与沟通。

语言荟萃，还有生僻词、方言等，并且每一章的文体风格都在变换，但这更像是作者铺设的"梗"。对了解的读者来说，可以去欣赏、玩味这些技巧和典故，获得更多的阅读快感。如果不懂的话，最低限度还是能看明白情节，只是不知道该如何赋予意义。

这部小说叙述了 1904 年 6 月 16 日这一天，在都柏林这个城市，围绕三个不同的主要人物发生的一些非常平淡琐碎的事情以及相应的心理活动。你看，要概括的话就是这样，现代主义小说本质上会抗拒信息的传达与沟通，只是讲剧情好像没有什么收获。所以不要试图理解它，不要总想如何弄懂它，它很可能就像梅洛 - 庞蒂理解的电影那样，除了表达自身以外没有其他的目的，不提供正确的解读路径，而是让你去感受、去知觉那种凌乱的时空以及破碎又无边的经验本身。

尤利西斯是古希腊神话中奥德修斯名字的拉丁化，所以不少评论家认为整部小说也是对荷马史诗《奥德赛》的一种戏仿、反讽。在原本的英雄叙事中，奥德修斯打赢了特洛伊战争之后，漂泊了十年终于返回家乡。他在冒险途中经历了各种磨难，比如遭遇了用歌声诱惑水手的海妖塞壬、头脑简单的独眼巨人、各路女神和仙女缠着他不放，就连风也故意让奥德修斯在海上兜圈子。奥德修斯最终得以返回家乡，杀死了那些觊觎他王位和财产的求婚者，与忠贞的妻子佩涅洛佩、儿子忒勒玛科斯一家团聚。这样一位神话中的英雄假如活在现代都市，或说古典的冒险故事发生在20世纪初的都柏林，又会是怎样的一番情景呢？

《尤利西斯》的主人公布鲁姆是一个正值中年危机的犹太人，从事广告行业，是个完全没有什么英雄气质的庸俗小市民。他红杏出墙的妻子摩莉和忠贞的佩涅洛佩恰恰相反。布鲁姆这一天在都柏林市内跑来跑去，既想躲避妻子不忠的事实，又试图关心那位文艺青年斯蒂芬，忙得不可开交，结果却是一事无成。这和奥德修斯的艰难险阻并不一样，因为后者每次遇到的障碍都是有意义的，并最终促使他完成了返乡这一终极目标。所以《尤利西斯》在宏观上将时间压缩，十年的漂泊冒险变成了一天的都市日常；在微观上取消意义，英雄史诗与现代生活格格不入、无法兼容。

当布鲁姆发现自己的妻子有外遇后，虽然闷闷不乐，但回到家也没说什么，只是要求摩莉第二天把早饭（并且指定要有几只鸡蛋）端到他的床上去。这样一个意外的要求，反倒让摩莉觉得布鲁姆有了外遇。于是摩莉躺在床上，半梦半醒之际开始回忆当天以及之前的各种事情，过去的情人、与丈夫的矛盾、寡妇的遗产、性欲的挫折、自然风景、火车旅行、上帝存在、时间变化……如果你能耐着性子仔细研读下，会发现摩莉在迷迷糊糊中比较了不同的情人、性幻想对象等，然而她爱着的人，或说真正在意的人，还是布鲁姆。所以这不是古典式的悲剧——爱而不得、爱不长久、爱被摧毁，而是现代生活的困境：人必活着，爱才有所付丽，但爱也顶多只是付丽，犹如现代生活中所有庸常的碎片一样，屈服于隔阂及无意义的折磨。或许爱还是有点慰藉作用，就像小说结尾暗示布鲁姆第二天会在床上吃到他想吃的早餐，虽然谁都无法最终确定这一点。

中文创作领域有一个与此极为相关的例子：白先勇的短篇小说《游园惊梦》（1966）。就像《尤利西斯》对应荷马的《奥德赛》，《游园惊梦》指涉了明代剧作家汤显祖（1550—1616）的《牡丹亭》（1598）中的"惊梦"一出戏，同样是女性角色的意识流展开，半梦半醒之际的恍惚状态，性的欲望、内心的隐秘、回忆与现实、往昔与当下交织在一起。不同的是，《游园惊梦》作为短篇小说，主题更加明确。钱夫人在台北窦公馆观戏时的回忆完全聚焦于个人的身世与私隐——十几年前的南京戏台、和郑参谋的私通，更像是电影剪辑的镜头历历在目，读者也很容易体会到那种世事沧桑、繁华不再的调子。人活着时间就会流逝，记忆既是对过去存在的证明但也会多少影响生活的继续。所以爱回忆的人不快乐，执着于过去其实是一种极端的自我沉溺。但这种对时间变化的敏感和不适在《尤利西斯》中也被消解掉了，哀悼过去只是众多时间经验的一种形态而已。摩莉打开记忆的契机是布鲁姆的一个要求——第二天把早饭端到床上去，钱夫人沉入回忆是缘于昆曲"惊梦"那场戏。文学史上还有一个更著名的诱发回忆的例子，就是普鲁斯特《追忆似水年华》（1913—1927）中玛德莲蛋糕掉入椴树花茶中散发的香味。

《追忆似水年华》是否算意识流小说，向来存在争议。但我个人比较反感将理论概念当作客观标准——它们本来也是阅读思考的主观产物。如果意识流是内心独白加上自由联想，重点在于不受时空、因果限制的回忆叙述，那么这部小说当然可以是意识流。因为整本书呈现的就是生活作为时间的流逝，内在是回忆，外在是衰老，互为表里。这本书也被认为很难读懂，现代主义文学就是这样自我纠结，没有答案却又极力要求阐释，而后现代主义文学只要刺激到你、有爽度就够了。

难读的原因我认为有以下三点：第一，它篇幅太长，200多万字，冗长的篇幅致力于呈现那未被提炼的生活原质是如何进入到回忆中。第二，阅读过程中容易产生无聊感，但这其实是普鲁斯特精心营造的。我们一般读小说多少会追求刺激和快感，一旦觉得无聊就说明这个故事没意思或讲得不好。但《追忆似水年华》中，回忆的倦态与无聊、没有要点的故事与生活的本质感受联系在一起，小说要求你去体验、思考乃至欣赏这种无聊，之后才会获得新的、自反性的阅读喜悦。有同学说是一种受虐的快感，对，你被生活捶打多了还没垮掉就是这种感觉吧。第三，你要适当地悬置自我。因为在个体自我爆炸的年代，花费如此多的时间和精力聆听、观赏另一个自我无比沉溺的表演，会被认为是一件很不划算的事情。如果你抱着我读了以后会有什么收获，或者我能学到什么有用的东西这些念头，那你肯定读不下去，而且也不适合读这类小说。倘若你能放下功利性与实用性的目的，对那些挥霍、浪费的时光抱有一丝宽容，承认无聊才是生活的常态，那么你更容易进入这部小说。鲁迅生前最后发表的那篇杂文，题目叫《这也是生活》（1936），就讲人们喜欢谈论诗人、伟人与众不同，如何耍颠，如何不睡觉。但事实上人没法一辈子都耍颠、不睡觉，那样的话肯定活不下去。正因为你大多数情况下不耍颠，也和别人一样会睡觉，所以你有时才能去耍颠，才能不睡觉，所以不要把前者当成生活的渣滓，它们其实很重要，都是生活的一部分。

言归正传。小说一开始，叙述者马塞尔说自己童年时在一个叫贡布雷的小镇上生活过一段时间，他很想把相关的记忆、自己的往事写下来，但却发现非常困难。无论他怎样绞尽脑汁去回想，跟从注意力的提示想写点什么，结果都是一无所获，思想贫乏。我们其实都有过这种体验，越是想去寻找某件东西、回忆某件事情时，越是不会成功，反而在不经意的某个时刻，它们自己会自动重新回来。类似的，某天下午，叙述者马塞尔在喝下午茶的时候，一块玛德莲蛋糕不小心掉进了茶杯中，由此溢出的香气侵袭了他整个感官，香气和味道让他回想起童年时在姨妈家吃过的点心。于是，记忆一下全部复活了，当年贡布雷的建筑风景、植物天气、村民和旧识全部像潮水般自茶杯中汹涌而出。接下来是无穷无尽的叙述和回忆，但也时断时续，夹杂着各种分析、议论和联想。在回忆中，不仅时空的限制被打散了，现实中转瞬即逝、不经意的琐事能被叙述极度延长、拉伸，另外一些较长时段的事情反而会被压缩甚至一笔带过。因为这完全是记忆中的主观世界。

　　本雅明在那篇谈波德莱尔和震惊体验的文章中，也特别提到了普鲁斯特对记忆的区分。一种是非意愿的记忆，对应着伯格森所谓生命的内在绵延，无须理智的努力或专注力就能获得。这种生命历程中能不由自主回忆起的东西，往往需要时间来凝固。另一种意愿的记忆则是为了获得信息，有意识地检索、主动地背住——就像考试前大家常做的那样。但关于过去的信息中并不包含过去的体验与痕迹，因为这里的记忆是一种工具，对应的是弗洛伊德所谓理智的意识，它能帮助我们抵抗现代性的震惊体验。所以这种由气味诱发的非意愿的记忆就是内在的时间体验，也被称为"散发芳香的时间晶体"；其对立面是以视觉文化为主导的外在的计量时间，用本雅明说法就是"同质、空洞的时间"。

尽管在哲学上，从海德格尔（Martin Heidegger，1889—1976）到韩炳哲（Byung-Chul Han，1959—　），都有一种重视内在时间本真、批判外在时间沉沦的倾向，但我个人以为，这两种时间体验本质上没有区别。它顶多算是对时间不同感知经验的区别，而非对时间感知与思考的区别。为什么呢？因为只要我们意图叙述、想象、再现所谓本真的时间体验，就势必要借助寄予于文字和图像的外在时间。本雅明在《历史哲学论纲》（1940）里有类似的感悟：你想要抓住真实的过去，抓住那个本真的时间经验，只能把它作为转瞬即逝、被人意识到了却又一去不复返的意象才行。当你捕捉到它时，它其实就已经不在场了。从这个意义上说，意识流和蒙太奇就对时间的体验而言是相通的，前者依赖文字的自由联想，后者借助镜头的快速剪接，共同致力于向你呈现那个不可见的整体真实——时间与经验。

只不过在蒙太奇那里，我们对视觉的实时冲击感受更突出，而意识流的片段则被文字拉长或缩短了。普鲁斯特的小说是意识流，本雅明的批评则是蒙太奇化的，两者不是解释与被解释的关系，而是具象与具象之间的反复碰撞。

我们知道本雅明偏爱的辩证意象（Dialectical image）和黑格尔式的辩证逻辑（Dialectical logic）是不同的：前者的整体性是在具体意象的拼贴、并置、剪辑中的灵光一现，后者的整体性是在抽象的推演中逐步达致无所不包。辩证意象很难不让人联想到爱森斯坦有关蒙太奇的镜头组合理论。我个人最喜欢的例子，是诗人／闲逛者与赌徒／工人这一对：闲逛者在大众那里遇到的经验与工人在机器旁的经验是一致的，赌徒掷骰子的动作和工人操作机器时的动作包含了同一种单调乏味。这是具有高度的敏感和天马行空的想象力才能剪辑出的东西，背后的整体性感受也让人震撼。

文本的诗学分析、都市的景观体验、资本主义的异化批判，这三者不是因果联系推导出来的，也不是像行文限制表现出的层层递进，而是借助辩证意象一下子同时迸发出的整体——现代性。当你对不同的辩证意象再次进行拼贴和并置时，一个耀眼的星簇或星座就出现了。当我抬头仰望天空，把不同的星星辨识成一个星座时，做的就是这样的事。这颗星和那颗星拼接在一起，这部分和那部分并置在一起；当一个新的意象被加进来时，原有占据中央的意象现在看来可能处于边缘，反之亦然；在这样的整体内部，没有高下，没有因果，没有过渡，没有解释，永远是一个具体的意象和另一个具体的意象寓意彼此。意象就是潜伏在语言中的镜头。

为什么本雅明的文字总有一种意犹未尽、意在言外的深邃？评论家和研究者无论求助于什么理论都很难将其解释清楚。我觉得他的文字叙述背后其实是电影的感知逻辑，是剪辑的美感。本雅明的辩证意象令人神往，但后继模仿者几乎无一能与其比肩。剪辑、拼贴、并置需要技巧和经验，更依赖于主观的美感和天赋。如果你学到的只是把任意两样东西简单摆在一起，大多数情况下并不会得出什么特别的结果。所以当蒙太奇泛滥成灾，什么都可以剪辑时，它就变成了一种取巧的手段和没有内涵的技术——繁杂的具象成了一种罪过。也难怪巴赞会对此深恶痛绝，尽管他反对的绝不是剪辑本身。这只是我个人的看法，或许是一种误读，仅供各位参考。

对理论不感兴趣的同学，我还想到另外一个例子，法国超现实主义诗人洛特雷阿蒙（Comte de Lautréamont，1846—1870）有一句诗："……美就像缝纫机和雨伞在手术台上的偶然相遇。"大家探讨一下这里的诗意，或说怪异的美感，是如何得来的呢？陌生化？隐喻象征？蒙太奇？没错，这就是一幅语言呈现的拼贴图画，三个指称其实在这句话里担负起了镜头的功能，所谓诗意同样是融入了电影的体验方式。我们当然可以这样说话，只是不习惯这样的语言表达；不是因为违反了什么规则，而是把不相关的事物从它们各自的时空场景中切割出来再组合起来。有逻辑、有语境的连续语言不擅长做这种事情（尽管它可以），但这恰恰是电影剪辑从一开始就在做的事。请注意，我并不是说电影技术的发明产生了意识流这样的现代主义文学技巧，没有人能这样判定；但我认为，一定是电影的感知逻辑被人们普遍接受后，占据了一定地位，我们才会在 20 世纪初的各类文学艺术作品中发现这么多类似的、对时间的感知。

最后我们再次回到"意识流"的发明者威廉·詹姆斯，他在《心理学原理》（1890）一书中讲完意识流后，又特别提到了"时间感知"。我把其中的两段话摘录如下：

> 假设我们能够在一秒钟的时间内，感知到一万个独立事件，而非像现在只能勉强感知到十个事件；而且我们的一生假设只能拥有同样数量的印象，那

么我们的寿命可能只有现在的千分之一。我们将只能存活不到一个月，而且个人对四季的变迁将一无所知。如果出生在冬季，我们对夏季的理解，将有如现在的我们对石炭纪炎热的理解。生物的动作将缓慢到我们的感官无法推断、无法看出来。太阳将静止在天空，月亮几乎不会变动，诸如此类。

但是反过来，假设某人在既定的一段时间内，只能感觉到现在感官的千分之一，而且寿命因此增长为现在的一千倍。冬季和夏季对他来说，不过几十分钟的事。蕈类及快速生长的植物，看起来将有如瞬间即逝的生物；一年生灌木则像是沸腾的泉水，不停从地面冒出又落下；动物的动作在我们眼里将有如子弹和炮弹，快得难以看清；太阳将会像流星般，拖着一条火热的尾巴快速划过天际。以上这些想象中的场景（除了超人类的长寿之外），都可能在动物界的某个角落实现，断然否定将太过轻率。

大家听了詹姆斯的论述后，有没有联想到什么？没错，他是在讲我们对时间的感知，人完全可以想象与现实自身不一样的时间体验方式，但是什么让我们得以触碰到这些非同一般的时间体验，或它们是借助什么表达出来的呢？是电影的剪辑。请注意，这本书写于 1890 年，相关论述电影是同时出现的，这绝非一个偶然。从宏观上对时间拉伸和压缩，其实就是电影在一段既定的时间内（2—3 个小时），相较于人们的日常时间体验，它能记录到数量更多或更少的事件。从微观上我们之所以能感受时间流逝的速度或某一瞬间的实时呈现，不就缘于摄影机运转速率比寻常每秒二十四帧来得快或慢吗？正是从这个角度来理解，我们才说，电影是一门时间的艺术。

参考文献及相关电影

● [美]J.达德利·安德鲁著, 李伟峰译: "第三章: 谢尔盖·爱森斯坦", 载《经典电影理论导论》(北京: 北京联合出版公司, 2018), 第31—60页。

● [英]奥立佛·萨克斯著, 杨玉龄译: 《意识之川流: 萨克斯优游于达尔文、弗洛伊德、詹姆斯的思想世界》(台北: 远见天下文化, 2018), 第42—43页。

● [法]莫里斯·梅洛-庞蒂著, 方尔平译: 《电影与新心理学》(北京: 商务印书馆, 2019), 第3—30页。

● David Lodge, *The Art of Fiction: Illustrated from Classic and Modern Texts* (New York: Viking Penguin, 1993), 41-51.

● Walter Benjamin, "On Some Motifs in Baudelaire," in *Illuminations*, 155-200.

● Walter Benjamin, "Theses on the Philosophy of History," in *Illuminations*, 253-264.

● 《出神入化: 电影剪辑的魔力》(*The Cutting Edge: The Magic of Movie Editing*), 导演: 温迪·阿普尔 (Wendy Apple), 2004。

● 《一个美国消防员的生活》(*Life of an American Fireman*), 导演: 埃德温·鲍特 (Edwin S. Porter), 1903/1910。

● 《党同伐异》(*Intolerance: Love's Struggle Throughout the*

Ages)，导演：大卫·格里菲斯（D. W. Griffith），1916。

● 《福尔摩斯二世》（*Sherlock Jr.*），导演：巴斯特·基顿（Buster Keaton），1924。

● 《战舰波将金号》（*Battleship Potemkin*），导演：谢尔盖·爱森斯坦（Sergei Eisenstein），1925。

第六讲

太阳照常升起，生活还得继续

文学改编电影

20世纪60年代

从这一讲开始，本书会进入新的单元，即文学改编电影。在最初的介绍中我也向大家解释过，这门课最早是从"名著改编电影"的课程设计演变而来，所以"改编"既是学校指定的授课内容，也反映出人们最早在谈论文学和电影的关系时，把改编作为一个最重要的出发点。

有关改编这一单元的内容主要分为三章：本章是概论，让大家对文学改编电影有一个基本的认识并能有所反思，我会以21世纪以来的两部作品——叶弥（1964— ）的短篇小说《天鹅绒》（2002）和姜文（1963— ）改编的电影《太阳照常升起》（2007）——为例进行比较阅读、加以解释；下一章我们会进入中国当代文学领域中的电影改编，中文系的同学对这一划定范围应该都不陌生，主要涉及20世纪80—90年代的文化热、长篇小说的兴起与第五代导演的改编作品；最后回溯到20世纪30年代的文学作品，探讨现代文学及电影作品的抒情风格——由于张爱玲的电影改编讲得太多，我选择了沈从文作为例子，这也是受到了黄子平教授一篇文章的启发，以及王德威老师多年来的打磨，在他的影响下，我对沈从文完成了"路转粉"的蜕变，在重读沈从文的小说时也有了一些新的感悟。

除此之外，还有很多经典文学史不会覆盖的改编作品，也就是所谓"严肃文学"范围之外的作品。它们同样是文学创作，带有鲜明的文学性，却因为自身的娱乐性或流行程度而被文学研究拒之门外，甚至被打上"不够档次"的烙印。虽然有些类别已经从所谓的小众进入主流，变得风头大热，比如科幻文学，刘慈欣的《流浪地球》（2019）及其电影改编就是一个现象级的话题。还有那些流行文化衍生出的改编电影，比如有些同学在分析作业中选择的电影文本包括《哈利·波特》（2001—2011）、《空之境界》（2007—2013）、《小时代》（2013—2015）等。我并不反对大家选择自己喜欢的作品进行研究，而且我觉得大家也可以去思考，为什么一般的改编研究都会忽略这些作品。是一种高尚的文化资本逻辑作祟，让我们觉得这些作品不够文学、经不起推敲，只能放在粉丝及亚文化的圈子里？还是说依照某种评判标准，它们确实在阐释空间上相对狭隘？但从研究的评判角度看，只有喜欢是不够的，想为自己的喜好正名并不构成一个有效的论点。

谈论电影的门槛是很低的，因为每个人天生都是电影观众。我一再强调，这门课是希望大家将自己定位成电影的研究者而不是消费者，应该努力具备一些专业素质。在日常生活中我们看电影都会忠实于个人的审美欲望，毫无顾忌地将某一部影片评为神作或烂片，打 1 星还是 5 星完全是观众天经地义的个人权利。但如果你以研究者的身份出现，或者认为自己的影评同时是一篇学术散文（Academic essay），那么多少都应该和个人的好恶保持一定距离：减缓因为共鸣或满足带来的喜悦，克制自我确证的权力欲，在分析、理解的基础上，梳理出自己的思考原则及审美标准，最后再去评判。

爱一个人需要理由吗？需要吗？不需要吗？好吧，我承认这是一个老掉牙的"梗"，意会不到的同学忘了就好。我的看法是，爱本身并不需要理由，可你若要和别人谈论起爱总是需要理由，无所谓这些理由是否站得住脚。这并不是让大家隐藏或改变自己的喜好——虽然我们的喜好也一直在变，而是要对自己的喜好负责，把为什么喜欢／不喜欢一部电影的感觉及理由转化成论证，想清楚、说明白。这样写出来的文章并不一定会比豆瓣影评、知乎问答更精彩或更受人欢迎，但它至少具备基本的职业素质，还有你自己的真诚思考。

一　任何一部电影本质上都是改编

一般而言，改编是指电影从文学作品——特别是小说和戏剧——中取材，将文字作品变成动态的视觉影像，搬上银幕。这个松散的定义看起来比较简单，但在实际操作中会有很多问题。这一讲请大家提前阅读的两篇文章分别是巴赞的《非纯电影辩：为改编辩护》（1952）和李欧梵老师《文学改编电影》（2010）一书中的"导论：改编的艺术"。我们先总结一下两篇文章的共同论点，再以此为中心展开我们有关改编的反思。我归纳了以下四点供参考：

第一，对以"忠实于原著"作为评判电影改编好坏的主要标准提出质疑。

第二，默认文学作品，特别是小说，相比于电影是一种更复杂的艺术形式；电影的视觉表现无法穷尽语言文字的意涵与奥秘，故而难以传达出经典文学作品的精髓。

第三，赋予改编电影和原著作品一种对等的关系地位，在巴赞那里是把改编比作翻译，李欧梵老师则提倡一种对位；认为改编电影不能只是复制、再现原著，必须要有一种旗鼓相当的天才性的创造，使改编和原著获得一种平衡。

第四，对既有的大多数电影改编作品并不满意，但都持宽容态度；认为电影改编是对经典文学的一种普及和推广，有总比没有好。

我们在这门课上其实已经接触过大量的电影改编作品，比如《哈姆雷特》《罗生门》《布达佩斯大饭店》，也有同学提到很多曾经看过的改编电影，像《色戒》（2007）、《悲惨世界》（2012）、《了不起的盖茨比》（2013）以及最近上映的《小妇人》（2019）等。这首先就涉及一个电影以外的问题，即文学的经典化及其分类背后的知识权力关系。一谈到改编，我们总是会自然地联想起这些所谓的文学名著，而把其他同样符合改编标准的作品自动屏蔽掉。哪些作品会被奉为经典，哪些作品能被归为一流，其实不是完全由作品自身决定的，况且大众的审美品位永远处在历史的变化中。判定一部作品是一流还是三流，其中可能有我们个人兴趣、思考解读的作用，但同时也是社会规训、学校教育的结果。所以我一再强调，不是要求大家放弃或改变自己的标准与品位，而是要意识到为什么自己会形成这样的审美判断，并尽可能地对自己喜好范围之外的东西予以起码的尊重和必要的理解。

其次，为什么在研究电影改编时"忠实于原著"这一标准应该受到怀疑甚至摒弃呢？两位作者是从艺术创电影改编"忠实于原著"从来都是不可能的。

作和接受的自由来谈论的，认为"忠实于原著"被当作主要甚至唯一的评判标准，这是庸俗甚至肤浅的。但我以为，电影改编"忠实于原著"从来都是不可能的。为什么？就是视觉性与叙事性之间的不对称关系，它们有时对立，有时重叠，但绝对不可能完全等同。当你判定一部改编电影"忠实于原著"时，只不过是它恰好符合你在阅读文字作品时在内心建构出的视觉意象。电影改编和原著小说可以共享同一个故事梗概——有时前者是后者的缩影，有时后者也能成为前者的脚注，但它们不可能重复讲同一个故事。所以当我们看到"忠实于原著"这类评价时，应该心存警惕，它充其量只是批评者借着原著／正统的外衣来主张或捍卫一种自我表达的权力欲，它真正想说的无非是"我喜欢"或"我不喜欢"。

进一步讲，如果抛开"经典""名著"的限定框架，改编仅仅是指视觉图像要有相应的叙述文字对应，那么任何一部电影本质上都是改编；而创作者和研究者就是以不同的方式在文字和镜头之间进行一次又一次地置换，这是一个可以持续进行下去的游戏。创作者需要把文字叙述转换成视觉镜头，而研究者又要把所有镜头重新拆解出来，以文字的方式加以解释、评析。所以电影改编不是重现，不是复制，也不是衍生，其本身就是一种创作，用理论家斯塔姆（Robert Stam，1941—　）的话来说，这种创作是以对话的方式进行的。当然，对电影的研究与阐释何尝不是一种对话的过程？

再次，正是由于电影改编和文字原著之间本质上的不对称性，大多数文史哲出身的研究者对文学作品有习惯性的偏爱。我把它解释为："言不尽意，影不及言。"比如李欧梵老师认为，电影虽然可以增加小说场景的实感，丰富它的想象，但很难表现心理小说中思潮起伏的主观心态以及作家对语言的运用。他提到鲁迅的小说《祝福》被改编成电影搬上银幕，显得非常庸俗，因为它无法表达出原著中叙述视角所带有的反讽性。巴赞虽然说要为改编电影辩护，但也承认小说能塑造更复杂的人物形象，有着更严谨、精巧的结构，对受众的审美要求更高。电影不善于传达语言的微妙之处，比如安德烈·纪德（André Gide，1869—1951）善用简单过去时这一语言风格就很难拍出来。

影像捕捉不到语言文字的精髓，这固然不错；不过我们可别忘了，语言文字其实也无法穷尽我们观看影像时的感受。大家在观赏一幅画作、观看一部电影时，有没有体验过那种视觉的直观感受无法用语言文字描述、解析呢？这种例子太多了。老彼得·勃鲁盖尔（Pieter Bruegel the Elder，1525—1569）和罗斯科（Mark Rothko，1903—1970）的画作、范宽（950—1032）的《溪山行旅图》……它们能够被语言文字讲述、探讨，但却无法被完全转化，甚至本质上有不能言说的东西使得任何文字阐释在它们面前都会自觉黯淡。同样的道理，再精彩的影评也无法说尽我们偏爱的那些电影，语言文字也不能破解视觉图像的所有密码。或许正因如此，阐释活动才能一直延续下去。言说不能言说之物源自人非理性的冲动，可同时也是人类文化绵延不绝的动力。只有意识到我们对语言文字和视觉图像具有不同的感觉结构和审美意向，才能相对公平地看待电影改编，尊重改编和原著彼此作为创作物的不同灵光。

我再补充一点，电影改编没能传达出原著作品的微妙或精髓，很多时候和视觉性没什么关系，而是创作者、编导个人的阅读能力及阐释水平导致的。李欧梵老师在文中说，《祝福》的电影改编完全删去了作为知识分子的叙述者，只剩下祥林嫂受尽折磨的苦情戏，失去了鲁迅作品中深沉的反讽意味。如何用视觉图像来传达叙述的反讽性，这是一个难题。但如果是电影改编的创作者根本就没读出来或者干脆否认原作中含有这种反讽性呢？对文学作品而言，故事梗概、人物事件是一阶的内容，至于反讽性则是二阶的领域，后者本身就依赖于相关的阐释、评论才能存在。所以对于文学改编电影，编导不能只是一个创作者，还必须是一个阐释者，其个人对原著作品的阅读理解会直接影响改编作品的质量。当然最好的情况，是原著和改编之间有一种对等的、天才性的创造，但这其实也是正确的废话。天才写的小说、天才拍的电影自然好，但我们如何辨识出天才呢？无非还是以作品而论，由此向前追溯。在文艺创作和学术研究领域，一个很残酷的事实是，我们就是唯结果论的。只有作品足够好，大家才愿意做逆推式的研究，为创作过程提供一种似是而非的说法。所以在每个人的片单里，神作各有各的惊人魅力，而烂片都是一样的乏善可陈——不过也许它们还有作为电影史料的价值。

　　既然存在这么多问题，那我们到底该怎样去研究电影改编呢？一般而言，研究途径其实也就是三大类：一是从作者入手，考察、复原、重述电影改编的历史过程，有点传统上知人论世的味道，电影史研究者大都是从这个方面做的；二是从受众即观众的接受方面进入，比较探讨原著作品和改编作品之于受众群体的不同影响、审美感受，以及它们各自扮演的职能意义，这主要涉及作品的社会接受问题，所以你可能多少要做点田野调查、数据分析之类的工作；三是回到文本，这也是我唯一熟悉的一种研究策略，即用比较细读的方式分析、阐释原著作品和电影改编，试图在它们之间建立起新的对话。此类研究者大多会汲取各种时髦的哲学、艺术理论，将其运用到文本阐释中。但请注意，理论只是一种工具、一个参照系，切莫把它当成更高一阶的评判标准，也别沉溺在名词术语中丢掉自己的直观体验。其实不用理论术语，只要能表述清楚，把自己的感受、观点提炼成可与他人对话的论证，也没什么不可。遗憾的是，理论用得好不好，你的阐释是恰到好处还是过度鬼扯，我们也没有可操作的指引或明确的规则；最终还是看你自己的作品、你写出来的批评文章。我的经验永远都是以下三条：读细一点、想慢一点、写清楚一点。不要总想一下子搞个大新闻，试图让一篇文章面面俱到，去解决所有问题。只要你的解读能够在有限的范围内自圆其说，能让我们在重读原著作品和重看电影改编时有所收获，有新的体会，就可以了。

二 《天鹅绒》与《太阳照常升起》

选择姜文的《太阳照常升起》这部电影，除了满足我个人的喜好外，最主要的原因就是太多观众对它的反应是"看不懂"。大家正好可以拿它练练手，从这门课能学到的最基本技能，就是帮助你将这些所谓"看不懂"的电影看懂，在此基础上再谈喜不喜欢的问题。造成看不懂的最大原因，我个人觉得是剪辑太快，以及"丧心病狂"的移动镜头，而单个镜头包含的信息量过多，所以很难一下子把整个故事贯通起来，只有多刷几次才行。但有意思的是，这部电影当年得了金马的最佳剪辑奖。所以同样的特征，也可以把它视作一种明快短促的风格加以赞扬，完全是见仁见智的问题。

这部电影改编自叶弥 2002 年发表在《人民文学》上的一则短篇小说，原著只有八千字。叶弥是一位比较独特的女作家，如果你读过她的作品，会发现她很有想法。她的短篇小说不像一般小说那样靠情节反转来取胜，而是包含了对一些根本问题的思考；这类作品不会让你一翻开就感到很惊艳，但若能试着去思考事件和人物行为的目的及意义，你会逐渐在节制的叙述与淡然的文字中寻觅到真挚的东西，回味无穷。真挚的思考不意味着它就一定正确，也不会勉强你非要接受它，所以多少值得尊敬。有同学说喜欢这部作品的小说胜过电影，也有同学说更喜欢改编的电影。我个人觉得，这是一个文学改编电影的典范，原著和改编都很有味道，表面上二者共享了同一个情节设定，但最终讲出来的是完全不一样的故事。我们先来看一看《天鹅绒》讲述了一个怎样的故事。

1 主体的自觉

　　小说开篇讲述了一个很贫穷的乡下女人李杨氏,因为丢了两斤猪肉而疯了。时间设定在 1967 年,"文革"已经开始。但这篇小说中的时间地点并没有什么特别含义,只要知道故事是在一个极度封闭、贫穷的环境中发生的就可以了。紧接着叙述者插入,讲述了疯女人三年后跳河自杀,她的儿子李东方和从城里下放来的唐雨林的老婆通奸,最终被唐雨林一枪击毙。在简单刻画了唐雨林和他老婆姚妹妹的性格特征后,叙述者隐去,回到了 1969 年的乡下农村,唐雨林、姚妹妹和李东方在这里相遇。唐雨林发现了小队长李东方和自己的老婆通奸,从两人偷情的对话中得知,没见过世面的小队长不知道什么是天鹅绒。于是唐雨林决定让他死个明白。在试图让李东方明白什么是天鹅绒的过程中,唐雨林似乎有意拖延,想找借口放李东方一马。但这时李东方却说出了小说中最坚决、最鲜明的一句话:"你不必去找了,我想来想去,已经知道天鹅绒是什么样子了……跟姚妹妹的皮肤一样。"这无疑是给了唐雨林开枪的机会,李东方自己选择了死亡。最后有一段叙述者的评论,提到英国的查尔斯王子于 1999 年和情人卡米拉通电话时,说"我恨不得做你的卫生棉条"。叙述者将这两件事同等地并置在一起,最终得出结论:"于是我们思想了,于是我们对生命一视同仁。"

有同学不明白最后为什么要加上查尔斯王子那一段内容。我的理解是，查尔斯王子的这句话是一句荤段子式的情话。他当然不可能成为棉条，甚至可能不了解棉条——至少不会像他的情人一样拥有关于卫生棉条的体验。但在他的想象中，他认为自己明白做情人的卫生棉条是什么意思，于是他发出了这样的告白。同样，李东方至死不明白天鹅绒是何物，只隐约地理解到是一种布料；但他做出了决定，在他的想象里，他已经知道天鹅绒是什么了，就跟姚妹妹的皮肤一样——这既是对情人的告白，也是对自己的认可。从他者的视角看，李东方说自己知道了什么是天鹅绒，他真的知道了吗？如果就"知道"的一般定义而言，那李东方肯定还是不知道或知道得并不充分——他没有获得有关天鹅绒的直接信息和实物的亲身体验。但从李东方自己的立场而言，是他"决定"让自己知道了，仅仅有这一决定就够了。这让他越过了年代环境、文化国籍、阶级地位、知识背景等条条框框，和查尔斯王子成了平等的主体，至于知道的内容是对是错已经无所谓了。

进一步讲，李东方不仅和查尔斯王子获得了平等的主体地位，也和唐雨林实现了生命的一视同仁。唐雨林是个侠骨柔肠的人，他要想杀李东方早就动手了。虽然李东方做了对不起他的事，他也必须为此做点什么，但他并不痛恨李东方本人，甚至对这个什么都不知道、一直待在穷困乡村的小队长有种悲悯。唐雨林怀有悲悯之情，从某种意义上你可以说他品德高尚，但换个角度来看，这也说明唐雨林和李东方的地位关系并不平等，李东方在唐雨林眼里始终是次一等的存在——尽管表面上李东方还是唐雨林的上司小队长。这就好像正常人不会去和比你弱的人计较，因为没法计较。隐含的权力地位是很重要的。比如同样是开玩笑，你开上级的玩笑叫讽刺，但你开下级的玩笑就是欺凌。作为一个合格的复仇对象，他不仅要伤害过你，还应该要比你强大，或至少是对等的存在，这样你的复仇才有意义。所以唐雨林这个角色从没变过，杀或不杀所遵循的逻辑是一致的：他最终抓住机会开枪杀了李东方，是因为他意识到眼前这个人和自己是对等的，对方拒绝了他的怜悯而选择和他站在同等的位置上。

结合以上两点，我们可以得出结论，李东方才是《天鹅绒》这篇小说的主角，这是他为自己争取到一视同仁的生命地位的故事，也是主体成长的别样叙事。我们看过的大多数成长小说，往往是主角要离开家乡、出外游历，从别处获得信息和经验，利用这些异己的东西对自身展开反思，最终和世界达成和解，得到他人的认可。

而这篇小说妙就妙在设置了一个反成长小说的框架，李东方根本无法离开这个乡村去往外面的世界，尽管他对天鹅绒、虾仁烧卖充满了好奇与向往，但他至死都不会知道这些是什么。在这样物质匮乏、知识缺失的环境下，人怎么还可能成长呢？然而小说告诉你，这是可能的，因为人可以自我选择，哪怕选择只是一个形式。内容空洞的成长依然是成长，它迫使他人认可了自己，也为自己获得了生命的尊严。李东方对天鹅绒的理解是个人思想后做出的决定，凭着这样一个决定，他让自己从自在（In-itself）的主体进阶为自为（For-itself）的主体；他不再渴求他人编织的神话、提供的答案，而是自己将意义赋予了自身的生活；由于复仇只发生在对等的存在者身上，所以他自觉的死亡更像是一种被承认的代价。在小说里，他人只是提供了一种诱因，每个人自身的结局最终都是自我决定的。无论知道与否、杀或不杀，他们都是自觉而自为的主体。这个道理同样适用于李东方的疯母亲李杨氏。

开篇安排李杨氏的故事，乍看之下有点荒诞，甚至带点黑色幽默，好像是为了凸显人的无知、狭隘与倔强。但若现在你认同疯女人的儿子是值得尊敬的，那疯女人本身又该如何理解呢？她对应的是李东方的反面吗？有同学在文中找到证据，里面有句评价说李东方与他的母亲有一样的特性，"坚韧和脆弱相隔着一条细线，自我的捍卫和自我的崩溃同时进行着"。既然李东方最后成功捍卫了自我，那他疯了的母亲无疑代表着自我崩溃，被偷的两斤猪肉成了压垮她的最后一根稻草。这样的解释没问题，而且看起来也很贴切。但我还是有疑虑：不是最后说要"对生命一视同仁"吗？谁敢断定李杨氏没有思想、无法自觉呢？如果说李东方值得赞扬的地方在于他逆转了自我与他人之间的地位关系——空洞的主体依然是主体，那为什么对疯女人的理解就又回落到他人的眼光中了呢？更何况他人眼中的疯和自己心中的倔或许是一回事。我们可以把李东方和李杨氏看作一枚硬币的两面，对前者的赞扬和对后者的奚落相辅相成，可若如此岂不是和这篇小说的主题相违背，使我们自身处于一个被讽刺的位置上吗？所以另一种可能的解释是，李杨氏自然也属于"对生命一视同仁"的范畴，只不过她的自觉更加激进，甚至连他人的认可都不要了。

我们来思考一下，李杨氏真的就只是因为两斤猪肉就疯了吗？就这么穷困，这么看不开？其实小说一开始就暗示了，这是穷造成的问题，但问题不在于她的穷。她是吃过猪肉的，那有数的几顿红烧肉是她最幸福的回忆。出于对儿子的愧疚，她这一次想买两斤猪肉，烧一锅红烧肉和丈夫、儿子一起吃，并且要端到门外去吃，让全村人都见证她的幸福。为什么会对儿子有愧疚呢？因为卖猪肉的钱本来是她儿子的学费，被她克扣了，导致儿子辍学去工作了。但她拿了这笔钱，本来也不是要买猪肉，而是要买一双袜子，因为村里的女人在背后嘲笑她连一双袜子都买不起。可当她真的去买袜子时，她犹豫了，觉得这样划不来，买双袜子也就逢年过节穿一下。在权衡比较后，李杨氏转而去买了两斤猪肉，想把自己记忆中最幸福的体验分享给儿子和丈夫，当然最重要的是要让村里的其他人都看见。

这样看来，小说《天鹅绒》构筑的世界里，食物比衣服重要，性更是微乎其微的事情，质料胜过形式，自我的欲望比他人的评价更为基本。然而没疯之前的李杨氏想不明白这个道理，她始终困在他人的看法里。表面上，她想买袜子是为了自己，买两斤猪肉是为了儿子和丈夫，但这一切其实都是为了村里的其他人——袜子是穿给别人看的，红烧肉也是要吃给别人看的。只有在肉不见了以后，李杨氏开始指天咒地、骂人骂狗骂一切，这个时候他人的看法才终于失效了。即使村里的女人跑来劝她，说相信她是买过肉的，但此时的李杨氏似乎已看透且厌倦了这种受制于他人的把戏，所以她再也没有妥协，所以她真的疯了。

人们拿一个疯女人没有办法，他人的言论影响不了一个疯子。而从李杨氏的角度讲，只有疯才是遵循、贯彻了自己的欲望。她没有像李东方一样等到一个对等的他者来成全自己，而是趁自己清醒又自尊的时候，梳了头，洗了热水澡，穿好衣服，投河自尽，结束这一切。有意思的是，关于她的投河自尽，仍免不了有他人议论——"洗什么澡？多此一举，反正要投河嘛。"但我们可以确信，此时的李杨氏即使知道别人在背后对她指指点点，或者在自尽前料想到了他人的议论，她也绝对不会在意，不会再为驳斥、改变他人的看法而活。

反倒是我们这些读者，如果我们对李杨氏表示奚落或怜悯，却对李东方报以赞扬及敬佩，那其实是我们自己仍旧限于他人（包括叙述者和作者）的议论中，没有走出来。李东方给了唐雨林开枪的机会，不是为了求得他人的赞扬；就像他的母亲李杨氏选择投河，也压根不稀罕人们对她的评价。这才是这篇小说打动人心的神髓所在：主体的自觉在于其自身的决绝，而非依赖他人的承认。每一个人都忠实于自己的欲望，尽管这一欲望最初是由他人撩起的；可他们都在力所能及的范围内，以仅有的方式确立了自身才是欲望的主宰。而在一个物质和知识匮乏、向外生长不可得的环境下，那仅有的方式可能就是自主地选择死亡。死亡在小说里不是一个消极的东西，而成了生命适当而完满的句号。伟大人物的死亡总是令人惋惜，而面对李东方母子的自绝，我们通常的反应也就是——这有什么意义呢？这样死值得吗？但就像唐雨林的生活并不比这两人更高贵一样，李东方的死也并不比李杨氏的死更有意义。意义这种事，永远是在他人的看法中阐释出来的，自以为有意义却未获得他人认可的东西其实也是没意义的。所以我们也推导不出李东方母子的死亡对他们自己是有意义的这样一个结论。正是在对意义的绝对拒斥中，我们看到了某些更原始、更纯粹的决绝与平等，于是乎，所有的生命终于一视同仁了。

以上是我个人对《天鹅绒》这篇小说的解读，不算什么标准答案，或许有过度阐释的地方，故不强求大家认同。文本阐释有意思的地方就在于，你可以在认同或不认同之间翻过来、倒过去，时而反思，时而捍卫，最终使自己对文本的理解向前一步，挖深一点。所以请大家把我的解读——《天鹅绒》中关于主体的自觉当成一个暂时的参照，方便我们去理解改编后的电影作品。《太阳照常升起》讲的是另一个成对的故事：所有主体的自觉无外乎是一种自欺，你永远不知道自欺的幻象能维持多久，说不准什么时候就被闯入的他者给打破了。

2 主体的自欺

我们再来梳理一下《太阳照常升起》的叙事结构。电影的剧情由以下四部分串联起来：

> A.1976年春，南部的某村落，"疯妈"因为丢了买来的两只金鱼鞋，从树上掉下来疯了。与她相依为命的儿子李东方纠结于自己的身世，想搞清楚他爸爸是谁。
>
> B.1976年夏，东部某大学，食堂的梁老师因为陷入"摸屁股"的流氓丑闻，最后自戕了。
>
> C.1976年秋，回到南部，因为梁老师事件受牵连的唐老师（唐雨林）被下放到疯妈所在的村子，疯妈的儿子、已当上小队长的李东方接待了他们。接着就发生了原著小说中的"天鹅绒事件"，唐雨林最终开枪打死了与他老婆通奸的李东方。
>
> D.1958年冬，西部的戈壁滩上，故事的起源也是一切的开始——两个骑骆驼的女人分别去找寻自己的情郎，看似是"苦难"和"幸福"的对比，但这暂时的区分从整个电影的叙述时空中来看终究只是同义反复。

我个人最喜欢D部分，拍得很美，节奏也慢下来了，

《太阳照常升起》电影海报, 2007 年

没有之前那些都快虚焦了的移动镜头。各种象征性的、灿烂至极的视觉图像其实已经为先前的各种谜团提供了答案，看你是否愿意接受。疯妈有句台词："只能说你没懂，不能说你没看见。"懂并不意味着要去揣测姜文的创作意图或是筛选出一个正确的答案。当然，作者意图和文本阐释也不是一个非此即彼的关系。我所说的"懂"，是希望大家在观看和阅读的基础上，尽可能清楚地表达自己的感受，继而为其提供一个合理的阐释。阐释要想合理，必然又会涉及作者的创作意图、作品的历史语境、可能的理论话语等。那么和原著小说相比，电影改编有哪些显著的变化呢？我将大家的意见汇总，加上我的看法，总结出以下三点。

第一，时代背景的作用变了。《天鹅绒》的小说其实只是借了"文革"的时代背景作为故事的外壳，即人们处在极度匮乏、穷困、无知的环境下，但并没有真的和"文革"这段历史进行互动。反而《太阳照常升起》是将"文革"作为故事发生的内在机制，电影同样是在展现个体的命运，但更想对个体所处的历史环境有所言说。所以我们才会看到隐喻性的时间数字，以及暧昧的台词总是显得话中有话。1958 年这个年份意味着什么？大跃进，超英赶美，跑步进入共产主义，可以把它理解为美梦开始的地方。1976 年呢？"文革"结束，美梦破灭了，不得不醒了。电影结尾伴着升起的太阳，周韵的台词是"他一笑天就亮了"，可在影片开头，疯妈在树上喊的是"天一亮他就笑了"。正是因为电影里充斥着很多类似的细节，如果你熟悉相关历史事件，肯定会觉得导演是有意为之的。这也导致很多人喜欢依据政治隐喻，用索隐法猜谜式地阐释姜文的电影，到《让子弹飞》（2012）时更加过分。

但我想提醒大家，这种阐释主要是让自己爽，这不是能不能证实或证伪的问题，而是在这种阐释面前你根本无法参与讨论，只能选择信或不信——因为它本质上其实是通过讲一个新的故事来替代对原有故事的解读与分析，尽管新的故事或许听起来也很有趣。特别插一句，请大家在写分析论文时杜绝这种路径。除此之外，原著小说凸显的时代特征是物质性的穷困以及知识、信息的匮乏，但在电影中几乎感受不到这一点，因为电影里面没有人为生计发愁，无论是 A 部分疯妈母子的日常生活，还是 C 部分唐老师带着孩子们在山里打猎，反倒像是对"文革"的一种浪漫化表达。他们的问题或痛苦其实与贫穷、无知没有关系，而是受到一种普遍的压抑——性的压抑、意识形态的压抑。

第二，叙事结构变了。小说《天鹅绒》的故事对应电影的 A 部分与 C 部分，B 部分和 D 部分是改编后插入的内容。小说中偶发议论的叙述者在电影中被删去了，而整个电影用倒叙的方式讲述，因为按照事件发生的时间顺序排列应该是 D → A → B → C。在电影的 C 部分，也就是"天鹅绒事件"时，有的同学可能感到很诧异：疯妈不是早就投河了吗？怎么好像又重复了一遍。虽然 A 部分和 C 部分在叙述上是衔接在一起的，但电影并没有按照前后相继的方式呈现，而是转回到了疯妈投河之前，小队长李东方前去迎接唐雨林夫妇的时段，等于说是换了一个视角，从唐雨林等人的角度见证了疯妈投河这一事件。这种不同视角下的重复叙述我们之前讲《一个美国消防员的生活》时也提到过。所以大多时候我们感到混乱，是因为未能厘清叙述，无法合理化眼前的影像。

至于倒叙的手法，也并非只是形式上的设置——对这部电影的艺术表现力来说，倒叙是必需的。D 部分的 1958 年拍得极致绚丽，因为这是梦开始的地方，有盛大的婚礼，开向天上的火车。在这里，幸福的人笑得灿烂，伤心的人哭得也真切，但作为观众的我们其实无法从心里认同这两者中的任何一方——因为我们早已通过 A、B、C 部分知晓了他们后来的命运，十八年后终究殊途同归。所以这部分越是华丽得令人惊叹，整个故事的基调反而也就越悲凉。你以为这是美梦的开始，殊不知这其实已是梦的全部；你以为大好的人生、无数的可能在前面等着你，但其实这一刻才是仅有的巅峰，此后就是持续下坠的过程。曾经自觉的主体，最终都活成了一种自欺，而当自欺不可延续时，悲剧就发生了。如果不采用倒叙的手法，就按事件发生的时间顺序 D → A → B → C 来讲述，又会为故事带来什么样的效果呢？大家可以琢磨一下。

第三，故事的主角及关键台词变了。小说里李东方是绝对的主角，因为这是关于他实现成长、获得主体地位的故事。但电影里"天鹅绒事件"的主角换成了唐雨林，他和疯妈、梁老师一齐示范了自欺主体的困境；而李东方更像是说破了皇帝新装的那个孩子。其实电影中的李东方自始至终没有成长，完全是一个工具人角色：在 D 部分，他是那个象征着拥有无数可能却又被命运框定的新生命；在 A 部分，他是一个寻父的角色，执着于自己的身世，甚至无意中摧毁了母亲最后的城堡；而在 C 部分，他的寻父之旅和求真职能在天鹅绒这个对象上重合了，但即使他看到了、摸到了天鹅绒，却依旧什么都不懂。如果小说中李东方对天鹅绒的理解是经过思考后，自己为自己做的决定，那么电影中他对天鹅绒的理解就是一个求真／寻父的过程。

电影塑造的时代特征是压抑而非匮乏，真相恰恰在于不可得，也没法说，虽然它就摆在李东方眼前，但他理解不了——为了生活得以继续，所有人的自觉自主其实都是一种自欺。所以当电影中唐雨林有意放小队长一马的时候，后者却唰地一下拿出一面天鹅绒材质的旌旗——那是他专门去外地找到的，观众心里顿时凉了半截；然而他还不罢手，大声说出了所有人早已知晓却不想面对的真相——"可是你老婆的肚子根本不像天鹅绒。"大家或许觉得这孩子怎么自己找死，但是原著小说里李东方说出的话也是一种找死行为，两者有什么区别呢？"我想来想去，已经知道天鹅绒是什么样子了……跟姚妹妹的皮肤一样。"这句话也可以转换为"你老婆的肚子就像天鹅绒"。表面上看起来，不论是说像还是不像，都会被唐雨林一枪打死；但事实上正是因为电影和小说中的李东方是完全不一样的两个人才造成了这样的差异。小说中的李东方，虽然最终一无所得，却通过自己的决定，选择成为成熟、平等的主体，并愿为此承担人之为人的责任或说后果——他知道自己这样讲其实就是选择了死亡。李东方死在自家的菜地里，他说出那句找死台词的前一刻还在地里干活。而电影中的李东方，永远都是懵懂无知、长不大的孩子，不明白自己的父亲是谁，不明白为什么母亲有时发疯有时正常，也不明白唐雨林为什么认为自己老婆的肚子像天鹅绒，他甚至也不明白自己究竟是为什么而死的。人即使曾有过自觉自主的时刻，但要长期存在下去，面对时代的压抑、生活的打磨，还是需要一份自欺才行。欲望的对象是什么并无所谓，重要的是欲望的幻象，它为主体的存在提供了意义的担保。电影里李东方那句"不像"其实是碾碎了唐雨林得以苟且的最后尊严，也结束了自己作为工具人的使命。

到这里，我们已经可以明确小说原著和电影改编虽然有同样的情节和人物，但要表达的主题是不一样的，讲出来的完全是两个故事：一个是主体的自觉，一个是主体的自欺。令我困惑的是，很多人根本没经过这样的整理与分析，就断言电影改编更好，因为它看起来很丰富，把简单的情节变复杂了；或者坚持小说原著更妙，因为它蕴含较为深刻的思想内涵。这就是以感觉凌驾于阐释，如果只是打分、写个短评也就罢了，但放在论文里面充其量只是在说"我更喜欢小说"或"我更喜欢电影"。对一篇论文而言，你的喜欢或不喜欢并不重要，说清楚你为什么喜欢或不喜欢比较重要，让你喜欢或不喜欢的理由经得起推敲和论证非常重要。

最后，我们再聊一下电影中有关自欺的问题。疯妈、梁老师、唐雨林面临着一样的困境：既忘不了过去，也无法和现实彻底妥协，都以自己的方式编织着欲望的幻象，靠着自我欺骗维系最后仅存的主体性。一旦连这都无法做到，那么他们的结局只能是：消失、自戕、报仇。

疯妈真的疯了吗？在小说的叙述里是真的疯了，而且最后跳河自尽，是"死透了"。但看电影的时候，我们会感到一种强烈的暗示：疯妈只是在装疯卖傻。若以他人的角度去审视，真疯和假疯有什么不同吗？一个人会被判定为疯，是因为她的行为与所在的环境极不相符且格格不入到了过分的地步。阿廖沙、金鱼鞋、羊上树、树上的疯子、水中漂浮的草坪（只有她能乘上去），以及反复用温州话背的那两句诗"昔人已乘黄鹤去，此地空余黄鹤楼"、森林里用石头垒起的白房子，这一切都和那个已经消失了的、曾经的爱人联系在一起。直到连白房子也被儿子李东方发现，再也没有为自己编织幻象的空间了，于是她突然正常了，紧接着就不见了。这里电影处理的方式就特别高明，水里整整齐齐地漂浮着衣服和鞋子，人却不见了，有点魔幻色彩。你见过什么样的投河自尽是这样的呢？事实上从之后唐雨林和李东方的对话中我们得知，疯妈自始至终没被找到，生死未卜，就这样凭空消失了。这就是疯妈不疯了的必然结局。

那梁老师为什么要在洗清冤屈后选择自杀呢？一般而言，不都是因为不能沉冤得雪，无奈之下才选择自杀吗？梁老师最常感慨的是什么？是"陌生"。他对这样的校园、现在的环境感到陌生。这样我们自然会问，那让他感到不陌生、曾经熟悉的环境是什么呢？在 D 部分那场欢快恣肆、荷尔蒙飞扬的婚礼现场，年轻的梁老师到处摸别人屁股开玩笑，最终被按在地上揍了一顿。有同学说这是性骚扰，但我要说明的是我们不能以现在的环境和视角去判定他的行为。况且我们并没有从中观察到猥琐和欺凌，因为他们的权力地位是平等的，大家的欢乐是发自肺腑而不受拘束的，至少比之后围绕摸屁股事件引发的狂热变态以及那些庄严的审查要正常吧。所以电影插入这个原著没有的部分，其实就是明白地告诉你，它要处理的故事核心已经改变了——从匮乏／自觉转向压抑／自欺。大家可能知道从弗洛伊德开始的性压抑假说，像性这种本质欲望其实是无法压抑的，越是压抑它就越会以扭曲的方式表达自己，并且终会在未来的某个时刻回归，彻底爆发出来。所以梁老师为什么要自杀呢？有同学说是因为他觉得整件事是场荒谬的闹剧，说得不错。因为意识到这一切不值得，这样的生活连自欺下去的欲望都没有了，所以只有自杀一途。

唐雨林为什么最后又要开枪打死李东方呢？小说中的唐雨林被刻画成一个侠骨柔情的人，虽然被老婆戴了绿帽子，但我们似乎不会为此觉得他可怜或是为他感到抱歉。生活在重视男权脸面的东亚社会，他没法认同巴尔扎克有关夫妻之道的名言——"戴绿帽要趁早，晚戴不如早戴好。"唐雨林对李东方扣下扳机，按照我们之前的解释，是对另一个平等主体的承认，甚至是一种成全。但电影中的唐雨林着实是一个令人同情的角色，一个末路的侠客，或者干脆一点，是一个经历中年危机且无法走出的可悲男性。他与林大夫偷情，爱吹小号，枪法准，在一群山里的孩子中间称大王，让大家敬佩自己男子汉的霸气——对一个中年男人来说，还有比这更悲哀的处境吗？他似乎变着法子想向世界证明"我还行""我还和以前一样"，但其实各方面意义上他早已无能为力。尤其是对比 D 部分唐雨林曾经的意气风发、浪漫潇洒，那无与伦比的爱恋能让情人为他死心塌地、抛弃一切，我们不由得会在心里感叹：这个人的生活怎么就过成后来那个样子了呢？但可能也不是他的错，人无法选择自己的时代。当他在和李东方每次会面的狭路上将其一枪毙命时，我们反而会对唐雨林产生更多同情——他多么想继续苟且下去，回到自己的生活中，但这一次实在是骗不下去了。所以当工具人李东方戳破了他得以自欺的最后一个幻象时，他终于忍无可忍了，打死李东方是还击与报复，也意味着自己努力维持的生活迎来了终结。

从这个角度看，电影改编其实有点呼应了精神分析学家拉康的教诲。尽量不要冒犯他人的幻象空间，尽量去尊敬他人欲望的对象。这不是道德律令对我们的要求，而是因为说到底，人之为人都有一个属于自己的病态内核，我们就是靠它来组织、维系自身作为主体的幻象，这在他人眼里当然就是自欺。每一个活着的人都必须学会自欺。对拉康来说，欲望的本质就在于自身的缺失，即欲望不是某个特定的对象，也不是事物背后隐藏的真实；欲望就是不可获得、无法满足这一事实，由此欲望得以不断地自我增殖、循环运动，人也才能继续活下去。欲望在主体之内却又不属于主体，这个若即若离的距离非常重要——离欲望太远，主体无法建立起来；离欲望太近，主体会被真相烫伤，分崩离析。

大家会不会认为这部电影讲的是一个悲剧故事？或者说，它仅仅是一个悲剧吗？有同学说从内容上看就是一个令人悲伤的故事，但电影呈现出来的又不只是一个悲剧，感觉很微妙。所以读书、看电影时记得请抓住这种很微妙的感觉，然后努力去思考它、阐述它，也许就会有一个不错的研究问题浮现出来。为什么会觉得电影改编在悲与不悲之间有个微妙的转化呢？其实回到叙述的问题，如果按照实际发生的时间顺序拍出来，$D \rightarrow A \rightarrow B \rightarrow C$，那无疑就是个悲剧。但电影的倒叙和插叙手法促使我们拨开时空的限制去重新解读、思考这个故事，就会绽放出一些新的力道。这不是说电影里面给了什么暗示或谜语来象征希望，完全没有，它通过1958年和1976年的强烈对比一再述说着希望的虚无、宿命的轮回。但是，纯粹的绝望、完全虚妄的希望又意味着什么？"于浩歌狂热之际中寒；于天上看见深渊。于一切眼中看见无所有；于无所希望中得救。"不好意思，我又在引用鲁迅了。如果你联想到鲁迅那个经典的命题——"绝望之为虚妄，正与希望相同"，大概就能领悟到为什么能从悲剧的轮回中推出不悲的希望来。就像 D 部分里年轻的李杨氏和姚妹妹分别书写着幸福与不幸的爱情故事，可最终看来，幸福与不幸等同了；但倘若没有永远的幸福，岂不是也不会有纯粹的不幸？幸福与不幸之所以能够等同，就在于它们曾经确实是不同的东西。同理，电影结尾处各个主角正沉溺于梦想，拥抱着希望，但我们却会为此哀叹心碎，不是因为他们对自己接下来的命运一无所知，而是因为他们相信自己知道未来是美好的；反过来，如果我们由此就认定接下来只是一种重复和循环，岂不是犯了和他们一样自信的错误——自以为能够对命运、对未来掌握得一清二楚吗？想想鲁迅在《呐喊·自序》里是怎么说的？"……是的，我虽然自有我的确信，然而说到希望，却是不能抹杀的，因为希望是在于将来，决不能以我之必无的证明，来折服了他之所谓可有……"，"我之必无的证明"永远无法驳倒"他之所谓可有"。

这是不是一种辩证法的自我安慰？也许是。但辩证法的狡诈之处就在于它既不能证实也不能证伪。即使不用辩证思维，把反讽推向极致，适用于自己，其实也能得出类似的结论。我个人并不排斥辩证法，我厌恶的是很多讲辩证法的人言行不一，不能一以贯之地把这套东西运用于作为主体的自身，反而是用作话术一般去欺骗、愚弄处于弱势的他者。这类人嘴里讲的希望或绝望根本没有一听的价值，因为他们自己都不会认真对待。

有同学问，如果从一个较长的时段去看这一切，是否仍旧是一个悲剧的轮回。这个问题好玩的地方在于，正因为希望和绝望、不幸与幸福是等效的，你不知道、也无法确保这一点。何况我们都是生活在时代长河中的个体，看不见全貌，也不需要去看见全貌。"太阳照常升起"这句话由海明威改引自《圣经·传道书》，他把这句话用作了自己小说的书名。"太阳底下并无新事"，同样出自《圣经·传道书》，"已有的事后必再有，已行的事后必再行"。但随后的书卷也还有一句与此针锋相对的格言——"每天早晨都是新的，你的诚实极其广大。"事实上，我们并不能预知照常升起的太阳，究竟是意喻一个旧的轮回还是一个新的开始；就像我们无法在事前判定，主体的这次决定到底是自觉还是自欺。就算感到没有希望，但至少可以不那么绝望，毕竟太阳照常升起，生活还得继续。

参考文献及相关电影

● 李欧梵：《导论：改编的艺术》，载《文学改编电影》（香港：三联书店有限公司，2010），第14—45页。

● 叶弥：《天鹅绒》，载《中国好小说：叶弥》（北京：中国青年出版社，2016），第168—184页。

● André Bazin, "In Defense of Mixed Cinema," in *What is Cinema? Vol.1*. Translated by Hugh Gray (Berkeley, Los Angeles and London: University of California Press, 2004), 53-75.

● G. W. F. Hegel, "Self-Consciousness," in *The Phenomenology of Spirit*. Translated by A. V. Miller (Oxford: Oxford University Press, 1997), 104-138.

● Jacques Lacan, "The Mirror Stage as Formative of the Function of the I as Revealed in Psychoanalytic Experience," in *Ecrits*. Translated by Bruce Fink (New York, London: W. W. Norton & Company, 2006), 75-81.

● 《太阳照常升起》（*The Sun Also Rises*），导演：姜文，2007。

文学与电影十讲

第七讲

时代中挣扎的个体化身成了时代精神

文学改编电影

20世纪80—9

上一讲我向大家介绍了有关文学改编电影的基本知识，并以短篇小说《天鹅绒》及其改编电影《太阳照常升起》为例进行了解读。我认为任何一部电影本质上都是改编，围绕改编的单元划分并不严谨——它不是在确定界限而是为了强调某种特征，并且是以文学分析的视角对电影研究进行分类、评判。既然我们相信电影并不只是小说、戏剧的依附物，具有自己的艺术独立性，那为什么不能以电影的视角去研究文学呢？理论上来说完全没问题，只是目前的情形下很难做到。不是因为诗歌、戏剧、小说比电影在时间顺序上要先出现，也不是因为电影会从文学作品中普遍取材，而是因为我们目前的文化主流、我们所接受的教育，依旧是由以语言文字为基础的文学主导。电影虽然对文学的叙述逻辑有影响，但尚未真正撼动它。也许等到多几代人之后，大家从小就通过影像来学习语言文字，先看电影再读相关的文学作品，那么大学里的文学研究课程可能就充斥着电影分析的概念、名词以及思维方式了——这并非不可想象，对于未来谁都无法确证。

我们还是借助文学史的分类来探讨电影改编，先讲离我们近一点的当代文学及其改编作品，再讲现代文学范畴内的视觉转换与抒情风格。大家可能听过这种说法，20世纪80年代是一个理想主义的年代，文学、艺术受到社会大众的重视与追捧，人们普遍崇尚文化与精神财富而不只是追逐物质利益，所以至今还为很多文青向往，为文中、文老们怀念。查建英的《八十年代访谈录》（2006）就是一本非常感性的个体回忆集，也蕴含一定的反省。但是到90年代之后，整个社会确立了经济发展的单一主旋律，人们又很快适应了这一点，抛弃了曾经诸多浪漫的幻想，认定挣钱消费才是最切实的人生真相，知识界与文化圈也产生了新一轮事关中西、左右的分裂及对立，且一直延续至今。你现在也会经常听到有人很动情地谈论诗与远方，但他们绝不可能再像80年代那些铁憨憨们一样，真的放下一切去追求虚无缥缈的东西。文艺不再是与平庸生活相对立的理想，反倒成了延续单调生存的调味品；"诗与远方"并不能抵抗市场与消费，它们本身就是依托粉丝流量、文化品位等出现的新的消费形态。其实人想致富这一点没有错，不该受到任何苛责，只是以"不想致富"的文艺姿态去实现致富才是我们这个时代的一种奇观。

对于 20 世纪 80—90 年代的时代精神变化，我个人是借用启蒙与反启蒙这样一对概念去加以理解。因为只有在把握时代特征的前提下，我们才可能去探讨此一时期的文艺作品，包括电影改编。比如文学史中有伤痕文学向寻根文学、现代派的过渡，电影领域呈现出所谓第四代导演和第五代导演的交替。重点不是评判某一部作品的优劣得失，而是思考电影如何通过改编去契合时代精神的变迁。我认为这一轮的"改编热"并不只是把文学创作中从反思"文革"到寻根叙事的转折照搬到银幕上，而是以自身的影像逻辑重新论证这一转折，并且强化、放大，助其加速完成。相较于文学，电影更善于扮演时代精神的同谋者。毕竟，被镜头拍摄到的一切都会染上怀旧色彩，并为自己争取到被原谅的条件。我想到了昆德拉的名言："橘黄色的落日余晖给一切都带上一丝怀旧的温情……一切都预先被谅解了，一切也就被卑鄙地许可了。"凡是需要被阉割的已经不去拍了，凡是能够被阉割的也终将会被剪掉。

一　20世纪80—90年代的文化热与新启蒙

我们之前探讨了《太阳照常升起》对《天鹅绒》的

改编，确认了同样的情节如何被演化成两个不同的故事，并且归纳出主体的自觉与自欺这样一种辩证关系。当你一无所有，无法改变自己的生存环境时，当你拿这个世界没有办法，甚至连要去反抗谁都不知道时，真实与虚假其实并不那么重要，关键是如何踏出决定性的一步。在这种情形下，自觉成了主体的宝贵品质，也是其得以确立自身的手段。可是当你处在一个精神压抑、言不由衷的时代里，当你发现所有人都在配合表演，自觉就成了一种很廉价的东西——反正人每时每刻都会有新的觉悟。活下去就意味着有所妥协，学会自欺，为自己营造出能够沉溺其中的幻象和仪式感。但也正因为如此，他者的闯入、被揭示的真相，就会对你造成无法抹平的巨大伤害。

小说中的李东方说"我想来想去，已经知道天鹅绒是什么样子了"，这一自觉何尝不是一种自欺？电影中唐雨林听到"可是你老婆的肚子根本不像天鹅绒"时再也忍无可忍，可见自欺其实一直以自觉为前提，没有觉悟的人何必费劲去分什么真真假假呢？主体的自觉和自欺在某种程度上其实是一样的，当我们以为是在经历觉悟时，很可能这只是在自我欺骗；当我们拼命去欺骗自己时，就预示了在真相再次浮现之际人必须做出真的抉择。在同为主体的意义上，国家并不比个人有什么特别。

就像电影里反映的一样，从 1958 年的入梦至 1976 年的惊醒，中国所经历的也是自觉与自欺互为辩证的历史发展。抓住自觉亦是自欺的这一复杂性，就会帮大家规避一些有关"文革"想当然式的偏见：或是觉得一切都糟透了，人们这样无知愚蠢是因为被洗脑了；或是觉得一切都还好，纯真年代人人淳朴，都在为了理想而拼搏。但浪漫是带血的浪漫，单纯不见得就是可爱，反倒可以很残忍，正因为经历过无知才会更加渴求知识。问题是这一轮结束后，我们迎来的是一个新的开始还是另一个旧的轮回呢？

自 1978 年起，中国开始进入改革开放的新时期。改革主要是对经济体制的改革，确立市场经济的合法性。开放自然是对外开放，但特别是针对以欧美为主的西方国家，重返世界其实也是进入到西方主导的全球资本主义体系中，拥抱发展潮流。在这样一个体系中，有的国家提供技术和资本，有的国家拥有原材料，有的国家本身是巨大的消费市场，而有的国家则负责贡献劳动力，它们共同协作保证了资本主义在全球范围内的重组升级以及自身的循环运动。所以近几十年中国的崛起也就是它在这个体系中不断升级，从提供廉价劳动力、吸引外资，到成为世界工厂，又转变为全球最大的消费市场，并且反过来对整个世界体系施加影响。此外，西方的经济、政治、文化对近代以来的世界产生了深远影响，在全球化过程中占有很大优势，但请注意，这并不代表我们要否定思想领域中的普遍性以及所谓普遍价值的可能。只不过我们必须承认，现代文明理想的普遍性蓝图与其在现实政治、历史环境中的具体实践永远存在差异。自20世纪80年代开始，人们所面临的一系列问题似乎又和晚清民国时发生了重合：中国/西方、现代/传统、民主/威权、资本主义/社会主义等，而义利之辩进化成了权力与市场之间的纠缠——有的可能是权力的过错，也有的可能是资本的罪恶。

至于文化热现象，我个人认为是由于被关太久、闷坏了，所以一放出来就恶补原先被禁止的知识，重申自我表达的权利。这一时期的图书出版、译介事业非常兴盛，比如"走向未来""走向世界""汉译世界学术名著"等影响深远的丛书出版，同时又掀起了"尼采热""弗洛伊德热""海德格尔热"等。不过这里其实有很多属于二次翻炒，因为在晚清民国时期已经传进来不少，只是后来被禁掉了。这也是我为什么说20世纪80年代的文化热其实是对之前知识交流与传播的延续和补课。

在文学方面，一开始产生了反映"文革"问题、暴露自我创伤的伤痕文学，控诉历史、宣泄情感，最常举的例子是刘心武的《班主任》（1977）、白桦的《苦恋》

（1979）等。但没有人能在一种情绪中停留很久，发泄过后总要面对接下来的生活，所以就会追问那永恒的三大根本问题：我是谁，我从哪里来，我要到哪里去。于是，寻根文学以及后来的现代派长篇小说又登上了主要舞台。虽然它们描写的对象是中国，思考世俗生活、民族文化这些主题，但很明显是从西方文学包括拉美的魔幻现实主义那里学到很多表达方式与叙述技巧。当时流行的朦胧诗，现在看来并没有多么玄乎，也还是力图摆脱过去单一的意识形态控制，要求多元的表达方式去呈现自身精神世界的可贵。而从受众的角度看，这一时期的通俗文学，特别是来自港台的武侠言情小说，其实拥有更巨大的影响力，它们才是滋养这一代人精神成长的文化奶水。所以要理解文学的时代特征，必须把金庸、琼瑶和阿城、韩少功、顾城、北岛放在一起加以检阅、思考。

　　有同学说："小时候喜欢看琼瑶剧，年轻时崇拜刘小枫，都是洗不掉的黑历史。"我大概理解这位同学的感受，我想很多同学也有类似感受。过去可爱的东西现在看起来可憎，以前无法接受的东西后来也能学会欣赏，都是再正常不过之事。所谓黑历史，其实无关真黑假黑，可能还是你太在意自我，文艺青年的包袱太重。没有人生下来就知道一切，也没有人审美判断从此就定型不变。总不能因为我后来迷上了《大师与玛格丽特》（1967）这样的小说就否定十二岁的自己是通过《儿童文学》《萌芽》这些杂志打开文学之门的事实——况且伟大的是布尔加科夫（Mikhail Bulgakov，1891—1940），仅仅作为读者就能与有荣焉才是最大的幻觉，品位背后是身份区隔、文化资本在作祟。随着知识的增加、思想的丰厚，我们必然会对过去的东西予以反思和自省，但最好是用一种淡然处之的态度，用不着把它们打翻在地再踏上几脚，不然的话我们可能只是在进行另一种自我表演。

话说回来，在美术领域，最著名的当属黄锐、栗宪庭等人参与的"星星美展"。我认为它的历史意义胜过艺术价值，相较于作品中流露出清浅的现代主义风格要素，那两次公开画展引发的社会影响或许才是人们至今对其无法忘怀的原因所在。"星星美展"有句口号叫："我们用自己的眼睛认识世界，用自己的画笔和雕刀参预世界。"但画笔和雕刀是借来的，眼睛看不见自身。所以这句口号真正要表达的就是对个体自我的肯定，独立自由的个人参与进不受家、国限制的世界中，是这样一个美好的想象。

这种对个体自我的肯定与强调，最直接地反映在当时的音乐创作中，尤其是新兴的民歌、摇滚乐、校园歌曲等。我们都听过崔健的《一无所有》（1986）和《假行僧》（1989），这些歌要表达什么、有哪些政治隐喻，一直众说纷纭，唯一能确定的是无论是好是坏、是真是假、是有是无、是去是留，那个真实的、关注自己感受和思想的"我"才是建立起一切的全部基础。20世纪80年代的崔健、90年代的魔岩三杰，他们的自我表达与时代的精神气质联系在一起，也为这种借来的西方艺术形式注入了更多原创性的内容，使得摇滚乐真正以摇滚的方式在中国短暂存在过。当然，我不否认今天仍然有优秀的、孜孜不倦献身于艺术理想的摇滚乐创作者、民谣歌手，但他们选择不了自己的时代，只能在综艺娱乐、酒水消费的环境下表达自己。所以命运这种事，不能光靠自我奋斗，也要考虑到历史的行程。

而在电影领域，就是第四代导演向第五代导演的过渡，从对世俗欲望、生存意志的肯定、赞扬，到确立一种独立而普遍的自我主体，最终却又陷于身份认同和原创表达的焦虑中，使得原先具体的每一个"我"重新虚化成民族文化的象征及隐喻。恰恰是在电影领域中，启蒙率先走向了自身的反面。大家一谈到第五代电影的特征，就是确立了影像主体论，打破了原有的叙述机制，开始偏好强烈的视觉冲击力和音响效果等；但请注意，这些特征主要是针对第五代导演之前的中国电影的创作者及其作品而言，放在同时代西方电影的语境中其实没什么特别。反倒是镜头下的中国内容成了印证西方历史普遍性的又一例子。

重新获得自由和独立的个体向往参与世界，这是一个美好的意象，可落到现实中，就是追求发展、渴慕消费的个人拥抱西方文明，变得国际化，走进全球资本主义体系之中。在这一过程中，我是我、他是他的这种隔阂或说不平等很难消除也无法抹平，因此就有了强烈言说乃至辩白的欲望。西方作为他者一直是近代中国历史的沉重负担。所以我并不认同第五代电影很多是刻意讨好西方观众、暴露中国阴暗面的这类说法，第五代导演反映的无非是中国现代性一直以来的两难处境：一方面极力追求西方最新的理论、最好的技术、最高的认可，另一方面又不停地向对方说明——"我不是你想的那样子""你的这套东西其实并不适合我"。人若只是自言自语，这种内心自省的认识不会令你很戏剧化或特别激动；可若对他人言说，势必就是一种暗含着证明意图的表演，焦虑也就无可避免。张艺谋在1994年为纪念卢米埃尔兄弟发明电影拍过一个52秒的短片，非常简单粗暴地表露出这一焦虑。

以上我们拉拉扯扯回顾了20世纪80—90年代的文化热现象，主要是考虑到各位同学都是"97后"，可能不熟悉这段历史。而这一切文化现象、艺术创作都指向了这一历史时期的三大核心诉求：自由市场、民主政治和个体自我，它们与启蒙又是一脉相承的。请大家去阅读两篇著名的文章，一篇是李泽厚1986年写的《救亡与启蒙的双重变奏》，另一篇是康德1784年发表的《何为启蒙》。前者通过对中国近代史的回顾与反思，提出了"告别革命、继续启蒙"的号召，也就是和文化热相伴随的新启蒙运动；后者以较为通俗的语言回答了康德同时代人的问题——到底什么是启蒙，人为什么要启蒙。

李泽厚认为"五四"运动既是一场学生爱国运动，同时也是文化启蒙运动，后者才是原先的主旨。即通过引入和传播"德先生""赛先生"去实现、确保个人的自由权利，最终促使国家和民族走上独立兴盛之路。但由于近代中国的外部环境非常恶劣，西方帝国主义的侵略、日本的侵华战争，使民族存亡、国家安危成了头等大事，这些问题的重要性压倒了那些对自由、民主、平等的追求，而个人的自由权利也必须在民族救亡的大前提下才能去谈。救亡压倒了启蒙，激烈的社会运动、政治革命打断了启蒙的进程。但现在经历了一系列阶级斗争、革命运动之后，我们在20世纪80年代终于有了条件重新继续启蒙事业。所以李泽厚提倡的新启蒙是以康德哲学为核心，同时应该加入马克思学说对资本主义的批判以及相区别于西方文化的中国传统要素。既去追求自由民主，确立私有财产神圣不可侵犯，也要保证社会公平，防止贫富悬殊，同时还要弘扬儒家传统、国学国粹。

李泽厚的理想公式就是"康德＋马克思＋孔子"，看起来非常圆满，但其实各方都不讨好。事实上，在中国的语境中，不论是20世纪80年代的新启蒙，还是"五四"新文化运动，启蒙始终被当作一项集体事业看待，不存在个人意义上的启蒙——启蒙的个体只是手段不是目的，民族复兴、国家强盛才是目的。"五四"时期呼唤民主与科学，从来没有把它们看作最高的价值理念，它们只是用来救亡的工具。故也不难理解，一旦人们发现新的思潮比如马克思主义更适合拿来救中国，就会快速地选择左转。献身于革命事业，就是个人愿意为了集体或国家的需要牺牲自己的自由，甚至献出自己的生命。思想观念落实到现实政治中永远都会被意识形态化，有人鼓吹，有人攻讦。然而在它们原初的脉络——17、18世纪的启蒙哲学那里，自由、民主主要是从每个能为自己做选择的、有理性的个体那里推导出来的，而不是单纯地依靠激情和呼唤。

一个典型的例子就是1776年的美国《独立宣言》。

这份文件以不言而喻的公理作为论证的基础：人生而平等，享有造物主赋予他们的三大不可撤销的权利——生命权、自由权和追求幸福的权利。它其实是把洛克的"社会契约论"转化成了法理规则。你可以不接受这样一种不言自明的真理，认为它从根本上就是错的；但你若接受了这一预设的前提，就很难不赞同其经过推论得出的结果。当然不论是当时还是现在，不论是在美国还是其他地方，这份宣言的内容从来没有真正实现过。在所有宣称自由、民主的土地上，我们看到过太多的贫富悬殊、种族歧视、性别压榨等。然而，有人没能在现实中贯彻自己的主张，或者有人在实践中采取所谓的双重标准，这只能显示其自身的虚伪与卑劣，并不足以构成反对这种思想理念的有效证据。这也是我们应该注意的。

读过前边提到的两篇文章后，能否告诉我康德眼里的启蒙是什么？

启蒙就是人脱离自己加之于自身的不成熟状态，不成熟状态就是不经别人的引导，就无法运用自己的理性。如果不是因为自身缺乏理智，而是不经别人引导就缺乏勇气与决心去运用理性时，那么这种不成熟状态就是自己加之于自身的。Sapere aude！

要有勇气运用你自己的理性！这就是启蒙运动的口号。

在这段名言中，康德表明启蒙就是每个个体有勇气用自己的理性去思考、去判断，去为自己做选择。自由是敢于运用理性的条件，敢于运用理性也是探讨自由的前提。恣意妄为、随心所欲不一定是自由，可能只是欲望的奴隶。你的手表坏了，停在 12 点的位置，你却不知道，没发现。第二天正午你想查看现在几点了，看了看手表，碰巧得出了一个正确的答案：12 点整！但这真的能代表你知道正确的时间吗？同理，你碰巧拥有他人眼中自由的环境和条件，但若你对这一切无法理解，我们也很难说你是自由的——想想《太阳照常升起》中的李东方。事实上，一个非理性的人很难称得上是自由的人，这也是为什么未成年人、精神病患者在犯下和普通成年人一样的罪行时会得到较轻的处罚。我们不认为他们能为自己的行为负责，也不觉得他们能够自由地去做选择。这是由于缺乏理性而导致的不成熟状态。

但康德发现大多数人之所以陷入不成熟状态，其实是自己造成的，不是因为缺乏理性，而是因为缺乏运用理性的勇气。为什么呢？人怎么会不愿、不敢为自己做选择呢？康德总结的原因无非有二：懒惰和怯懦。懒惰是指很多人习惯于一切事情都由别人来帮他安排好，你的父母、老师、领导来帮你定好目标、做好选择，你只要努力去完成就好了。当一切运转还好时，你会觉得这样的安排也不错；可一旦出了问题，你感到不满时，你就会抱怨："这不是我要的生活，我都没有选择的自由。"然而康德会告诉你，不是你在这一刻才没有自由，而是从一开始你就没有自由；你现在愤懑也不是真的想要能做选择的权利，而是想让生活重新变得舒适。懒惰者无法运用自己的理性去做选择，实现不了启蒙。

怯懦更容易理解。人面对太多的选项，不知道自己该如何选择，怕选错，更怕去承受选错的后果。我想大家在大学时都会有选择的焦虑：我该学什么专业？我毕业后是继续读书还是找工作？我该去哪一个城市发展？万一我做错了选择，是不是人生从此就一蹶不振，就会比别人在成功的路上落后许多呢？未来的不确定导致了对选择的焦虑与恐惧。这时你就会寻求他人的指引，需要专家权威，膜拜精英高层，投奔算命大师——或许你也知道他们那里没有正确答案，但依靠他人多少能减轻自己一人背负的重担。

启蒙的口号看起来很简单，但要真正做到是极为困难的。而且还有一个令人沮丧的事实是，我们可能并没有像自己想象的那样热爱自由，愿意自己为自己做选

我们可能并没有
像自己想象的那
样热爱自由。

择。陀思妥耶夫斯基笔下的宗教大法官说："自由的人，面包一旦到了他们手中也只会变成石头；可懂得服从的人，石头在他们手里也会变成面包。"我刚上大学的时候，读到这里其实不明白他到底想讲什么，甚至怀疑有点故弄玄虚。可年纪越大，见识过的人和事越多，就越发意识到陀氏的厉害——用最朴实简单的语言讲出了最深刻的道理，难免悲从中来。希望大家有机会也能多读一些这样的名著，即使当下没弄懂也不要紧，总有一天你会意识到它们的可贵。

现在大家可以看到，在康德的论述中，启蒙最重要的是每个人有勇气去运用理性，独立地做出选择。只要每一个个体实现了启蒙，那么集体的民主政治就很容易设想——普遍的道德律令建立在每一个个体的理性之上，理性的人只依据那些你同时愿意它成为普遍法则的准则行动，所以每个理性的存在者同时也是普遍的立法者。

关于启蒙的部分差不多就谈到这里，大家有兴趣可以去阅读一下朱维铮的《走出中世纪》（1986）和邓晓芒的《批判与启蒙》（2019）。他们的很多观点我并不赞同，但我相当尊敬那些坚持立场、言行一致且几十年如一日的人。接下来的问题是，既然启蒙看起来这么好，为什么还有人会质疑批判它，甚至要加以拒绝呢？

二　启蒙辩证法及对现代性的批判

到目前为止，大家有没有觉得有关启蒙的论述存在问题或说缺陷？有同学觉得过于乐观了。没错，启蒙哲学家经常被描述为一帮天真的理想主义者，妄想将天上的乐园搬到地上。"敢于运用你自己的理性"——这一口号自身就是不理性的。理性在学理上是指保持一致、不矛盾，在现实中往往意味着人要会思考、讲道理，相比起自身的美好愿望，更尊重论证和事实。可相信未来有一天每个人都能运用自己的理性，成为独立、自由、能做出选择并承担后果的个体，这不就是非理性的美好愿望吗？对理性的欲望恰恰是非理性的，启蒙自身就蕴含着悖论。事实上，启蒙的信念说白了就是相信人是会改变的，变得更好，但人真的会改变吗？《罪与罚》的主人公拉斯柯尼科夫有过这样一番论述："既然别人都很愚蠢，既然我确实知道他们是愚蠢的，为什么我自己不想聪明一些呢？后来我明白了，如果等到大家都聪明起来，那可就等得太久了……后来我又明白，永远等不到这一天，因为人们永远不会改变，谁也改变不了他们，不值得为此劳心费神！"所以我的理解是，对启蒙丧失信心其实就是对人会改变这种想法感到失望。

除此之外，启蒙的问题特别体现在启蒙者和被启蒙者之间的对立上：或者是彼此无法交流，或者是知识重新堕落为权力。理想的启蒙是个人的自我启蒙——敢于运用你自己的理性，但现实中先觉醒的人，抑或自居的启蒙者，总喜欢去扮演指引者以及革命导师的角色。知识分子想要改变愚昧的大众，却发现自己讲的话别人听不懂、不想听，可大众所关心的问题他也回答不了。启蒙呈现为一种失语的状态，这也是鲁迅短篇小说中反复出现的主题，比如《祝福》中祥林嫂的灵魂发问。同样，陈凯歌的《黄土地》让人印象最深的是"腰鼓舞"和"祈雨仪式"两场戏，在这种深沉的集体历史和人们最真实的生活面前，你若诉诸个体"敢于运用你的理性"，是多么的苍白无力。所以影片结尾的希望只是应景的安排、响应主旋律的需求，无法令人信服——你心里清楚它是短暂易逝的。启蒙就像是知识精英的特权和修辞，解决不了劳苦大众的问题，在真实生活面前显得肤浅不堪。

另一方面，谁是启蒙者，谁是被启蒙者，不纯粹由思想、知识来决定，很容易受到权力的操弄。我们常说知识就是力量，但力量反过来也可以成为知识。不是谁有知识谁就有了力量，也可以是谁有力量谁就掌握了真理。拥有权力的人攫取了启蒙者的位置，告诉你什么才是正确的道路，怎样才是自由的选择。觉醒了的个体倘若不支持、不拥护这些启蒙者的主张，没有选择投身于他们那伟大而正确的事业中，就会被判定为没有被真正启蒙。人各有己，不一定会带来你想要的"群之大觉"，他们首先就可以拒绝甚至反对你。

我们现在回到理论的脉络中。由于启蒙将自己视为一种成熟，一种从愚昧无知中觉醒出的理性和自由，那么可想而知，反启蒙的传统自然要比启蒙自身的历史更为长久。比如认为启蒙的理想是一种自负，且过于虚幻，与其相信这种东西不如信仰上帝。或者批评理性只是一种认识工具，把握不到全部的真实，反而对生命有害。德尔图良（Tertullian，约 160—约 220）说"惟其荒谬，所以相信"，卢梭（Jean-Jacques Rousseau，1712—1778）赞扬"高贵的野蛮人"，以赛亚·伯林在《启蒙的三个批评者》（2000）这本书中专门探讨了与康德针锋相对的三位思想家：维柯（Giambattista Vico，1668—1744）、哈曼（Johann Georg Hamann，1730—1788），还有赫尔德（Johann Gottfried Herder，1744—1803）。

但对启蒙最激烈的批评其实来自文化研究的祖师爷之一阿多诺（Theodor W. Adorno，1903—1969），他和霍克海默（Max Horkheimer，1895—1973）合写的那本《启蒙辩证法》（1944）就声称启蒙走向了自身的反面，变成为维护资产阶级统治而服务的、针对大众的欺骗。法兰克福学派本身即以对现代性的总体批判而闻名，并且将西方社会的诸多问题追溯到启蒙身上，不仅对国际上的新左派运动影响很深，也为 20 世纪 90 年代涌现出的中国新左派知识分子提供了理论资源。这本书写法上是碎片式的、拒绝体系化的表达，但里面的理论却是非常系统的，总的纲领就是启蒙经历了自我毁灭，在推翻过去的神话与迷思后，自己却变成了新的神话。启蒙的本意是实现祛魅，帮助人们认识世界、改造自然，但人却被自己创造出来的现代世界支配。启蒙的核心是知识和理性，以此建立起人的自由与平等，但实证主义、科学主义、逻辑和数学将理性简化为工具理性，对应着市场上的交换与竞争，人们运用理性变成为了实现对世界、他人的统治。启蒙的目的是驱散众神、破除权威和迷信，但它却在社会现实中堕落，技术和金钱成为新的权威及迷信——而且披上了启蒙之名。更重要的是，启蒙只是让大众接受这个他们无法看清、无力改变的世界，令无产阶级彻底沦为被管理的对象。因此启蒙带有和神话一样的欺骗性，让人们害怕改变、拒绝革命——在启蒙的叙述中，革命就是非理性的乌托邦幻想，从来不会带来好的结果。我们暂且不论这种对启蒙的批评是否公允，也悬搁文本中的隐喻及典故，而是把从启蒙到反启蒙的辩证逻辑视为一种理论参照。有了这个参照系，我们再去看 20 世纪 90 年代中国思想文化界、知识分子群体产生的分裂和对峙就简单多了。

进入 20 世纪 90 年代后，曾经天真而理想的启蒙知识分子在现实面前做出了不同的选择，围绕中国社会的现状及未来应走的道路，分化成了两个对立的派别：自由主义这边，可以看作是 20 世纪 80 年代新启蒙的延续，依旧是要求市场经济、民主政治和个人自由；另一边的新左派，则受到国际左翼运动对新自由主义批判的这波风潮影响，同时汲取了很多西方文化研究中的理论资源（对资本主义社会的批判、对现代性的反思），并将这个模式搬到 20 世纪 90 年代以来的中国语境中，认为启蒙的道路不适应于中国，中国社会现在面临的头号问题是全球化和资本市场。当然，两派中的很多人都拒绝被贴上标签。也有人认为中国的新左派和自由主义之争同国际上知识分子的左右对立并不相同，因为前者都是在限定的框架内争论些伪问题，彼此只有距权力中心远近的区别。

请大家参阅的资料是汪晖教授 1997 年发表在《天涯》上的宏文——《当代中国的思想状况与现代性问题》，特别是里面的第三部分"作为现代化的意识形态的启蒙主义及其当代形态"集中体现了中国当代知识分子反启蒙的逻辑。这篇文章内容并不难，但它的写法和修辞实在令人痛苦。我经常觉得，研究鲁迅的汪晖教授和研究政治思想的汪晖教授，应该是两个不同的人。倘若这两者背后存在什么幽暗的联结，想必才应该是中国现代性研究的有趣话题。无论如何，用文学批评的方法去做政治思想研究多少是有问题的。因为文学批评本质上还是审美感悟，重视灵感和见解，对论证上的不连贯有较多包容。而在政治学、思想史领域，道理不需要大声，理论不涉及相信，美好的愿望与真情实感代替不了认真的思索与符合逻辑的论证。所以把热爱和感想留给文学艺术，思想研究需要的是真知与推论。闲话打住，我们简单总结一下这篇文章对启蒙的批评。

第一，1989 年东欧剧变之后，两个世界变成了一个世界。在这同一个全球化的世界里，中国社会已经深刻地受制于跨国资本和全球市场的活动，所以我们面临的是资本主义带来的新问题。批判资本主义当然没有错，人总是要有点理想的，不应该把市场经济、消费社会当成人类发展的最高阶段。问题是，承认资本的罪甚至把资本的罪看作首要问题，是否就一定要回避、否认权力的错呢？

第二，毛泽东的社会主义思想是一种反资本主义现代性的现代性理论。这个就比较有意思了。反 × 的 ×，可能是受到竹内好（1910—1977）的启发，也可能是缘于后殖民理论中常见的批评策略。这种思想虽然反对欧美的资本主义，批判西方现代社会，但不能就此认定它是落后的、前现代的，因为它本身也是整个现代性历史环境下的产物。我们经常说"文革"逆历史潮流与现代性对立，所以应该被全面彻底地否定。但"文革"时期的中国和20世纪60—70年代的欧美难道不是处于同一个时空之中吗？明明大家的客观时间是一样的，你却偏偏要认为中国是尚未进入现代化的，是需要"走出中世纪"的，这不就是主观上默认了西方历史的标准，以某种西方中心主义的眼光看待中国问题？这种说法倘若你初次听到，往往会耳目一新，甚至觉得颇有道理，但仔细想来它还是一种诉诸情感的论证，或者是一种只对非西方的现代国家、个体有效的例外论——无非是强调我们很特殊。若是具体思量，每一个个体都很特殊，每一个国家都很特殊，只是这特殊是否足以使"人生而平等，有权追求自由幸福"的一般论断丧失有效性？假如民主、自由、现代这些词汇是由中国人发明出来的（权且让我们相信西学中源论《明夷待访录》中的民主观念），我们在碰到这些语词时是否还会感到尴尬与焦虑？为什么我们对革命、阶级、社会主义这些来自西方的概念就能欣然接受呢？如果中国人的文化身份会令我们对现代性及其主张的民主、自由时刻保持警惕，这倒未尝不是一件好事。启蒙的本质是批判，而真正的批判首先是自我批判。真的启蒙不应该畏惧、压制任何针对自身的批判，而是应该把每一次反对当作检验自身的机会。

第三，中国的新启蒙运动就是在呼唤西方资本主义的现代性。步入现代并不代表从此以后大家会过上幸福的生活，因为现代性本身就是一系列的问题和危机。这就是我们刚才也提到过的启蒙的失语状态。启蒙回避人的阶级属性和社会中的经济关系，诉诸一种普遍的、人之为人的自由平等，这使得它在生活的沉重苦难面前显得肤浅天真，面对资本市场时完全无能为力。只要资本市场还在运作，人的平等和自由就是一句空话——有钱的人总是比穷人拥有更多的资源和自由，不是所有个体都能享有平等的启蒙条件，启蒙了的现代人也还是要面临权力、经济上的不平等。

当然，启蒙并不一定就和资本主义、市场经济绑定在一起。比如洛克认为个人有权利合法地积累财富、占有财产，但若他的积累超过一定限度，阻碍、威胁到了其他人的自然权利，那么就必须对其加以限制。在现实中，往往是国家层面对富人等精英群体施行加税。启蒙与市场的关系要看具体语境，更不应该用简单照搬的话语把所有赞同启蒙的人士都当成资本主义的走狗。毕竟我们大家都生活在资本市场的世界里，这不应该成为谁的原罪。文化研究的不少学者都喜欢骂新自由主义、骂消费社会，自以为站在道德高地，扯着批判的大旗攻击任何允许被攻击的，但在现实生活中他们自己不就是安全、稳固地居于中产之上，驾轻就熟于权贵及市场、中国和西方之间吗？虚伪比肤浅更令人可耻，后者可能真是力所不及，但前者却是有意为之。嘴上说要"多元包容、尊重他者"，实际上却党同伐异、权力争斗；手握"反思""批判"的空头武器，其实就是便宜自己行利己之事。我不是要求大家一定要做苏格拉底或者鲁迅，只是希望将来从这个专业出去的你们别染上虚伪的毛病，伪士当去。伪善才是启蒙和批判的大敌，因为启蒙的核心永远是自我批判。你的批判有没有分量，不在于你所处的位置、你表演的姿态、你掌握的修辞，而是你能不能真正把自己也加入到批判的对象里面去，能不能在实际生活中做到言行一致，一以贯之。

有同学问："启蒙的现实与理想存在差距，但革命的理想就都实现了吗？革命难道不是留下了更加千疮百孔的现实？"这个反诘非常机智，如果是打辩论赛可以算加分点。不过请注意，指出对方也存在类似问题并不代表自身的问题就解决了——如果你相信启蒙和理性的话。非理性的人只管骂对手，骂得漂亮可能就赢了。但一个理性的人却无法通过这种方法来宣告胜利——你必须遵守规则、讲出道理才能过得了自己内心那关。一个有理性的人遇上一个没有理性的人，永远是有理性的人吃亏，因为后者既不在乎规则也不想同他对话。讲道理的人看起来永远都很弱势、受委屈、被不公正地对待，但倘若他也变成一个不讲理的人，就再也没有人捍卫理性与规则了。两个没有理性、不守规则的人在一起，所能比的只有谁的拳头大、谁更不要脸罢了。如果单就输赢而言，理性的宽容和反思本身就是因为没有强硬到底，变得比流氓更流氓或许才有一丝获胜之机。但通过这种方式就算赢了又有什么意义呢？坚持启蒙理性的人会认为对错要比输赢重要，可在反对者看来，什么是对、什么是错，还是由输赢的结果决定。请注意，不是你选择理性、宣扬启蒙、追求民主就有什么了不起，好像大家都欠你似的——大家应该尽力区分清楚究竟是自己真的认同某种理念，想要实现它才要求改变，还是因为觉得自己得到的不够多、不受重视而借机发泄。所以秉持启蒙理性不应该渴求自己被表扬、被额外补偿，遵照自己认同的普遍规则去行事就意味着不对自己搞特殊，同时也意味着它不会影响你在现实中的胜败局面。

其实我觉得，大家的疑问都可以归结为这一个问题，那就是：如果拒绝启蒙，我们还能选择什么？回到革命，这在现实中是不可能的（今天的中国不需要你去革命）；即使在理论上可以设想，我们还是要面对革命胜利之后的问题——是回归到传统的日常生活（如韦伯所言），还是说要永远革命、继续斗争下去？也有人尝试在革命与启蒙之外建立新的范式，比如抒情话语，但它还是可以化归于这对矛盾——革命有革命的抒情，启蒙有启蒙的抒情。其实中国的反启蒙论述也从未尝试提供任何替代性的、建设性的备选方案，它只是在说用不着追求启蒙，人、国家、社会从根本上说无法改变也不需要你去改变，放下包袱后你会发现其实一切都很好，大家生逢其时，热泪盈眶。如果一个人觉得和自己所处的时代格格不入，谁说就是时代出了差错？难保不是他自己矫情。

我再从个人上升到集体层面作点引申——启蒙和反启蒙的对立也体现在双方之于公共空间的态度，是追求"文人共和国"还是相信"敌友政治学"。也就是说，独立自由的个体如何参与到集体决策中呢？启蒙思想家设想了一种知识交互的公共领域，既包含传统的广场、咖啡馆等城市空间，也涉及报刊书籍、网络论坛等大众媒介。每一个独立的个体都能在其中自由地发表见解，参与到公共事务的讨论中，合乎理性地论证及争辩，彼此之间充分交流并学会妥协，在此基础上才能形成卢梭所谓的"公意"（General will）。公共领域作为理想的交流平台，原则上不应该受到政府的控制及市场的影响，并且对所有理性的个体一视同仁。也就是说，在这个空间里的另一个人，并不必须是你的朋友或敌人，可以是和你完全不同的陌生人。只要他具备理性，愿意遵守共同的规则（所谓自然法），他就和你一样有权利待在这里发表言论、争论交流。你不能因为觉得他不怀好意，或是他的观点和你不一致，或是他讲的话让你感觉被冒犯就去打压他。正如伏尔泰（Voltaire，1694—1778）的那句名言："我不赞同你的观点，但我誓死捍卫你说话的权利。"它真正捍卫的不是你的权利，也不是我的权利，而是人之为人的一种普遍而根本的权利。

启蒙思想家对理想公共空间的推崇，其实就是用思想和言论去影响、改变社会，故也被称为"文人共和国"（Republic of Letters）。听起来就很书呆子气。然而从反启蒙、现代性批判的角度来看，这样理想的公共空间过去不曾有过，将来也不会出现。因为现实中，他人对于我来说归根结底是手段而非目的。自由平等是启蒙制造的幻象，最重要的是谁掌握了权力、谁占据了优势的经济地位。这就是卡尔·施密特强调的"敌友区分"。毛泽东（1893—1976）也说过："谁是我们的朋友，谁是我们的敌人，这是革命的首要问题。"再追溯的话,《理想国》中的色拉叙马霍斯(Thrasymachus,? —399BC)声称正义是强者的利益,这应该是敌友政治学的母题。既然不存在理想的公共空间,那么每一个蕴含不同话语的场所都是一个意识形态的战场,每一个你身边的陌生人都是潜在的朋友或敌人,早晚要进行你死我活的斗争。凡是赞成我的、和我利益一致的人就是朋友,凡是反对我的、妨碍到我的利益的人都是敌人。

所以你应该务实一点,趁早放弃幻想,准备战斗——团结朋友,打击敌人,确保胜利。只有武装起来的先知才会胜利。很大概率上反启蒙的人讲的是对的,特别是对应到现实中我们不得不经历的胜败游戏,但还是未免让人感到太可悲。我们好不容易从自然状态下走出来,避免了一切人反对一切人的战争,越过了主人和奴隶的生死斗争,借着理性与启蒙去实现人的自由和平等,结果你现在告诉我这一切都是假的,只有权力和金钱才是真的;不论在什么时代,输赢和胜败都是不可避免的——有人统治就会有人被统治,包括我们在内的大多数人都属于后者。

不过话说回来,理性和自由本身就是新近出现的东西,与整个人类的历史相比是非常短暂的。人为什么就一定要自由呢?我难道不能自由地选择不自由吗?为了所谓的自由值得吗?这些都属于现代性的超纲问题,自由是成为一个现代人的先决条件，其无法撤销，不可让渡。但倘若放到现代以外的语境中，它们可能就成了真问题，比如在涵盖现代的长时段中，循环往复的时间里；又或在一个具体的微观情境中，犹如卡夫卡笔下的土地测量员 K，被置于某种无尽拖延的、不得要领的处境中，在这里什么都能做却往往意味着做什么都是错。仅就我们这一讲讨论的主题而言，我认为，元历史的叙述——民族神话、时代寓言等，之所以能消解启蒙与理性的意义，并不是它们有效地质疑、批判了自由，而是在这样的叙述呈现中，人太渺小了，渺小到只要能继续存在下去就是奇迹，也渺小到让你丧失了对自由的热爱和渴望。

三 《芙蓉镇》与《活着》：现代小说的"改编热"

我们这一讲的时间好像都快用完了，但还没有进入第五代导演的电影改编作品。这可能是我的偏见，但我确实认为大家弄清楚 20 世纪 80—90 年代的启蒙与反启蒙这样一条线索，能够真正帮助你去赏析、思考任何一部此一时期的电影。另外，虽然第五代导演及其作品现在几乎没什么人去做研究了，但它们曾经红极一时，所有电影都被不同的学者分析过很多遍，比如《黄土地》

（1987）极端的摄影构图、《盗马贼》（1986）通过层层叠化渲染的宗教氛围、《红高粱》（1987）的弑父仪式、《孩子王》（1987）呈现出的文化与生命、历史与自然的对立困境，以及第五代导演共同热爱的大远景、大特写、镜头空间、色彩修辞等。这一类的赏析批评我就不重复了，建议大家自己先看、先思考电影本身，再去参照他人的研究，不把别人的评价当现成的答案，而是尽力去和他们对话交流。

我在这一讲推荐的四部电影是谢晋的《芙蓉镇》（1987）、吴天明的《老井》（1986）、陈凯歌的《黄土地》以及张艺谋的《活着》（1994）。它们都是这一时期的文学改编电影作品，也呈现出不同的代际特征，希望大家能去思考它们在各自的叙述脉络、影像空间里如何呈现个人与时代的关系。由于时间关系，我在这里只比较阐释《芙蓉镇》与《活着》。我的论点是：《芙蓉镇》里"像牲口一样活下去"和《活着》中"为了活着而活"已经是不一样的活法；启蒙走向了自身的反面，时代中挣扎的个体化身成了时代精神，为了继续活下去，曾经的一切也就被谅解、被许可了。

《芙蓉镇》讲的是镇上的"豆腐西施"胡玉音和丈夫靠做小买卖勤劳致富，却惹来了国营饮食店经理李国香的嫉妒。这嫉妒也部分源于胡玉音散发出的未受雕琢的性魅力。随着"四清"运动的到来，像李国香这样掌握了权力的人借机将胡玉音夫妇打成富农，没收财产，胡的丈夫也被逼自杀了。紧接着"文革"开始，胡玉音被罚和右派知识分子秦书田一起扫大街。两人患难之中产生了感情，向上级申请结婚却被判刑。秦书田被判了十年，胡玉音独自将他们的孩子抚养长大。终于等到"文革"结束，秦书田归来，两人重新过上了正常的日子。而那些痴迷于运动、热衷于权力的人，有的疯了，有的继续高升。谢晋的苦难叙事是干净而克制的，颇具隐喻意味的构图、对比强烈的剪辑以及恰到好处的道具符号——这些形式元素并未像第五代导演的电影中那样自成体系和令人眼花缭乱，它们依旧是为讲述故事、表现人物本身及其命运而服务的。

像很多讲述"文革"、暴露创伤的作品一样，《芙蓉镇》也是将性的张力与政治斗争串联在一起。但它所表现的性就是性本身，是人的生理需求和基本权利，用电影中秦书田的台词来说就是："我们黑，我们坏，可我们总算是人吧！就算是公鸡和母鸡，公猪和母猪，公狗和母狗，也不能不让它们婚配吧！"性在这里成了个人抵抗时代和政治的最后保留地。同理，胡玉音的豆腐生意，从发家致富到被迫倒闭，最终失而复得，也是对个人自然权利的肯定和捍卫——我凭什么不能占有我合法

《芙蓉镇》剧照，1987 年

所得的劳动财富呢？食色，性也，当时代把人逼迫、压缩到最低限度时，抛开一切政治符号、隐喻修辞之后，人也还是要有物质需求和性爱欲望。如果一场运动要连人最基本的这两样东西都否定掉，那出问题的不应该是挣扎求存的个体，而是运动本身。黑暗中的温馨之光不是因为人有多么伟大，而是真实的人就是这个样子，"学着过点老百姓的日子"。胡玉音和秦书田的悲剧是由一次次政治运动造成的，他们的生命意识与生存意志就是单纯个体得以熬过扭曲时代的凭借。当秦书田喊出那振聋发聩的"活下去，像牲口一样活下去"的著名台词时，我们被打动了。大家想想，作为观众的你是为了什么而感动呢？是为了这苦难的生活本身，还是他们的求生意志？我觉得都不是。我们之所以会感动，是因为我们知道今天像牲口一样活下去，是为了有一天不会再被当成牲口一样对待。像牲口一样的生活本身不值得被赞颂，活着只是时代中的个体所能握住的唯一武器。

《芙蓉镇》对"文革"的批判与反思，正是在于设置了这样一种对立，时代潮流、政治历史是外在于个人生命的。那什么是内在于呢？比如有这样一种阐释：虽然秦书田和胡玉音受制于所处的时代，政治运动带给了他们创伤与不幸，但也正是因为这些运动和迫害两个人才能走到一起，并且最终过上了幸福的生活。从这种角度看，好像一切也没有那么糟。甚至于他们是不是应该感谢这些运动，感谢所经历的苦难呢？你当然可以这样想，对文本作出任何一种解读都是你的权利。但我认为，这部电影本质上强烈拒绝这种阐释，它将人贬斥为牲口、降低到极限就是为了显示这种宏大叙事、辩证思维的荒谬。会说这种话的人，大概就是电影中高高在上的李国香等人，表面上说为人民服务，实质上行尽恶毒之事，还不忘教导老百姓要学会感恩。这种阐释就是我们习惯把辩证法普遍挪用、无限泛化，认为再坏的事情也会有好的一面——至少可以当个反面教材；至于人生那更是祸福相依、悲喜无常。而这种阐释恰恰和张艺谋改编的《活着》是相容的。

《活着》这部电影一度不能在中国上映恰恰说明有关人员看不懂电影。尽管这部电影反映了1949年以后土地改革、大跃进、"文革"等一系列内容，意图却不在批判或控诉，而是借助影像的力量将历史（偶然）塑造成自然（必然）——这也正是罗兰·巴特所谓神话/迷思的运作方式。它应该是张艺谋最好的作品，我也不否认自己在观看它时仍会被打动。但我一直都对它保留了某种困惑与不安。通过比较原著小说和改编，以及把它和《芙蓉镇》放在一起思考，我才渐渐地厘清了我的这种感受。

简单讲，《活着》当年如果能上映，不会对政治现实有任何负面影响，也不会引起人们对历史的反思，人们通过对影像苦难的宣泄与净化（Catharsis），只会更加珍惜自己的生活，无论是美好还是不堪的生活。活着为自身提供了最坚实的合法性，即使你说不清楚活着的意义也没关系，因为你知道活着高于一切，只要能活着就够了。我在这里并不是要争论这种观念的对错，而是想向大家展示电影的这种观念是如何消解启蒙之意义的。如果你并不认为《芙蓉镇》中的活着和《活着》中的活着有什么不同，那么也就无须听我接下来的推论。

前面说过，第五代导演的电影对启蒙的消解不是它真的批判了自由、民主，否定了个人主体，反而恰恰是把个人又放回到一个神圣的虚位。这看起来是对个体／自我的拔高，但却抹杀了每一个独特个人最宝贵的不可还原性。你会发现这些电影无法再单纯地讲一个一个人的故事，你也不可能在观赏电影时看人是人、就事论事，因为你知道所有的故事、情节、道具、符号都有所指，指向个人背后的民族与文化。所以尽管这些电影依然关注人的生存问题、情欲张力，但针对其做的是一种泛历史化的隐喻处理；人的故事开始淹没于个体生命史、家族史乃至地方志的叙述形式；有人活着才有历史，历史就是人在活着，"文革"只不过是这种宏大的、宿命论

《活着》剧照，1994 年

式的历史洪流中难免的插曲。一方面，个人非常自然地成为时代象征、民族隐喻；另一方面，苦难不只是某一时代的悲剧，苦难是普遍而永恒的。你会遭遇不幸或许是有原因的，可能纯粹就是太倒霉，但人会遭遇不幸是亘古不变的事实与真理。从历史的角度看，普遍的个体在任何时代、任何地方都会遭遇不幸与苦难。人有悲欢离合，月有阴晴圆缺，你会去纠结为什么月亮偏偏今天不圆吗？同理，碰上"文革"、在运动中遭罪的人是不幸的，但没有"文革"，也可能会有别的不幸。纠结没有意义，因为你拿时代没有办法；反思不起作用，因为苦难总是会再来。活着不是有所期待，而是一味地接受；不是你为了什么而活着，是活着使你成为你自己。余华在小说序言中说"人是为活着本身而活着的"，张艺谋的电影算是他自己对这句话的理解。举几个例子。

第一，影片对小说最显眼的改编就是引入了皮影戏这个道具。皮影戏成了全片的核心隐喻，对应着福贵不同的人生阶段，是帮助我们理解整个故事进展的引子，但它本身就是民族文化以及历史传统的象征。张艺谋的电影中经常有这种代表民族文化的重要道具，你也可以把它当成是方便西方观众看懂故事的中国元素。最浅显的意义上，它传达出人生如戏的寓意，达成文本内外的相互指涉。但皮影戏在影片中所起的真正作用远远超过了这种常规解读，它不断提醒你，所谓"戏外人"本来亦是"戏中人"，这点不仅适用于操弄皮影戏的福贵，也适用于所有观看这部影片的观众。正是靠着这一层一层的联结，个人的命运与历史轮回重合了，福贵的不幸不只是他个人的遭遇，而且是一种普遍的境况，从过去到未来一直存在。

第二，福贵和龙二两次人生的对调也让我们印象深刻。电影中福贵庆幸自己把地产输给龙二得以逃过一劫，不停地和家珍确认自家被划的成分，说出了这样一句台词："贫民好，贫民好，什么都不如当老百姓。"恰恰是这句话，在我第一次观影时就刺激到了我，我当时就想这应该是张艺谋加上去的，小说里不会有这样的表述，果不其然。小说里福贵针对这件事是怎么想的？他的总结是，该死没死，战场上捡回一条命，龙二又成了自己的替死鬼，可见是自家祖坟埋对了地方。"这都是命"，用不着自己吓唬自己。我觉得这才是符合福贵这个角色讲出来的话。把塞翁失马和福祸相依当作对自身生命遭遇的妥协、容纳是再正常不过的事情，但觉悟上升到"当老百姓最好"就有问题了。难道是因为老百姓的身份，福贵才从苦难中侥幸逃脱？还是说恰恰是因为老百姓的身份，福贵才要去承受这一切苦难？在任何时代，每一个普通的老百姓都是最受苦的个体，难不成他们要比在其之上的权贵更幸运吗？福贵所谓"什么都不如当老百姓"和秦书田说"老百姓的日子也容易，也不容易啊"根本是相互对立的表达。虽然可能有点诛心之论，但我认为这就是自我麻醉，是意识形态的抚慰作用。鲁迅说"迷信可存，伪士当去"，前者是指小说中的福贵，后者可能就是电影改编里夹带的这些东西了。

第三，电影还对一段著名的台词进行了巧妙的改编。福贵说："鸡长大了变鸭，鸭长大了变成鹅，鹅长大了变成羊，羊长大了变成了牛……"小说里这本来是福贵的父亲跟他解释自家发达致富的历史，而这爷俩败家又把鸡都给搞没了。电影中，当福贵说出这段话时，他的儿子有庆和孙子馒头分别问过他："那牛长大以后呢？"福贵第一次的回答是"那就实现共产主义了"，第二次则是"那馒头就长大了"。这体现了福贵经历过大跃进、"文革"之后的转变，也有论者认为其传达出电影对时代的反思。我恰恰觉得并不涉及反思与批判，只是又一次对活着意义的幻灭。若说这部电影没有对政治历史的反思、批判也是不公允的，比如电影设计了凤霞难产而死是由于被红卫兵打倒的老医生无法去医治的情节，这就有很强烈的讽喻性。我并非苛责张艺谋没有按照我想要的方式去反映苦难、批评政治，我感兴趣的是电影对苦难的消解——无论有意无意，都和反启蒙的逻辑达成一致。苦难在《芙蓉镇》那里是人为的悲剧、时代的错误，你可以找到理应担责的对象，虽然他们可以逃脱惩罚、不用负责；苦难在《活着》那里成了某种历史宿命似的自然规律——人只要活着就会碰到这些事情，哪怕是那些直接造成福贵及其家庭不幸的人，他们也显得非常无辜——虽然时代就是由被时代裹挟的个体构成的神话。秦书田看得懂一切，只是他不说，所以他选择"有时是人有时是鬼"；福贵不会去反思甚至还会去理解这一切不幸，因为思考这件事除了服务于继续活下去之外在这部电影里没有任何意义。所以福贵面对同一问题两次不同的回答，正印证了活着的意义要让位于活着本身。既然启蒙终会成为神话，自觉亦是自欺，一个渺小的个体除了珍惜自己的生活外操心那么多干吗？又能改变什么呢？所以好好活着，比什么都重要。因此 20 世纪 80—90 年代文化热、新启蒙的梦醒之后，人们如此快速地进入到务实的生活中，主张物质利益，满足消费需求，也就不奇怪了。至于启蒙和反启蒙则被一种实际的相对主义涵盖了——它们从一个"是不是"的问题转化成了"信不信"的问题。你有你的观点，我保留我的看法，只要大家都能好好活着，谁对谁错也不重要了。

参考文献及相关电影

● 李泽厚:《启蒙与救亡的双重变奏》,载《中国现代思想史论》
  (北京: 生活·读书·新知三联书店, 2008) , 第1—46页。

● 汪晖:《当代中国的思想状况与现代性问题》,载《天涯》1997年
  第5期。

● 古华:《芙蓉镇》(北京: 人民文学出版社, 2005) 。

● 余华:《活着》(北京: 北京十月文艺出版社, 2017) 。

● Immanuel Kant, "An Answer to the Question: What Is
  Enlightenment?" in *What Is Enlightenment? Eighteenth-
  Century Answers and Twentieth-Century*. Edited by James
  Schmidt(Berkeley, Los Angeles and London: University of
  California Press, 1996), 58-64.

● Michel Foucault, "What Is Enlightenment?" in *The Foucault
  Reader*. Edited by Paul Rabinow (London: Penguin Books,
  1991), 32-50.

● Max Horkheimer and Theodor W. Adorno, *Dialectic of
  Enlightenment: Philosophical Fragments*. Translated by
  Edmund Jephcott (Stanford, California: Stanford University
  Press, 2002), 1-34.

● 《芙蓉镇》(*Hibiscus Town*) ,导演: 谢晋, 1987。

● 《活着》(*To Live*) ,导演: 张艺谋, 1994。

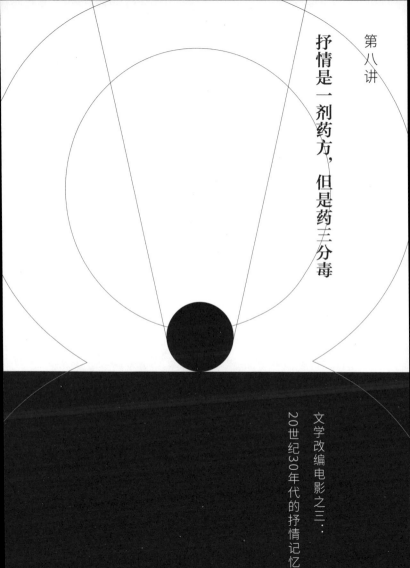

第八讲

抒情是一剂药方，但是药三分毒

文学改编电影之三：
20世纪30年代的抒情记忆

上一讲我梳理了 20 世纪 80 年代文化热现象背后的启蒙与反启蒙论述，也是在这个脉络下去理解第五代导演对当代文学作品的电影改编。有同学留言说《活着》的电影改编比小说更好，电影结构紧凑、蕴含希望，小说一连串的死亡过于戏剧化、为苦而苦，认为我对电影改编的评价过低。我完全尊重这位同学的看法，一代人有一代人的作品，一代人有一代人的读法。我只解释两点。

第一，批评不等于打压或抹杀。我并没有否认电影自身的艺术价值，也没有在自觉和自欺之间区分高低，我甚至觉得高贵的谎言可能更有美感、更有效用——它才是生活的真实。尽管每个人在日常生活中都会受制于意识形态，但这并不妨碍大家在阅读、分析时能够勾勒出意识形态的建构与运作。只不过我们需谨记，那些自鸣得意的创见也可能只是另一种形式的自欺欺人，这点对谁（包括我在内）都一样。

第二，倘若你觉得余华的小说过于夸张、过于戏剧化，可能并非是文学创作的问题，而是我们无法接受这种"过于反常"的历史，毕竟大家（同样包括我在内）都不曾亲历过相关历史事件。如果大家觉得有些事情不可思议，围绕这段历史的叙述过于戏剧化，也可能是我们有幸错过了那个时代，是幸运的无知罢了。持有一种存在主义式的人生感悟本身并没问题，比如认为"痛苦才让人有活着的实感"，"拥抱不幸，以头撞墙"，"人为劳碌而生，如同火花向上飞扬"，但它们不应该也不可能为任何历史事件、政治权力提供合法性的辩护。

那么面对这一由自觉与自欺、启蒙与反启蒙主导的历史轮回，存在于其中的个体，除了选择默默承受一切而活着的状态之外，是否还有其他的可能呢？我们今天将要探讨的就是在革命和启蒙的叙述之外，可能存在的第三条道路——抒情。有关抒情的论述源远流长，但其在中国现代文学、文化研究等领域中的勃兴多半要归功于王德威老师。本来所谓抒情是关涉中国传统诗学和西方浪漫主义的一种形式风格，但王德威老师致力于将其提升为破除启蒙和革命二元对立的、有关中国现代性的第三种论述典范，同时作为一种中国文学的批评方法来和西方文学中的史诗传统相对应，最终成为一种个体的生命诗学帮助其抵御历史时间的轮回。寄予于抒情的此番努力能否成功，固然也是见仁见智的事情。我觉得抒情作为一种论述途径的意义不在于其能否成为现代性的范式抑或中国特有的批评方法，而是它确实给困于历史中的个体在革命和启蒙之外提供了一个选项，让那些无法进入公共空间又不愿堕入敌友之争的人有了一个安身自处的场所。

抒情路径不仅本质上排斥意识形态，抗衡历史话语，也常常和理性论证格格不入，这就导致了关于抒情的学说总是看起来繁杂不清、主观性强，且呈现出支离破碎的状态。所以我们要明确，谈论抒情就是一件知其不可为而为之的事，也不能回避自身的情绪和偏见——谈情总是会付出代价，被人指责在所难免。我所指的那些带有抒情特征的小说和电影，其实就是文本的叙事功能让位于其中的情感表达。它还是在讲故事，但这些故事无法用纯粹叙事的角度去解读——弄清楚其中的矛盾冲突没有意义，把情节还原为事件也无助于我们理解全局，我们也别妄想从中获得任何道德教诲或理论信息，它需要你去感受、去体会。

然而，正如关于抒情的论述可能并不具有抒情特性，个体生命的抒情在历史与时间的冲刷下可能再次化归为话语和符号，故而文本的意义并不对所有读者开放——抒情是有选择性的。有些令你获得情感共鸣、生命交流的小说和电影，在另一个人那里可能只是堆砌的修辞、无聊的呓语、没有价值的心灵鸡汤——抒情讲求缘分。就像维特根斯坦（Ludwig Wittgenstein，1889—1951）认为哲学并不解决问题，不提供意义，只是一种治疗，抒情也无非是种自我治疗，它借由文学去处理历史和时间对个人造成的病症与不适，而每个人的药方各不相同。

这一讲选取的例子是沈从文。我个人觉得王德威老师的抒情研究完全是围绕沈从文建立起来的，陈世骧（1912—1971）、普实克（Jaroslav Průšek，1906—1980）等人的理论其实只是辅助；沈从文也是他笔下最精彩的个案研究——王德威老师擅长将人性情感中的缠绵悱恻、幽暗变化以具象化的方式展示给读者，所以他讲沈从文是恰到好处，相得益彰。除此之外，在现代文学部分，这门课之所以用沈从文替代之前讲过的张爱玲，是因为我发现在香港，大家都很容易看懂张爱玲，不用经过什么引导就能沉溺在祖师奶奶笔下的苍凉世故、爱恨狡黠中不能自拔，但却越来越难以欣赏沈从文描绘的那个前现代的精神家园。

我接触过的香港中学生，凡是学过《边城》的无不吐槽这个故事不合理。他们普遍的观点就是认为翠翠的不幸是自己造成的；也不理解大老、二老怎么会如此轻易喜欢上翠翠，付出惨重的代价到底图什么；最令我惊讶的是，很多中学生认为翠翠的结局若不是像她母亲一样自尽，就是沦为河街上的妓女。因为现在的学生想问题非常现实，他们觉得二老多半是回不来了，别人的照顾不可能长期持续，像翠翠这样一个弱女子没有背景、没有能力，要想生活下去只有出卖自己的身体。大概因为这些中学生从来都生活在现代化的都市里，习惯于用仅有的生存经验、资本主义社会的标准去比附、衡量《边城》里的世界。但这样一种现实的、功利式的解读并不适用于沈从文的小说，因为这些小说多半是一种抒情传奇。《边城》里的人物不能从环境中剥离出来去理解，追究谁对谁错对故事来说并不重要，你也不能仅仅把它当成一个三角恋的故事——这里面没有 CP，没有输赢，甚至可能没有爱情。在这样一个世界里，人的爱憎要胜于生存算计，真心不能保证成功，有情会令你更加悲伤。但即使如此，这一切依然美好，令人神往。

我本来计划将《边城》的小说和 1984 年的电影改编进行一个比较分析，但备课时发现黄子平教授之前发表了一篇文章，题目就叫《沈从文小说的视觉转换》，非常有创见，材料也极为丰富，建议大家直接去阅读这篇文章。我们就在他搭建的框架内，重点探讨《萧萧》（1930）、《边城》（1934）这两篇小说及其 20 世纪 80 年代的电影改编作品。

问题是，目前为止没有一部沈从文作品的电影改编令人满意——它们也许能以视觉化的方式再现田园诗般的湘西世界，却始终无法传达出沈从文笔下的抒情特质。那有没有一部中国电影较好地传达出这种抒情特质呢？首推的就是费穆导演的《小城之春》(1948)。虽然它和沈从文的小说没多大关联，但很多论者皆以为两者在抒情特征、艺术气质上相互辉映、彼此流注。我们会在最后一起来看看它为抒情论述带来的诸种可能以及揭示出的界限所在。

抒情是一剂药方，但是药三分毒。沈从文和《小城之春》在 20 世纪 80 年代被重新发现和重新评价并非偶然，抒情恰恰是在抒情没落的时代又被人召唤，被赋予重要性——仍然逃不脱归为自欺/自觉的命运。抒情总是指向过去，因为未来需要你去相信、去开拓。有情的过去肯定是被美化过了的，而我们之所以为情所动，多半是因为意识到自己再也回不去了才割舍不下。至于每个人抒发的是真情还是假意，永远只有自己心里清楚。

一　沈从文的抒情论述

中文系的各位同学对沈从文的生平想必非常熟悉，

我也就不赘述了。他在 20 世纪 20 年代蜚声文坛，30
年代时风头无两，大概只有 40 年代的张爱玲能与其比
肩。他营造出的湘西世界，使得凤凰成为现代文学史中
最耀眼的一座古城，至今也是印证文学书写地方和地方
成全文学的绝佳案例。要注意的是，沈从文书写的乡土
中国其实是处于生存问题之外的。换言之，他比 80 年
代那批寻根文学更早地将乡土从落后传统的范式中解放
出来，上升为精神家园。他笔下的人物当然也饱受贫穷、
战乱等灾难的折磨，但驱使他们行动的不是生存意志，
不是食色这样的本能欲求，而是人之为人的一腔爱憎。
即使不知时事、不懂文墨，这些乡土世界中的个体也拥
有优美健康的生命体验和完整的审美感知力。

　　20 世纪 50 年代的美学大讨论，有些庸俗的唯物美
学家提出过一个说法，农民不能欣赏大海的美丽，因为
他们的生活充满苦痛，时刻被资本主义剥削压榨。如果
农民在苦难中还能认同自己的生活，甚至超脱其上去欣
赏自然的美丽，那就激发不了反抗性，革命队伍快要没
人了。虽然沈从文没有也不敢参与此番讨论，但我猜他
内心里对这种"城里人"和"启蒙者"居高临下的论断
是嗤之以鼻的。这也就不难理解，为什么他的作品会被
左翼正统视为"反革命文学"，他本人也被郭沫若点名
是"桃红色作家"。他曾有过两次自杀未遂的经历，之

后基本封笔，后来钟情于文物研究，特别是古代的服饰与器物；但作为作家的沈从文在 80 年代重新受到追捧，很多作品也被改编成电影登上银幕。

大家中学阶段都读过沈从文，但我建议各位不妨从《我的教育》(1929)、《从文自传》(1934) 入手，之后怀着感悟和心得再重读那些你们熟知的作品，一定会有新的体会。我之前说香港的中学生读不懂《边城》，但坦白讲，我中学时也未能欣赏沈从文。当时觉得这就是一篇文字优美但软绵绵、怅惘初恋的纯爱故事，不深刻，不厚重，不能起到搅人心的效果。现在想来错得离谱，或许是因为少年不识愁滋味，或许是因为中学阶段读小说重点都放在了故事情节上面。

导致我对沈从文态度转变的直接契机是他那些关于砍头，关于生命如何被侮辱、被损毁的文字——这也是受惠于王德威老师的研究。我这才意识到沈从文的抒情书写并不肤浅，边城也不只是一个单纯美好、桃红色的旧日幻梦；当他感叹天地之中有大美时，生命与死亡、喜悦与悲悯是并行不悖的；他所执着的人性情感之可爱不是搭建在言辞之上，而是它真的会受伤也会伤人。

接下来我会从"人生的形式"、"有情"与"事功"的对立，以及"抽象的抒情"这三个方面来阐释沈从文的抒情论述。

1 人生的形式

沈从文在 1936 年出版了一本自选集，即《从文小说习作选》。在序言中，他对自己的文学创作有这样一番总结：

> 我要表现的本是一种"人生的形式"，一种"优美，健康，自然而又不悖乎人性的人生形式"。我主意不在领导读者去桃源旅行，却想借重桃源上行七百里路酉水流域一个小城小市中几个愚夫俗子，被一件普通人事牵连在一处时，各人应有的一份哀乐，为人类"爱"字作一度恰如其分的说明。……这种世界虽然消灭了，自然还能够生存在我那故事中。这种世界即或根本没有，也无碍于故事的真实。

这段话经常被人征引，重点无不放在"人生""人性"以及修饰它们的那几个形容词上面。但我觉得这段话中的两个关键词其实是"形式"和"真实"。为什么是人生的形式而不是内容呢？我们每个人的人生经历各不相同，彼此的爱恨喜好也千差万别，但我们总会面临同样的难题、类似的选择——这些普遍而永恒的人之境遇就是所谓的形式。"人生代代无穷已，江月年年只相似"，这句诗表面上是说人生短暂，江月永恒；但你真正读懂它的话就会发现，永恒的不只是江月，还有一代代人、不同的个体在凝望和观赏月亮时抒发出的情感——人无法适应时光流逝的无限伤感。不是江上清风、山间明月这些物体本身，而是借由得之为声、遇之成色、发之有情的经验行为，将不同时空中的有限个体联系在了一起。

我们生活在现代社会，科技极为发达，生存环境已有了很大变化，但唯独在情感方面我们与千年前的古人依旧相通，不论是人与人之间的亲情、爱情、友情，还是个人的伤春悲秋、怀才不遇、离别相思等。在中国文学传统中，《古诗十九首》差不多就已经把关于人生形式的抒情体验给穷尽了。这意味着从此以后你可以借助新的材料、不同的组合变换方式进行抒情，但你很难改动或者更新这些形式。"形式"这个字眼很重要，和后面要谈的"抽象"形成对照。当沈从文说自己是要表现"人生的形式"时，我们就该明白，社会的记录、现实的冲突、新的经验之类的要素不会在他的小说中占据显眼位置。

然而沈从文的抒情也不是要回到过去，在历史中寻求慰藉。这点我们可以从所谓的"真实"来理解。沈从文说，"这种世界虽然消灭了"，但还能存在于他的故事中。这句话很好解读，即他写的东西就算现在找不到、消失了，但曾经有过，那就不该受现实的制约，因为其含有一份历史的真实。但他接着说，"这种世界即或根本没有，也无碍于故事的真实"。一个完全没有存在过的世界如何能保证其间故事的真实呢？我们说真实的时候，或者是指其符合现在的事实，或者是指其符合过去的历史。那么沈从文所谓故事的真实，理应符合的就是人生的形式；这也说明人生的形式要高于过去和历史，它还指向未来与永恒——这才是"真实"的真正含义：不仅不受现实的制约，也完全可以超越历史。

对沈从文来说，情感是人生的形式，历史是人生的内容，文学则是人生的意义。不是现实或历史要为他的文学世界提供担保，而是他的作品使这样一个世界得以可能并将超越现实与历史而存在下去。沈从文此一时期的抒情论述无疑是野心勃勃的，要与现实、历史抗衡，力图达致"照汗青"的不朽。就像他在《湘行书简》（1933）里说的一样："……说句公道话，我实在是比某些时下所谓作家高一筹的。我的工作行将超越一切而上。我的作品会比这些人的作品更传得久，播得远。我没有方法拒绝。"

2 "有情"与"事功"

1952 年，被要求参加"土改"的沈从文在一封家书里透露自己在偶然阅读到《史记·列传》时又对情有了新的领悟。此时的沈从文经历了自杀未遂、创作封笔,很难想象他在面对历史时还有那种超越其上的野心和自信。一般人谈及历史,总是为权谋斗争、成王败寇、真真假假等面向所吸引,以史为鉴可以明得失,落脚点还是在得失功过上。可沈从文却从历史中读出了无以排遣的寂寞,所谓中国历史的一部分正是情绪的发展史。这意味着他承认自己终究是历史中的个体,那因自身挫败、无人理解而引起的痛苦寂寞,是文学经验中最古老的主题之一。他进而将这种所谓"情绪的历史"提炼为"有情"和"事功"的对峙并存:

> 这种"有情"和"事功"有时合而为一,居多却相对存在,形成一种矛盾的对峙。对人生"有情"就常和在社会中"事功"相背斥,易顾此失彼。管晏为事功,屈贾则为有情。因之有情也常是"无能"。现在说,且不免为"无知"!说来似奇怪,可并不奇怪!

"有情"作为"事功"的对立面,必然总是和痛苦不幸、失败寂寞联系在一起。有情者,无能、无知甚至无用。大家应该对这种论调非常熟悉,想想当今社会特别是网络上对文科生持有一种普遍的嘲讽与轻蔑，无非是说你们学的东西有什么用，你们在社会竞争中总是显得很弱。他们说得其实也没错，我从来不会想去反驳，甚至也不喜欢一些搞文史哲的人拿什么"无用之用"来辩解。那些多愁善感、同理心和共情能力更强的人自然接受不了狼性文化，也不擅长斗争；从来都是无情之人容易在竞争中获胜、达成目的。反过来看，情对所谓社会上的强者也有一丝不屑，伟大的文学总是对"事功"含有某种敌意。于连·索莱尔、弗雷德里克·莫罗、拉斯柯尼科夫、盖茨比、贾宝玉，如果这些人最后都得偿所愿，功成名就，有情人终成眷属，那他们一定无法像现在这样打动你。"有情"的意义既无法通过事功来衡量，也不能用说理论述来证明；只要人还执着于成功和胜利，只要他不曾体会过被众人遗弃的落寞，他就不可能从内心深处承认情的价值。虽然沈从文与司马迁笔下一个个鲜活的人物实现了共情，也可以说是从历史中获得了慰藉，但在面对历史与当下、集体与个体的选项时，他依然选择了后者。事实上，有情者的失败与无能，通常不是缘于自身的缺陷，而是坚持自我付出的代价。这封家书最令我感动的是后面这段话：

年夜在乡场上时，睡到戏楼后稻草堆中，听到第一声鸡叫醒来，我意识到生命哀乐实在群众中。回到村里，住处两面板壁后整夜都有害肺病的咳喘声，也因之难再睡去，我意识到的却是群众哀乐实在我生命里。这似乎是一种情形又是两种情形。

我们可以试想，当沈从文被要求参加政治运动时，组织的意图多少是希望他泯灭小我、实现大我，放弃个体、拥抱集体，顺应历史潮流。可他经此一役，最终肯定的还是那个个体的我。因为意识到自己的生命哀乐在群众中，所以他也试图改造自己——自我只能存在于社会和历史之中；同时又领悟到群众的哀乐在自己的生命中，所以这种改变也是一种不变——社会和历史同样也不能脱离自我而存在，否则的话，还有什么意义呢？偶然阅读到的《史记·列传》拯救了陷于历史运动中的沈从文，而沈从文的抒情解读也拯救了司马迁笔下每一个鲜活的生命——有情的历史借由他这独一无二的个体方得显现。曾经指向人生形式的抒情现在又返还到了个体生命身上。与之前不同的是，那个令沈从文放弃不了的自我个体，不再是拿来和群众区隔的标志，不再是与现实对抗的武器，也不再是企图超越历史、凭借文学艺术追求永恒的主体，而是容纳、化解这一切的终极载体

（《边城》开头 1934 年的"题记"和 1948 年的"新题记"的前后差异也印证了这一变化）。有情的历史就是与每一个有情个体的邂逅。

理性的个体就是笛卡尔的"我思故我在"，是现代哲学的认识论基础。笛卡尔想找到确定的真知识作为哲学的基础，提出普遍怀疑的方法，即对世间一切进行怀疑直到不能怀疑为止。梦的论证说明感官知识不可靠，现实与梦境无法从内容上区分，可即使我在梦中，我也不会梦到 1+1=3 或三角形有第四条边。然而这种看起来更可靠的数学知识，可能只是一个强大的恶魔时时刻刻对我的欺骗——1+1 本来该等于 3，但由于恶魔的干扰，我只能想象出 1+1=2 这样一个结果。就算我一直在被这个恶魔欺骗，导致我所有的怀疑、所有的思考都是错的，但唯独"我在思考"这件事本身是恶魔无力欺瞒、无法改变的事实。这个正在怀疑、思考的我——理性的个体，是不能被怀疑的，也是现代哲学认识论转向的出发点。这里隐含的前提是认识 / 思想必有主体，但这个主体并不必然是个有血有肉的我，甚至不需要是自我，只是一个思想的存在者即可。理性的个体不用经由他人，只需通过内部反思就能建立起自身。

有情的个体不是这样一种仅靠我就能建立起的反思型自我。不同论者为其找来了很多理论资源，比如德国的浪漫主义、伯格森的生命哲学、晚明的"情至说"和"情教说"等，我觉得这些和沈从文讲的东西关联不大。有情的个体最重要的特征是其必须和另一个个体建立联系，是一种走向他者也为他者敞开自身的个体自我。故而从形态上看，更像是列维纳斯（Emmanuel Levinas，1906—1995）的个体论述，即从自我个体的本性上看，那个作为他人责任者的我要先于作为认识的能动者的我。我还是用具体的例子来说明。

列维纳斯发现在自我确立的问题上，哲学是被文学着了先鞭——小说家塞万提斯更早地描绘了笛卡尔设想出的魔鬼论证，他对此有精彩的阐释。《堂吉诃德》（1605）第一部第49章，骑士发现自己被魔鬼附体，失去了一切知性，整个世界包括自己都被困于魔法的陷阱中，无法逃脱。被囚禁在魔法迷宫中的堂吉诃德，不就是笛卡尔笔下时刻为恶魔所欺骗的自我吗？堂吉诃德意识到自己中了魔法，也从内心深处接受了这一无力改变的处境，可一想到此时世间还有那么多人在受苦受难，在眼巴巴地期盼着他去拯救，良心的沉重感使他无法逆来顺受、得过且过，于是他挣扎起来冲破这一牢笼。帮助堂吉诃德走出欺骗状态的不是怀疑精神，不是自我反思，而是一种对他人的责任感。所以列维纳斯认为，堂吉诃德以一种不同于笛卡尔的方式确立了个体自我。怀疑总是针对既有的东西去怀疑，有所相信才能有所反思，故而在自我的深处是一种原始的接受，其要先于任何感受与认识。列维纳斯看重的是此种个体之于他人的伦理责任，沈从文在意的则是个体之于个体的双向情感交流——不论是我之于他人的责任，还是他人施加于我的羁绊，都必须在我的个体生命中实现，由此就走向了抒情论述的第三个阶段。

3 抽象的抒情

生命在发展中，变化是常态，矛盾是常态，毁灭是常态。生命本身不能凝固，凝固即近于死亡或真正死亡。惟转化为文字，为形象，为音符，为节奏，可望将生命某一种形式，某一种状态，凝固下来，形成生命另外一种存在和延续，通过长长的时间，通过遥遥的空间，让另外一时另一地生存的人，彼此生命流注，无有阻隔。文学艺术的可贵在此。

事实上如把知识分子见于文字、形于语言的一部分表现，当作一种"抒情"看待，问题就简单多了。因为其实本质不过是一种抒情。特别是对生产对斗争知识并不多的知识分子，说什么写什么差不多都像是即景抒情，如为人既少权势野心、又少荣誉野心的"书呆子"式知识分子，这种抒情气氛，从生理学或心理学说来，也是一种自我调整，和梦呓差不多少，对外实起不了什么作用的。

——《抽象的抒情》（1961）

沈从文的这篇未竟之作是他对抒情所作的最后论述，自此以后，抒情从语言文字处隐去，成了他作为生命个体的实践方式。王德威老师对这篇文章有很深的研读，这篇文章也是他的抒情理论最重要的文本资源。根据他的解释，"抽象的抒情"并非是形而上的哲学理论，而是抒情个体对淹没于历史中情感的考古与抢救。被迫停止创作的沈从文，意识到抒情并不只是借由诗歌、音乐才能发挥，而同样可以在博物馆里，在那些与他日日相伴的各种文物中找到，这也是他日后作为文物工作者、服饰文化研究者的意义所在。从写作到考古，由文字及文物，既丰富了文学的意涵，也为有情的历史开启了更广阔的天地。汪曾祺将沈从文的考古研究称为"抒情考古学"，正是他看到了沈从文的文物研究与旁人的不同之处：器物服饰对沈从文来说不是文明的遗产、集体的历史，而是每一个有情个体的生命凝固，和他当初对《史记·列传》的解读如出一辙。在这里大家还应该思考两个问题：第一，所谓的"抽象"该作何理解；第二，"自我调整"又是指什么。

在我们的日常语言中，"抽象"总是意味着提炼和缩减，将具体化归为一般，必然就要消除个性、抹去情感。这不就和沈从文的抒情追求相抵触了吗？所以这里的"抽象"和之前的"形式"都必须放在它们的语境中解释，不能与现在的通行意义混为一谈。事实上，抽象被视作一种略带贬损意味的工具理性、认知方法，是现代性出现以后才有的事。在亚里士多德那里，抽象就是人们的一个思想过程，经由这一过程，一些共同的东西从个体对象那里被引了出来，成为概念。如果说哲学的抽象是把正方形这样的概念从所有形状为正方形的对象那里引出来，那么文学的抽象就是把寂寞这样的情感从所有有情个体那里引出来。唯此方能实现个体与个体之间的生命流注，无有阻隔。情对个体生命的意义从对历史的抵抗、事功之上的容纳，最终演变为与其他个体的情感交流。人与人的相濡以沫，意味着引出来之后你还要还回去，但不是还给历史，不是对所有人都适用——可遇不可求。

　　有情的历史是有选择性的，不是谁都能打动你，你也无法去感动所有人，甚至不能为绝大多数人所理解。曼德尔斯塔姆（Osip Mandelstam，1891—1938）援引过前辈诗人的一句诗，大致意思是："我在同辈中找到了朋友，我将在后代里寻觅读者。"这样的寻觅其实就是等不到的等待，注定在精神层面与孤独为伴。屈原在两千年前一首题为《远游》的楚辞中也表达过类似意思："遭沉浊而污秽兮，独郁结其谁语！夜耿耿而不寐兮，魂营营而至曙。惟天地之无穷兮，哀人生之长勤。往者余弗及兮，来者吾不闻……"大家可以看到，这种真正的抒情状态，或说寂寞的诗心，其实是永恒的，无所谓古今中西。历史的生命不曾得见，未来的知音等待不及，总是欠缺能与之交谈的对象，所以诗人永远感到寂寞。即使一切顺利、声名显赫、众人拥戴，真正的诗人还是会寂寞。抒情本质上是一种当下无果的交流，自然对外在现实起不了什么作用，所以它只能是一种自我调整，一种针对个体情绪的治疗。倘若每一个有情个体都会进行这样的自我调整，彼此交流共鸣，是否又会对历史产生一些影响，或至少在另一个时空中起到作用呢？我不知道。为了保持抒情的一致性，权且把《边城》的结尾当成对这一问题的回答吧。

二 沈从文小说的电影改编

以上对沈从文抒情论述的梳理，能够帮助我们在重读小说时加深理解，也为我们探讨电影改编提供了一些基本线索。

第一，沈从文描绘的乡下、边城是一个去历史化、去阶级化、封闭自足的田园诗世界。它用来容纳有情的历史和个体，无须和现实产生映射关系。如果你在小说中读出了现实的意味，或是在现实中遇到了小说的遭遇，那只是因你个人体验而起的一种情感联系，并不涉及再现的真实性问题。我们都知道像《萧萧》《边城》这样的故事不会是现代社会的产物，但它们真有可能在旧社会发生吗？人们能够跨越政治、经济地位的差距而平等、友善地生活在一起，爱情的挫折是由于误会产生的而非利益或欲望，这一切你都能在童话中想象，却很难在现实中接受。只要你持有一种现实主义的审视眼光，这样的故事不论是在现代还是前现代都不会发生。所以沈从文才特别强调电影改编不要加入阶级矛盾和斗争，因为"商人也即平民"，"掌码头的船总"也"绝不是什么把头或特权阶级"——抛开一切外在的表象，大家本质上都是人、有情之人，这只能是和桃花源一样的世界。

然而不论是凌子风的《边城》（1984）还是谢飞的《湘女萧萧》（1986），在把故事搬上银幕时均无法抛开影片的真实性问题，也无法对历史做到"入乎其内，出乎其外"，这导致了电影再现的世界始终存在两重属性：既有抒情田园诗的自然特征，又是腐朽落后的封建社会，

《边城》电影海报，1984 年

The first film from the People's Republic of China to be released in America.

A husband, a wife, an arranged marriage...

Girl From HUNAN

《湘女萧萧》电影海报，1988 年

并且最终是后者压倒前者，这尤其体现在电影对故事的悲剧化处理上面。尽管两部电影在处理从风景描绘到视觉画面的转换上较为成功，采用了大量固定机位摄影和长镜头去凸现诗意的湘西风光；可一回到属人的世界，就只能用现实主义的方式讲故事，利用矛盾冲突和戏剧性去推进情节叙事。这两部电影改编固然有自己的可取之处，但它们一开始讲的就不是沈从文的故事：它们呈现的是时代束缚下的个人悲剧，是传统伦理对人性的压制，而非有情个体的历史。去想象这样一种世界，需要重塑创作者的世界观与历史观，恰恰印证了抒情作为启蒙和革命之外第三条道路的可能性。

第二，无论是新派的自由、启蒙，还是传统的伦理道德，都大不过个体生命经验的流动本身。这就意味着你不能持一种过强的道德立场，以三观是否正确之类的标准去检验故事。道德批判是一种向外推的拒斥，让你和他人区别开来，凸显自身；情感交流是一种向内拉的接纳，让你和他人相互理解，走向彼此。黄子平教授说《湘女萧萧》硬是把沈从文拍成了鲁迅，呼唤改造国民性，是启蒙者对庸众的说教。电影还是 20 世纪 80 年代那种解放人性、肯定情欲的基调，它有一个很明确的故事线索，即萧萧性欲的萌动、觉醒、爆发和泯灭，最终变得和其他人一样麻木不仁，陷于无法逃脱的悲剧循环之中。电影里那个沉潭的镜头对我来说是一大童年阴影，小时候看到这一幕觉得非常恐怖，也促使我将性欲理解为一件很负面的事情。小朋友不会用批判的眼光看电影，他／她只有本能的情感反应——不论爱情多么美好，性欲多么诱惑，一旦暴露在众人面前被当成不道德的事情，就会遭受可怖的惩罚，所以还是尽量远离为好。所以我一直想不明白，这种电影中蕴含的启蒙主义是真的想去改造这些所谓的落后庸众，还是借由批判者自身的优势位置隐藏自己和看客庸众一样的窥视欲——"正当"观看那个被"合法"惩罚的女性裸体。

反观小说就不是旧时代女性的哀歌，它的故事结尾达成了一种和解，人的情感阻碍、推迟，最终取消了可能发生的悲剧。小说里的萧萧看不出来有什么性欲解放，也很难说她和花狗偷尝禁果关乎什么坚贞的爱情，她其实除了生活之外并没有明确的自我主张，女学生的故事、山间的情歌、丈夫家人的对待，是这些环境的因素在推动她自己的生活选择。小说里也没有以窥视、折磨女性身体为乐的男性群众。从萧萧大肚子的事情被丈夫家人发现时，针对这一事件的道德判断就被悬搁了——沉潭是只有读过"子曰"、爱面子的族长才会干的蠢事。随后大家决定将萧萧转嫁给别人来弥补丈夫家的损失，但苦于没有合适的人家，就一直还让萧萧住在丈夫家，一切照旧——道德判断被推迟了。等到生出来发现是个儿子，一家人都欢喜，终于决定萧萧不用嫁到别处了——既然现在的生活大家都挺满意，为什么要按照所谓的规矩去毁坏它？到这里为止，道德判断完全被遗忘了，人们为了共同的生活达成了和解，这是凭借情感的沟通实现的，而非凭借道德的高下抑或思想的进步与落后。"重男轻女"的情节虽然在今天遭人诟病，倒也符合情感转折推动叙述转折的逻辑。

有同学问，电影更为强烈的戏剧冲突是否也加强了其对封建男权社会的批判力度？可能不少人有这样的观后感，但我想提醒的是，电影的批判性可能只是一种依赖于想象的偏见，就像认定穷人不可能去审美，旧时代受压迫的妇女不会拥有幸福一样。我们完全可以想象，即使电影中的萧萧肯定了自身的情欲，和花狗逃到城里去，等待他们的也不会是自由和幸福，而是另一种悲剧。而从小说来看，萧萧和她的小丈夫之间就没有真情吗？这种感情就一定不如情欲重要吗？谁敢确定他们就不能发展出真挚的爱情？说小说比电影缺少批判性也对，因为小说本来就不是要去批判，去启蒙，去反映现实、改造国民性，它只是让你感受情感的复杂与深沉，让你感到对悲剧的触发和化解是同一回事，并将思想和道德容纳其中。夏目漱石在《文学论》里有句名言："情绪是文学的骨子，道德是一种情绪。"放在这里可谓再恰当不过了。

第三，在这些故事里，其实不只道德、思想是一种情绪，爱情也只是一种情绪。男男女女的爱恨情仇、喜悦和悲伤虽是小说的主要构成，却非小说表达的主旨，一切都只是抒情乐章的组成片段。不论是把《萧萧》处理成有关封建社会压迫人性的道德说教，还是把《边城》简化为一个怅然若失的爱情悲剧，都会令你错失潜藏的抒情契机及更为丰富的情感体验。很多同学因为中学时看过《边城》的电影改编，就先入为主地将其限定在爱情故事的范畴，甚至认为翠翠的悲剧是旧时代封闭的环境造成的，在今天的社会条件下完全可以避免。这是电影传达出的信息，与原著小说存在差异。结合先前沈从文之于抒情和历史的分析，我们可以确定边城里发生的一切和阶级无关，和道德无关，也和时代乃至个体无关。并不是换一个历史时期，人与人之间就不会有误解与隔阂，所有的情感都能得到沟通和交融。

把一个抒情诗一样的故事，拿去做个人的责任推断、归因分析，是非常煞风景的。很多同学觉得翠翠的悲剧是她自己造成的，或者认为早知如此何必当初，小说中的主人公不妨打开天窗说亮话，避免误会。但这还是在拿现实经验做功利性的衡量，这可以成为个人的阅读感悟但不能成为分析批评的论点。比如你完全可以不喜欢林黛玉这样的女孩——多愁善感、"情情"太甚，但要是在读《红楼梦》时总是吐槽这一点，甚至把部分悲剧归因为林黛玉个人的性格和举动，那实在是读错了方向。

有情是一切的原因，有情也是一切的后果。所以在《边城》中，欢乐不是完全的欢乐，悲伤不是彻底的悲伤。这并非是亚里士多德所谓悲剧实现的情绪净化，而是情绪自身的流动和丰盈阻止了其在某一个点凝固爆发。这样的故事会让你心有所感，自我调节，而不是陷入无边的绝望或极力宣泄之中。有情的历史无不记载着人的寂寞与怅惘，这是不可避免的代价，也是对生命个体的奖掖。沈从文在对电影制片厂的建议中，特别强调翠翠的年龄不能太大，因为《边城》所有的一切都是经由翠翠那半成熟、半现实、半空想的印象式重现表达出来。他并不是对女性有年龄上的歧视，而是担心电影会把小说拍成一个坐实了的爱情悲剧，而盖过其他众多流动的情绪，从而抹杀了抒情体验的丰富性。

既然人物的爱恨只是抒情片段，不是事由，不是引发情节冲突的欲望动机，这就给电影创作者带来了不小的挑战——如何去拍抒情诗一样的故事呢？大多数影片都是以故事为主，情绪为辅，抒情服务于叙事；但这里就要颠倒过来：情绪是骨，叙事是皮。从电影创作的角度看，要想达到这一效果，一是要拍好非叙事性段落，二是要在整体剪辑上遵循审美原则。

非叙事性段落可以是离题的叙述，也可以是呈现无人之景的空镜头，很多论者将它们的作用解释为铺垫情节或象征人物内心情感。虽然它们最终看起来还是在为推动情节发展而服务，却在当下起到了延迟叙事的作用——延迟之处必有变化和差异发生，抒情只可能诞生在这种延异的空间里。倘若不假思索地将所有关于自然风景的视觉呈现代入到借景抒情、情景交融的公式中，这其实同样是对抒情的否定。

至于审美原则，我脑海中浮现出的是康德论审美发生的四个契机：非功利的愉悦性、非概念的普遍性、无目的的合目的性，以及共同感。其中最重要的就是剪辑在整体上能达成无目的的合目的性。这些术语讲起来容易，分析起来也方便，但真要拿去指导拍电影无疑是纸上谈兵。说直白点，抒情和叙述存在冲突，要想营造审美效果就不能执着于寻找事情的原因或弄清故事的真相。《边城》和《湘女萧萧》这两部改编电影，讲故事的功底还是相当扎实，可问题在于它们太想讲好故事，也太想让观众看懂它们理解的故事。这不仅压缩了观众的体验空间，也使影片中的语言叙述和摄影画面结合不到一起——每当有旁白交代剧情，或者有对话推动情节时，镜头画面的美感就被打断了。反观沈从文给电影制片厂提出的改编建议——不要主题曲，不要阶级斗争，不要把翠翠拍得太成熟、太写实，这些其实都是在为理解叙事增添难度，好像他生怕观众看懂他笔下的故事似的。看懂的是情节、道理和信息，看不懂的是有情。

第四，决定这些故事走向的不是情感的有无和真假，而是情感交流的畅通与受阻。情感交流不同于信息传递，这与小说和电影是不同的传播媒介有关系。沈从文在谈"抽象的抒情"时声称要将生命的形式和状态转化为文字、形象、音符、节奏，继而进入无有阻隔的情感交流中。对于有情的历史，他既是接收者也是传播者，而这不是仅靠情感就能做到的。正是因为他掌握了情感之外的一些知识、信息，他才能将情感转化为表征，创作那些抒情诗一样的故事；反过来也能破译服饰、器物背后的情绪符码，实践抒情考古学。然而沈从文笔下的女主角们——翠翠、萧萧等人却没有进出有情历史的条件，她们不掌握知识，文字、形象、音符、节奏或者与她们无缘或者转瞬即逝。也唯有如此，她们的生活才能全身心地为爱憎所浸透，她们的故事本身就是抒情体验。难怪话语层面的沟通会不起作用，人物关系也未形成真正意义上的强弱对抗。表面上看起来，萧萧这样折衷的结局好一点，而岳珉等来的却注定是噩耗，至于翠翠则陷入一种不确定的怅惘中；可实际上她们的处境是一样的：只要生活还在继续，抒情的成功和挫败就会反复上演。小说文字保留了个体生命的差异，同时又从中引出了更为普遍、更为抽象的情绪原质——不能停止也无法实现的等待，以及放弃了融合的交流——在他人故事里看到了对自身的悲悯，普遍与抽象的情又还原为彼此不同的有情个体。

彼得斯（John Durham Peters，1958—　）在他那本有关传播理论的天才之作里，将人类的交流归结为两种基本形式——对话（Dialogue）和撒播（Dissemination）。前者的代表是苏格拉底，他讨厌文字著述，喜欢一对一对话，即交谈、辩论的双方处于一种对等的亲密状态，生动鲜活，不可复制。这种交流方式忠实反映了个人的爱欲——你爱那些和你说得上话的人，而不会浪费时间在不值得的对象上。后者的代表是耶稣基督，他的传导是一对多式的公开撒播，不分对象，不求回报，不担心被人误解，让听众自己去弄清里面的真意。这种交流方式体现了对人类的博爱——凡有耳者皆可听，主降雨给义人，也给不义之人。彼得斯特别强调这两种交流形式不是截然对立的，而是经常纠缠在一起，相互作用。撒播之中也有亲密的爱欲，对话也可以暗含普遍的博爱。

之所以和大家分享这个传播学的理论知识点，是因为我觉得这和"抽象的抒情"有非常一致的地方。沈从文的小说不就是在撒播的形势下隐藏对话的可能性吗？对话的爱欲和撒播的博爱不就是个体的生命体验和普遍抽象的情绪的另一种说法吗？从这个角度看，要想呈现一个抒情故事，电影拍摄就是比小说创作要吃亏一些。写作本身就指向个体私密性，所以大家找不到工作，走投无路时都可以拿起笔来写故事；但不是想拍电影就能去当导演。你可以一个人写小说，但没法一个人拍电影。你可以写一本只给自己读的小说，却没法拍一部只有自己看的电影。虽然我们习惯上把电影当作导演的作品，但导演毕竟和小说作者不一样，电影从创作一开始就要为了他人而妥协，抒情就不容易出来了。所以这样的故事搬上银幕，要么大家都能看懂但觉得不对味，要么大家都不明白它想干什么，众说纷纭。那么到底什么样的抒情电影会被认可为成功之作呢？

三 《小城之春》：抒情的可能与限度

但凡提到中国的艺术电影，倘若还能和抒情搭上关系，人们一定会将费穆的《小城之春》恭恭敬敬地搬出来。这部拍摄于 1948 年的电影当初无人问津，后于

1983 年在香港被重新发现，逐渐受到所谓专业人士——电影创作者、研究者、影评人等的偏爱和推崇，最终走上神坛。表面上看，它和《边城》一样是一个讲述男女三角恋爱的故事，但更为波澜不惊，人物的内心情感要胜过故事情节的戏剧性，好像发生了什么但又什么也没发生。通过三角恋爱乃至出轨的故事去暴露人性的幽暗莫测、情感的至臻至幻以及人心之间的角力，这在中外文学史上都不少见，比如福楼拜（Gustave Flaubert，1821—1880）的《包法利夫人》（1856）、托尔斯泰（Leo Tolstoy，1828—1910）的《安娜·卡列尼娜》（1877）、夏目漱石的《心》（1914），还有张爱玲的《半生缘》（1966）。

《小城之春》和沈从文的小说在 20 世纪 80 年代重新受到追捧，从对人的肯定和人性复苏的角度来看有异曲同工之妙——似乎这种想象的乡愁、美好的眷恋只有在无法企及的现代社会才会魂兮归来。但《小城之春》在艺术上的成功需要更多的衬托才会脱颖而出——这些从事电影工作的专业人士正是因为受到西方理论的洗礼和现代批评的规训，才最终看出了电影被埋藏许久的优秀之处。关于《小城之春》，我们听到最多的，就是其中的镜头语言要比欧美的那些艺术电影（比如法国新浪潮）领先了几十年。老一辈论者提到这点或许有一种

《小城之春》电影海报，1948 年

无以名状的民族自豪感，但我个人觉得这种自豪其实有点尴尬，因为它就是以西方为主导的现代电影评审规则下的产物。中学的历史课本里经常会讲古代中国的某项发明、某个成就，领先了西方数百年、上千年。我不知道是否有同学当年读书时会感慨：这又如何呢？孤篇横绝的个例，最终也没发展出自己的体系。更何况，我们必须要用一种西化的现代认识视角才能为这些个例赋予"非西方"的意义，倘若真以一种正统的"中国"视角观之，无非就是些歪门邪道、奇巧淫技——历史不是已经证明了这一点吗？《小城之春》里的中国性和抒情传统也面临此种窘境。

从形式角度看，论者对电影中的镜头调度、声画关系、溶镜、跳接等技术运用推崇备至，各类分析层出不穷，《小城之春》就像是符合西方艺术电影成功标准的满分作业，并且还是提前交卷的。至于创作的偶然性和无法解释的个人天才，也被一股脑地放进与西方文化、现代体验相对立的中国特性、抒情传统中。费穆说他拍戏时是用"长镜头"和"慢动作"去传达古老中国的灰色情绪，可能并未料到这两者会在 20 世纪 80 年代后成为理解前卫艺术电影最重要的技术指标。我并没有否定《小城之春》艺术成就的意图，也不是为了区别于其他论者故意标新立异，只是听到太多称《小城之春》"非常中国""非常抒情"的一致说辞，难免有点惴惴不安，担心这其实是对抒情的一种毁灭。越是现代，越是传统；越是西方，越是中国。这里面的逻辑是，如果你未能欣赏《小城之春》，那是因为你无法领悟其中的抒情特征，无法理解里面的中国性；相反，如果你懂得了抒情，感受到了中国文化的特性，你就会爱上这部电影。

克里斯汀·汤普森（Kristin Thompson，1950—　）有一篇分析小津安二郎电影风格的文章非常精彩。我们通常会把小津电影中的一些技法——低机位摄影、转场镜头设置等理解为日本文化的民族风格，甚至近乎一种禅意。汤普森认为这是一种偷懒式的误读。因为我们已经假定小津所有独特的手法，在某种日本文化的表征体系中必然会有意义；而为了证明意义的丰富性，我们会将所有与叙事看似无关的镜头和拍摄对象予以象征化解读，凡是不能被象征化的、无法解读的东西就归结为它们具有某种内在的日本性。这种简单化处理看似拔高了小津的地位，实际上却限制了我们对小津电影的理解——它们并没有彰显什么日本文化的独特性，而只是小津个人选择的非理性风格，这完全有可能。我不确定我们在处理费穆的《小城之春》时是否存在类似的问题，但若将《小城之春》和中国文化的特性剥离开来就必然成为大不敬之罪。一部被追赠成功的抒情电影不能仅仅是偶然的情绪和个体的体验——这也是值得玩味的悖论。

从内容上看，抒情论者对《小城之春》的视觉空间营造也极为赞赏：城墙体现出残垣断壁的废墟美学，空气/留白在人与物、情与景之间流动则有诗情画意的渊源。有同学问废墟美学来自西方还能理解，可留白不就是传统中国绘画才有的手法吗？没错，我并非是从历史角度谈论它们的发生传播，而是聚焦于我们现在如何认识、理解这些美学风格。你可以用山水画中的"气韵生动"来比照《小城之春》的摄影，也可以借助传统诗学的赋比兴来解读影片中的场景和节奏。但"气韵生动"这类术语早已不再是用来解释的答案，也并非我们今天用来思考、表达经验的概念和语言——它们本身就需要被重新解释。这意味着当你声称电影中蕴藏有多少抒情传统、中国特色时，就相应有多少符码需要被转换为现代的语言，并在已然西化的认识框架下去理解、体会。这几乎是所有抒情论者的一个难题：致力于寻找西方和现代之外的抒情资源，却又要将它们破解、转化成大家都懂的语言，才能说服包括现代西方在内的主要观众。这就导致了抒情论述越是传统，越是现代；越是中国，越是西方。故而抒情论述的研究工作走的不是沈从文那样的抒情考古学，而是实用性的文献考古。抒情未必涉及事功，但试图捍卫抒情价值的论述确有事功之心。

另一方面，为了证明情感的复杂与包容，周玉纹、戴礼言和章志忱三人之间的爱情故事也被赋予了不同的象征化解读："发乎情止于礼"的道德困境——有礼的情感战胜了无礼的欲望，抑或中国向何处去的家国情怀——留守传统家园还是拥抱现代世界。我们先前说在沈从文的小说里爱情也只是情绪的一种，但诸种情绪彼此是平等的；在这种象征化解读里，爱情成了最浅的表皮，为各种深沉含义做铺垫。那为什么不能回归个体自身，从三角恋情去解读这个故事呢？玉纹的选择在一个现代、西化的语境里会被视为传统、保守，看起来像是牺牲了个人自由，放弃了追求真爱。但抒情论述要为传统正名，就必须把看似保守的行为解释得更加超前，更为现代。安娜为了佛伦斯基抛家弃子、卧轨自杀是一种真情，玉纹选择留下和戴礼言相守，在城墙上目送章志忱离去也是一种情。妥协并非全是怯懦，也可以是一种有情的成全，这或许是对现代欲望个体的一种有益补充，当然，这来自中国文化的特性。这种关于《小城之春》的抒情论述是成功的，代价则是暴露了抒情自身的界限：它必须援引自身以外的东西才能确立意义、进行我们之所以会为《边城》的故事所感动，正因为我们不是生活在边城里的翠翠。

评判。

　　我们之所以会为《边城》的故事所感动，正因为我们不是生活在边城里的翠翠；我们之所以能够欣赏《小城之春》，正因为我们生活在过去已逝的现代性文化里。抒情无法自证成功，无法自己去宣示意义。抒情作为个体的自我调节，并不会因外在的论述而发生改变。我们惋惜有情总是来得太迟或太早，一再被人误解。可一个及时出现、为所有人理解的有情，还有供人抒情的可能吗？抒情论述或许能为现代中国走出革命和启蒙之外的第三条路，但抒情自身的价值只有在革命和启蒙的夹缝中才能为人所见。在无意革命、不求启蒙的时代里，相比默默存在、不为人知的抒情，关于抒情的论述有时难免略显尴尬：表白太多、解释太过，而忘了自身有情这一点其实无法向谁证明也不可能在当下得到验证或回应。荷尔德林（Friedrich Hölderlin，1770—1843）在诗中有著名一问："贫乏的时代，诗人何为？"他当然可以像酒神的祭司，在神圣的黑夜里走遍大地，但诗人只管歌唱而不辩解，更不会莫名自喜地向谁去表白："其实，我是一个诗人。"

参考文献及相关电影

- 王德威：《史诗时代的抒情声音：20世纪中期的中国知识分子与艺术家》（北京：生活・读书・新知三联书店，2019）。
- 黄子平：《沈从文小说的视觉转换》，载《现代中文学刊》2018年第5期，第4—9页。
- 沈从文：《边城》（南京：江苏人民出版社，2016）。
- Emmanuel Levinas, "Don Quixote: Bewitchment and Hunger," in *God, Death, and Time*. Translated by Bettina Bergo (Stanford: Stanford University Press, 2000), 167-171.
- John Durham Peters, *Speaking Into the Air: A History of the Idea of Communication* (Chicago: The University of Chicago Press, 1999), 1-62.
- Kristin Thompson, *Breaking the Glass Armor: Neoformalist Film Analysis* (New Jersey: Princeton University Press, 1988), 317-352.

- 《边城》（*Border Town*），导演：凌子风，1984。
- 《湘女萧萧》（*A Girl from Huna*），导演：谢飞/乌兰，1986。
- 《小城之春》（*Spring in a Small Town*），导演：费穆，1948。

烟酒茶糖解决不了现实问题

理论显微镜：

贾樟柯电影中的时空压缩及异化现象

上一讲我们结束了"文学改编电影"的单元。再次强调，这些划分并不具有严谨的客观性，只是为了方便我们学习而选取的一种分类方式。如果你认同任何一部电影本质上都是改编，那么完全可以沿着这条线索贯穿下去。不过我们最后两讲会将重点移到改编之外，不再以文学史为参照系去探讨电影作品，而是引入其他视角和工具来阐发电影的文学特征及电影文本的意义和职能。我们之所以能像分析文学文本一样去研究电影，不只是因为电影可以像小说、戏剧一样化为文本，而且它也像文学一样发展出了关于自身的理论话语。我将相关的电影理论划分为以下三类。

第一类是电影艺术随着自身发展，在其内部衍生出的阐释规则——比如将不同的叙事风格进行归纳、评析，或是对某一类电影所特有的认知模式与情感表达予以反思性的总结。我们之前提到过的电影理论家爱森斯坦和巴赞，他们本身就是电影史不可分割的重要组成部分。大家更熟悉的可能是当代学者为诸多电影理论所作的简介与评述，像戴维·波德维尔（David Bordwell，1947—　）和达德利·安德鲁（Dudley Andrew，1945—　）等人的著作。如果你对电影是真爱，不仅仅是喜欢某一部或某一类电影，而是热爱电影艺术本身；或者不满足以消费者的身份鉴赏电影，而是想更为全面透彻地理解电影这一研究对象，那么你肯定会进入理论的场域，对各家学说烂熟于心。但这也有可能让你忘了初心，干扰甚至削弱你的直观感受：积累的理论越是广博，观影的感动越是稀少。这种因染上理论的癖好而将理论研究的对象抛之脑后的情况，不为电影领域独有——在文学理论中徜徉久了可能也会失去你当初对文学作品的热爱。

第二类是方法论意义上的理论，即为电影提供一种可实际运用的阅读策略或批评手法——它们大多从文学的理论与批评那里借鉴、演化而来。面对一部电影作品，相较于爱森斯坦、巴赞等人的理论需要经过阐发才能融入到批评阐释中，符号学、精神分析、女性主义、后殖民等是可以直接拿来用的。比如从罗兰·巴特到其学生麦茨（Christian Metz，1931—1993）的符号学分析方法，核心就是把电影文本化，将影像视作能指、所指构成的符号，区分、辨析它们在不同层阶的关系型构、游移延宕。巴特更多的是将符号学方法当成意识形态的批评工具，揭示符号化的过程如何将历史的产物转化成不变的自然——神话 / 迷思的形成。而麦茨则引入了拉康的精神分析学说，特别是我们之前讲过的"镜像阶段"，认为电影本身就是"想象的能指"帮助缝合我们与现实的关系——如果说婴儿的镜像阶段是主体有关自我的原初误认，那么我们观看电影就是在此基础上对自我的重新确立或二次误认。可见同一理论脉络也会因人而异变化出不同的风格。在中文学界，戴锦华教授的那本经典教材《电影批评》差不多也是这个路径，先介绍一种理论，再选取一部电影作为例子，向你演示如何将理论应用到文本分析中。相对固定的模板对刚接触电影研究的人来说，是有用的，也很有必要；但倘若学了很久之后还是只会那么几板斧，把一些理论术语颠过来、倒过去就为了嵌入到文本分析中，那么我们的学术训练就成了重复的机械劳动，批评阐释更是沦为例行的无趣表演。有理论不代表就有思想，掌握一种或几种批评方法只是研究的开始而非目的。

第三类理论近乎哲学思辨，或用哲学解读电影，或借电影阐发哲学——理论成为影像的玄学。用哲学解读电影的代表是齐泽克（Slavoj Žižek，1949— ），用永远不变的熟悉配方——拉康为主，黑格尔、马克思为辅去"烹饪"一切电影，理论在文本批评中做着自我确证的游戏。没有谁会花费时间和精神分析学者探讨对错——他们的问题就在于永不出错。齐泽克的确会讲笑话，不至于让他的粉丝在重复之中感到疲倦。但我觉得喜欢齐泽克的人不会因为重复而厌倦，恰恰就是由于他们需要重复来确保安全、获得安慰。想想你身边那些热衷于购买名牌包的朋友，他们永远不会觉得自己的行为是在重复；倘若你说出心里话（这些包袋看起来都差不多），那么受到鄙夷、被认为没品位的一定是你自己。

借电影阐发哲学的代表是德勒兹，尽管他也会深入电影的历史，对具体电影作品做出精彩的阐释，但总体而言，电影对德勒兹而言是进行哲学思辨的材料与触发装置。德勒兹将电影的影像区分为运动影像和时间影像，这种二分法上接伯格森的时间二分法（时间的内在形式是意识的绵延，外在表征则是钟表可以测量的运动），中间对应着经典叙事电影中为了保证连续性的蒙太奇逻辑和现代电影中的碎片化处理（非理性逻辑），最终指向其哲学中的两种范式——对现实的直观感知和对潜在的概念思辨。因为德勒兹喜欢制造且颠覆概念，这让他的理论看起来似乎很复杂，但事实上并非很难理解。比如经典电影最重要的是要保证其叙事的有效性，我们只有看懂了故事才能理解电影，但故事并不等同于电影。就像我们的知觉只能通过运动去确认时间，导致我们误以为时间只能存在于运动的过程中，混淆了时间的外在表征和内在本质。你先是看到了 A，然后经过一定时空历程，又看到了 B，你得出结论说 A 变成了 B。但你感知到的其实只有运动中的 A 和 B，而没有感知到变化本身——这才是运动之外的纯粹时间／纯粹记忆。所以在现代主义的电影中，叙事并不保证真实以及可被解读，真髓永远在碎片化的停滞、延宕、破碎、令人尴尬的不合时宜之处。时间—影像是一种持续的"生成"，即潜在与现实之间的互动——时间不是借由运动过程而显现，它体现为情状的变化，故而理论上它可以生成无数的概念和符号。其实你仔细想想，这也算是有用的废话，本来"无数的可能性"就只能存在于尚未实现之中，否则还谈什么"可能"呢？

请大家不用惊慌，以上三者——电影理论、批评方法、哲学思辨均不在我们今天要讲的理论之列。我只想为大家展示一下理论在分析文本时所具有的基本功能：像显微镜一样见他人所未见，帮助我们在阐发电影时获得新的体悟和见解。这意味着不只哲学和文学理论可以用来分析电影，其他所有理论比如社会学、人类学、文化研究等都可以和文本结合在一起，甚至反过来帮助我们去理解电影中的文学与哲学。说白了，理论也只是建在保持自我反思的基础上始终怀有强烈的批判意识，不论身处什么环境最终能成为一个独立而自由的个体。

立在经验和文本之上的话语体系，虽然它有超越性和普遍性，但毕竟还是这个世界的产物。理论不是概念术语，只是需要借助概念来进行推论和思考。理论也不是名人名言，尽管它往往建立在无数先贤前辈的努力之上。学习理论不是要让所有人成为理论家或从事抽象的概念研究，而是通过这种思维和智识的操练，学会尝试用尽可能多的不同视角去阅读文本，理解这个世界，在保持自我反思的基础上始终怀有强烈的批判意识，不论身处什么环境最终能成为一个独立而自由的个体。理论是为了让你更加自由地阅读和思考，而不是越学越窄。所以请大家记住：没有绝对正确的理论，没有放之四海皆准的理论，没有提供唯一答案的理论，也没有需要顶礼膜拜的理论。最后再加一句，应该也没有学起来轻松愉快的理论，因为阅读和思考总是需要时间和精力，克服一个又一个阻碍——如果读书和上课都像看短视频一样令人愉悦且无需付出，那学到的东西多半也不值得。

接下来就让我们看一看文化研究中的基础理论——对全球化的批判——如何能帮助我们更好地欣赏电影。我选取的例子是贾樟柯的《世界》（2004）与《三峡好人》（2006），某种程度上，它们就是全球化批判理论的电影教科书。

一　文化研究对全球化的理论批判

1 速度，或时空的湮灭 (The Annihilation of Time and Space)

我们今天提到全球化时，通常是指世界各地的人们联系日益紧密，交通运输、信息传播越来越快，各国之间的经济、文化交流也越来越深。但对于认同马克思学说的文化研究学者而言，这些只是表象，全球化的实质是资本主义在世界范围内的地理重组和产业升级，这一过程至少在 1492 年哥伦布发现新大陆时就已经开启了。鼓吹全球化的人士会设法让你相信，随着经济发展、科技进步，不同的国家和文明融合进一个全球的共同体，谁也离不开谁，所以我们应该保持开放、尊重多元、竞争合作，等等。但大多数国家和个体并非是出于自愿而走向彼此的，他们没有选择，被迫卷入了这看似无可避免的历史进程中。全球化的批判者，他们的论点其实很简单：世界不是作为世界被科学技术联系在一起，世界是作为市场被资本主义整合了起来。开放多元、竞争合作，单从理念的角度看，并不必然要比封闭单一、自给自足更好、更优越。但我们生活在一个资本的世界里，现实的逻辑也为资本的逻辑所支配——国家要发展、公司要赚钱、个人要进步，所以我们才会拥护前者而摒弃后者，理所应当地赋予它们不同的价值地位，而这些价值观念反过来也会影响我们自身。

我们可以在《共产党宣言》（1848）那里找到批判全球化的原型理论。市场总是在扩大，需求总是在增加，资本主义的逐利本性令它必须不断地为产品开拓市场，从而驱使资产阶级踏遍全球各地，到处安营扎寨、开发经营，相互建立联系。资本主义的世界市场使得所有被卷入的国家都分享了同一种生产/消费模式，用马克思的话说，它们具有"世界性特征"（Cosmopolitan character）。经济决定意识，精神是物质的反映，因此世界市场必然导致世界文学的出现。我们之所以能突破民族国家、种族文化的局限，借助文学彼此相通，感悟人类的经验，恰恰是因为我们都被囚禁在资本主义的时空中——这或许才是我们能欣赏卡夫卡、加缪（Albert Camus，1913—1960）、菲利普·罗斯（Philip Roth，1933—2018）的前提。

所以资本主义的全球化既诞生了全新的社会关系——资产阶级/无产阶级的对立和穷人/富人的对立，也创造了与前现代截然不同的时间与空间——工业化、技术革命、消费市场促成的第二自然。前现代的自然风景、地理景观被纳入到以再生产为主导的资本体系中；在这个世界里，中国人和美国人之间的矛盾，男人和女人之间的矛盾，都大不过穷人和富人之间的矛盾。然而这个世界并不稳定，永远处在变动和不安之中，"这正是资产阶级时代不同于过去一切时代的地方"（马克思语）。因为资本主义创造出这样的社会关系和人造时空就是为了方便资本的积累和再生产的顺利进行，一旦固定下来的空间和僵化了的生产关系不能跟上逐利的速度甚至成为积累资本的障碍时，它们就需要被淘汰，要全部推倒重来一遍。

加速能降低原材料和商品在空间中运动的成本，保障资金的周转；而在同样的条件下，你比别人速度更快，就意味着你有更多的时间去从事再生产，获得更多的财富。全球化呈现出的加速趋势是世界按照市场和资本来调整步伐，而非为自然或个人所考虑。很多时候你会觉得速度够用，不需要那么快，但加不加速不是由谁说了算，而是资本市场决定的。事实上，速度本来就是时间之于空间的函数关系，不是一个确定的对象。表面上看起来是加速导致了时空的湮灭，令一切坚固的东西都烟消云散了，但事实上却是因为时间和空间能够作为资本相互转换，才使加速得以可能。时空这个概念并不等同于时间和空间的相加，而是它们之间的转换关系，也就是速度。时空的湮灭就是速度的资本化，加速和盈利变成了一回事，这导致整个社会陷入永无止境的加速状态——任何停顿与休憩都是暂时的，是为了下一次加速而进行的调整。

一方面，资本的逐利本性要求尽可能废除一切空间障碍，所以要"通过时间消灭空间"来提升速度。对资本的生产和消费而言，空间障碍往往就是自然地理环境中起阻隔作用的崇山峻岭、江河湖海——跋山涉水对人来说或许有观赏风景的意义，但对商品流通而言纯粹是浪费时间。要想征服空间，减少并削弱这些自然地理障碍，就必须依靠科技创新和分工合作创造新的空间，即一个人造世界。开山修路，填海造桥，在高原上筑铁路，在每个城市建机场，一切为了加速，为了发展，为了再生产。这些交通设施、人造空间并不只是协助资本积累的载体，它们本身也是可以被计算和衡量的资本——当到了某一个节点，它们跟不上资本发展所追求的速度时，就会变成资本积累／经济发展的障碍，需要被废除和重建。这就是戴维·哈维（David Harvey，1935— ）所说的"只有通过创造空间才能征服空间"。征服空间并非资本主义发展的目的，它追求的永远是利益，所以这种摧毁／重建的游戏可以随着再生产的加速升级而永远进行下去。

我们之前提到绘画中的透视法和数学的解析几何为地方（Place）向空间（Space）的转换提供了认识论的

基础，那么随着全球化进程出现的铁路、电影、网络等现代技术则令其在事实上得以成立。资本主义的可怕之处不是它具有道德伦理上的缺陷，而是世界市场最终能将一切与资本等量齐观——"同质、空洞的"时间与空间就是资本全球化的最终明证。它不仅改变了地表上的自然景观，也影响了我们对时空的感知体验。比如当我们乘坐飞机时，我们与外界的自然地理环境完全是没有关系的；对乘客来说，从纽约飞到香港，只是踏上飞机和落地下去的两个时间点，以及在其中通过看电影、睡觉而打发掉的十个小时而已。同理，我从港中大校园前往旺角，如果是步行就需要我自己去克服空间中的障碍，尽可能选择两个地点之间的最短路线。我也可以选择搭乘地铁，尽管地铁为了连接尽可能多的站点，其线路更曲折、通过的距离更长，但它速度足够快，让我们根本不用介意或不需要去考虑现实中的地理空间是什么状况，只要计算好行程时间并且口袋里有钱就够了。速度帮你征服了所有空间，如何在其中移动穿行更多是出于经济的考虑；旅行只是重复地打卡拍照，并不一定会内化为经验和意义；既然脚下的每一块土地都可以被明码标价，人自然就很难诗意地栖居于大地之上。都市中心的天价豪宅和城市化过程中的暴力拆迁，看起来截然对立，但其实是一枚硬币的两面——资本化的空间不存在真正差异，它们只是速度不同而已。

另一方面，资本的逐利性也开启了现代社会与个体无尽的加速进程。加速一旦开始就停不下来，通过空间的时间急剧缩短，会导致现在被无限拉长，即"时间的空间化"。人处在这样的状态中，以为当下就是存在的全部。过去太遥远，未来又迷茫，只有当下的生活就是一种疲于奔命的漂泊。至于时间的资本化对我们来说更为直观，因为时间就是金钱，但时间又是生命。我们经常说生命是无价的，不能用金钱来衡量；可在现实中，尤其从社会集体的角度看，所有个体的时间都是可以购买的，比如每个人的工资待遇就不同，而生命最终还是能换算成资本——倘若有人不幸身故或蒙冤入狱，除了追查真相、主持正义，剩下唯一能做的就是争取一个合理的赔偿。时间的资本化，使生命和金钱在一定程度上可以相互转换，这并非理想的方案，但我们身为"社畜"只得无可奈何地接受。

马克思的价值学说其实讲的也是时间的故事。生产出来的东西要想赚钱，必须能拿到市场上进行买卖，所以才叫商品。商品的价值分为两种，满足你使用需要的使用价值（Use value）和决定其可以在市场上交换的交换价值（Exchange value），后者才是根本。大家是否还记得马克思有关价值的定义？价值就是凝聚在商品中无差别的人类劳动。"无差别"意味着将所有具体的劳动抽象化、普遍化，但这样做的依据是什么？或说抽象劳动的本质是什么呢？只有从时间的意义上理解，人类劳动才是无差别的，因为所有的劳动实践无非就是我们花费一些时间做了一些事情。上班不一定能创造价值、有所贡献，但最起码它可以保证你通过出卖自己的时间来换取一定的经济报酬，让生活继续下去——为自己赚取时间。为了赚取时间而出卖时间，这样的循环一旦形成就很难解开。此外，价值体现为时间，但又由时间所决定，即生产商品的社会必要劳动时间（Socially necessary labour time）这样一个平均值。不是只有你一个人在生产，盈利的方法就是使自身的劳动时间少于社会必要劳动时间，从而将省下的更多时间投入到再生产中。速度是一个相对值，我们只能借由他者为参照来衡量自身。在竞争社会，成功就是做到比别人更快，这点对民族国家、公司组织以及劳动个体都是一样的。相反，停滞不动或者落后于他人就会被淘汰。我们总以为用比别人更少的时间完成学习和工作任务，就能节省出更多的时间去休息玩乐，但这基本上是不可能的，因为多出来的时间同样也是资本，受制于同一种逻辑；如果你不把它投入到再生产中而是一次性消费掉，那就没法真正确保你在速度上的优势地位。只要竞争还在持续，为了提升效率，"熬得苦中苦"是必然的，"方为人上人"就很难说。从小刻苦学习可能只是为了让你将来习惯"996"的工作方式。幸福是奋斗出来的，可当奋斗本身就是幸福时，你也不会介意它们之间的区别。

通过以上归纳我们可以看出，马克思有关全球化的论述，其实讲的就是人类普遍而多元的存在逐渐被束缚于资本化的时空中，就是这样一个令人悲伤的故事。

2 时空压缩（Time-Space Compression）下的异化（Alienation）

资本主义的历史发展克服了空间上的各种障碍，在生活步伐方面具有不断加速的特征，以致世界有时显得是内在地朝着我们崩溃了——这就是哈维所定义的"时空压缩"。这个概念本身很容易理解，速度越来越快，世界越来越小，时间和空间好像被压缩了一样。需要注意的是，现代世界与古代世界在时间和空间方面并没有本质的区别——不仅是物理上的时空没有变化，地球自转引发的变动更是可以忽略不计，而且人类历史被卷入到资本主义的发展循环中，我们感知到的时空经验在加速状态下被压缩了，和过去不同了。资本化的时间和空间得以相互转换是展开加速的前提，而在时空压缩状态下速度本身就成了唯一的资本。因为速度，一切坚固的东西都烟消云散了；因为金钱，一切神圣的东西都被亵渎了。然而速度和金钱最终都是一回事，资本主义发展必然会将一切事物资本化或以资本的方式处理它们。

为什么世界是"内在地朝着我们崩溃"？大家想，向内崩溃的反面是什么？向外扩张对不对？可全球化就是将地球表面全部纳入资本主义世界市场中，理论上已经没有向外扩张的可能了，只能从速度上找盈利，加速空间的再生产。所以世界有时像是内在地朝向我们被摧毁，有时又像是在近乎空白的废墟上进行重建——可能对另一代人来说是这样的。时空压缩的实质依旧是资本积累的矛盾以及资本主义自身的危机，主要体现在生产方式的转变和全球化发展在地理上的不均衡。

资本主义生产方式的转变，是指从以福特制（Fordism）为代表的大规模、标准化生产逐渐转向更为灵活、弹性的资本积累方式，也就是所谓的后福特制（Post-fordism）。福特汽车公司给人的印象就是大而笨重、多且重复：巨大的厂房，流水线作业，专门化生产；对工人实行所谓的科学管理——将所有工作时间和流程标准化处理，以期达到最高效率；通过大量生产产品压低成本来赚取利润。它的流程是严格历时性的，先是采购、积累原材料和零部件，再进行规模化生产，最后统一拿去分配、销售。这也导致它的组织形态是垂直整合的科层体系，容易有官僚化的臃肿、僵硬等缺点。之前上映的一部好莱坞电影《极速车王》（2019），就对福特公司的这种管理模式极尽嘲讽。

其实只需要去看一部电影就能明白福特制、科学管理讲的到底是什么，那就是卓别林的《摩登时代》（1936）。后福特制是指20世纪70年代之后，在西德、日本出现的一种更为灵活的生产模式，以日本的汽车制造公司为代表，故有时也称为丰田制（Toyotaism）。简单讲，就是按照客户需求，弹性生产，例如日本下单、加州设计、中国生产；为了尽可能降低工厂地租、产品运输的成本，缩短资金周转时间，故而采取无库存和及时交货（Just-in-Time）的体制。它不需要严格贯彻先计划、再生产、最后销售的历时流程，完全可以先买后生产，只要有速度做保障，顾客也不会觉得自己是在等待。这样后福特制就在组织管理上打破阶层界限，水平化的模式会引导工人进行自我管理——工作不只是出卖劳动力，还要管理形象和情绪、掌握人际交往技能，也就是所谓的"高情商"。资本之所以能够灵活积累，事实上得益于交通信息技术的发达和全球市场的分工协作。后福特制的发展说明在时空压缩的状态下，无尽加速比占有、管理空间要更具优势。它与福特制也并非简单的替代关系，工厂、流水线、对工人的规训与剥削依旧存在，它们只是去了你不容易看见的地方。

地理上的不均衡发展道出了一个并不深刻却易被忽视的真相：即使时空压缩让整个世界处于加速状态，也不可能令所有人都变快。资本积累的不平等与发展速度的不均衡是一致的。全球化从来不是所有国家的全球化，部分国家的发展与个人的成功往往建立在其他国家、群体乃至个人的牺牲之上。我们大多数人听到"全球化"这个术语的第一反应，脑海中浮现的可能是美国、日本或其他西欧国家，你会第一时间想到蒙古国、印度尼西亚、乌干达吗？它们对全球化这场游戏来说好像不那么重要，它们与发展无缘，其速度也绝对谈不上快。不仅国家是这样，个人亦然。全球化不只体现在iPhone、高铁这样方便快捷的跨越国界供所有人使用的新科技发明上——这是资本和传媒喜欢吹嘘的东西；全球化也发生在那些被"禁锢"在富士康厂房里，在高强度劳动环境下无聊而重复生产商品、出卖劳动力的农民工身上——这是经常被有意无意忽略的一面。

要想改变这种不均衡的发展状态，从国家到个人，唯一能做的就是加速。可按我们之前的分析，只要加速是一种资本积累，那么速度本身就是造成这一不均衡发展状态的根源。请注意，这并非是把全球的经济活动视作一场零和游戏，认为有赢家必有输家，前者成功建立在后者失败的基础上。从国家到个人，我们并非这场游戏的博弈者，而是被纳入全球资本主义体系中，成为支持市场运作、维持消费和再生产的不同单元。从个人的角度来看，竞争当然会有结果，虽说要既合作又竞争，但暂时的分工合作还是为了决出最后谁胜谁负。而从社会的角度出发，竞争无所谓输赢，它只是为了确保有快有慢，整个体制只要有速度就可以继续运转下去。所以这场游戏没有所谓的终极赢家。表面上看，好像还剩两个选项：加速或者被淘汰；真相是，你根本没有选择，因为对任何有限存在的个体来说，不断加速的最终结果还是会被淘汰。

按照资本主义的宣传，速度能令你在社会竞争中脱颖而出。加速社会的幸福公式就是在越短的时间里尽情经历越多的事件，进行越多的消费行为，生活就更美好——实质就是用更少的时间通过或占有更多的空间。所以我们总是穷尽所能去品尝没吃过的美食，去世界各地旅行，体验不同的生活方式，去进行各种消费，好像只有这样生活才够充实，才算成功，才能有"赚到"的感觉。相反，失败的人生就是停滞不前，无法在时空中自由移动。但是，这世上总会有你没吃过的东西、没去过的地方，消费欲望无法穷尽，而你的时间是有限的——无论速度多快，人终有一死。死亡通常被我们视作一件不好的事，它或者令人永久沉眠，或者带来意义的虚无。可在现代社会，死亡首先意味着一种遗憾，它就这样突如其来地打断了加速的进程。不论先前的速度令你觉得自己多么"赚到"，死亡永远只会让你感到自己"亏了"。潜台词是，如果我能活下去，如果加速能够继续，那么我将体验、消费更多的东西，我就会变得比现在更加幸福。在竞争加速的社会中，死亡只能被当作不幸去理解，以有涯随无涯的人生结局只会是遗憾。可是，这种遗憾不是从一开始就被设定好了吗？没有任何人可以永远加速下去。加速是资本主义发展演绎出的逻辑，而不是人类生活的本来面貌。你用不属于人的异质方式评判、塑造自己的生活，其实是将自己资本化，也必然会经历加速社会的悖论：速度越快，节省下的时间越是不够，体验过的空间越是重复。加速并不能创造更多的时间与空间，更遑论实现人的自由与幸福；困在资本的循环中不知所措、漂泊无定，这倒更有可能是加速的后果。你以为你掌控了速度，但其实你在遭受速度的宰治——这不就是所谓的"异化"吗？

异化是人从其本质中分离出来，无法实现自我，甚至陷入一种"非人"的状态。马克思在《1844年经济学哲学手稿》里有段很经典的描述："工人在劳动中耗费的力量越多，他亲手创造出来反对自身的，异己的对象世界的力量就越大，他本身，他的内部世界就越贫乏，归他所有的东西就越少。宗教方面的情况也是如此。人奉献给上帝的越多，他留给自己的就越少。"马克思文字的类比力量总是非常强大，它不一定准确，但抓住一两个关键点就能让你印象深刻，也算是一种震惊体验。

在资本主义的环境下，个体无法作为自在、自为的人而存在，异化体现在以下四个方面：生产过程中，人的劳动行为从自由的创造沦落为无意义的单调重复，随时可以被替代；消费过程中，劳动者生产的产品越多，他自己能够占有的东西就越少，最终反而被自身生产出的商品奴役；实践过程中，人自主、自由的生活被贬低为维持肉体生存的手段，也就是丧失了人之为人的"类本质"（Gattungswesen）；交往过程中，个体和个体之间归根到底是基于利益关系的竞争，只能将彼此视为手段而非目的。

异化的直接原因或许是资本家对工人剩余价值的剥削，但根本上还是资本主义这种自噬其身、不停加速的运转方式。《摩登时代》里，为了提高生产效率的自动喂饭机器还有那不停加速的流水线就是对异化最生动而直观的呈现。特别是后者，卓别林饰演的工人夏尔洛在流水线上负责拧螺丝钉，可他逐渐跟不上越来越快的生产速度，最终被卷进机器的传送带中，陷进一个由转动

《摩登时代》中人被卷进巨大的齿轮传送带仍不忘工作，1936 年

着的巨大齿轮构成的世界中——这就是异化的真相。这组镜头不论什么时候看，都令人击节赞赏。它的隐喻化处理以及视觉表现力一点都没削弱理论话语的复杂与深度，反而直击人心，让任何对异化的文字解释都显得多余。也许这门课之后你会忘掉马克思关于异化的定义和阐释，但你一定能记住《摩登时代》中的这组镜头。当然，即使你没读过异化的理论知识，也不妨碍在看电影时欣赏卓别林的幽默与讽刺；但如果你具备异化的理论知识，就可以将视觉影像与理论话语进行对读，同时加深对两者的理解。所以理论不是套路，不是模板，而应该像显微镜一样检视文本深处的细节，帮助你更好地欣赏电影，也更能获得一种智识上的愉悦。

二　电影文本分析:《世界》与《三峡好人》

接下来，我们把全球化和异化的理论当作显微镜，去观察、剖析贾樟柯的电影。贾樟柯的作品比较复杂。早期的《小武》(1997)、《站台》(2000)完全是靠故事和人物取胜，那种质朴的感觉对于三线以下城镇出生的"70后""80后"来说特别有共鸣。可到了《无用》(2007)之后，特别是《天注定》(2013)，想讲的话太多，差不多成了说教，故事几乎沦为理论姿态的印证。反倒是中间的两部《世界》（2004）与《三峡好人》（2006），在故事叙述与理论批判之间找到了不错的平衡点，很适合拿来做文本与理论对读的例子。我的看法是，从《摩登时代》到《世界》再到《三峡好人》，异化的本质没有变，只不过在全球化语境下，速度和移动性的问题被进一步放大了。劳动不只是流水在线的生产作业，也包括贩卖微笑、提供服务；营造梦想的主题乐园可以是和工厂一样的牢笼。在压缩状态下，时空和人的生活呈现为支离破碎的状态，以至于后者只能在短暂的情境中实现认同，谁都无法为其提供一个连贯完整的价值判断。空间再生产的游戏随着速度提升越来越频繁，自然的风景、老旧的建筑、人造的意象不停被摧毁，又在废墟上重建。困在其中的人们，有的无法离开，有的不断迁移，都是身不由己。

1 《世界》

《世界》的故事是我们非常熟悉的模式：一对在外打工的青年情侣，除了每天的工作外，就是琢磨如何实现欲望或克制欲望。男方想和女方发生性关系，女方出于种种顾虑一直推迟。自私小气的男人一方面嫉妒女人的前男友能出国发展，另一方面又对其他女人心存幻想。女人固执又心软，自身的遭遇和同事的不幸令她对现实越来越绝望，似乎只有男人的爱还值得珍惜，所以终于答应了和对方发生性关系。然而肉体的交融并未能突破心灵的隔阂，问题也许不是出在男女双方，而是这样的生活越来越过不下去了。

这样一个看似平庸且单调的男女故事，但是如果我们将角色的身份以及他们平时活动的时空场景代入进去，那么一切好像都焕然一新。男人叫成太生，是北京世界公园里的一个保安，平日工作就是维持公园的秩序，经常骑着白马穿梭于金字塔、埃菲尔铁塔、白宫等世界著名景点——都是复制的微缩模型。女人叫赵小桃，同样也在这个世界公园里工作，和这些微缩景观朝夕相处，作为舞蹈演员，常常身着奇装异服为大家表演对远方世界、异国情调的想象，但幕后和老乡在一起时她会比较自在地说着山西方言。

电影讲的是在大城市拼搏的新移民，也就是农民工的生活故事。这一主题不算新，从卢梭 1761 年出版的小说《新爱洛伊丝》开始，这样的母题在文学里面就反复出现了。小说中，年轻的主人公带着梦想和希望从农村来到城市，却感受到种种冲击和不适，与成功失之交臂。但电影《世界》把主人公工作、生活的场所放置在一个以微缩世界景观为卖点的主题公园里，新颖感就出来了，也必然会产生各种有意无意的隐喻效果。因为我

《世界》剧照，2004 年

们大多数人之于主题公园都是消费者，要想在里面玩得愉快，基本前提就是不要质疑它营造出的幻象。你在迪士尼乐园和米奇、米妮合影时，不会去想里面饰演的工作人员是什么样子。沉浸在童话的世界里，所有角色、形象看起来都非常友好、可爱，以至于让你流连忘返。然而抛开消费者的身份思考这件事，那么隐藏的事实是：人家向你微笑、配合你游玩，根本上只是因为这是一份工作。世界公园里的工作人员，和所有劳动者一样，都可能要面对异化的问题。《世界》这部电影给人的首要印象就是视角独特，题材令人意想不到，可谓一次成功的陌生化处理，且恰恰利用了视觉摄影之于文字叙事的优势——直观地呈现出一个光怪陆离的景观世界。"世界"之含义又可以从以下三个层次来理解。

第一个"世界"是成太生、赵小桃工作的世界公园，它本身就是时空压缩的典型例证。在一个人造的空间里，囊括、复制世界各地的主要景点，将它们制成微缩模型，让游客能够"不出北京，游遍世界"——加速状态下的消费行为。从空间上看，世界公园既坐落在城市之中，又存在于城市之外。公园是城市的一部分，可封闭的微缩景观群就是为了让你置身于与真实隔绝的拟像之中，暂时忘掉那个日常工作、生活的城市环境，而这样一个虚幻的世界是由许多隐形的、来自城市之外的劳动者竭力维持的。对一些人来说，公园是休息、娱乐的地方——短暂停歇之后迎接下一次加速；对另一些人来说，公园则标识了他们自身速度的上限。从时间上看，世界公园无疑曾是这座城市发达的象征，但现在看起来却令人尴尬，随着经济的不断发展，人们生活方式的改变，它逐渐被淘汰了。公园曾经的时髦和现在的落伍，其实都是加速发展导致的后果，是资本积累在不同阶段的体现。全球化令出国旅行不再是一件难事，越来越多的有钱人已经不需要这些复制的替代品了。可世界公园依然存在，在被彻底摧毁／重建之前，总有人会在那里。恰如影片中，当真实的飞机在天空中飞过，绰号"二姑娘"的同乡工人问赵小桃："你说这飞机上坐的都是啥人啊？"小桃回答："我也不知道，反正我认识的人里没有坐飞机的。"

第二个"世界"是成太生、赵小桃这些外来打工者的现实生活，他们的生活圈子、人际交往、情欲纠葛，也包括他们之间的阶层划分乃至权力斗争。在世界公园里当演员、做保安并非最底层的城市民工生活，至少这里人造的风景让最终在建筑工地上工伤致死的"二姑娘"曾有过一丝羡慕。爱面子的太生在老乡面前会如数家珍地介绍这些他其实也不了解的景点，心有不甘的人总喜欢证明自己混得还不错；小桃也想试着接受这个公园／世界，希望和成太生结婚成家，可在发现太生与其他女人有一腿时，她真正痛恨的不是负心的男人而是困住她的这个世界公园。所以她才会在最后爆发出心声："天天在这儿待着，都快变成鬼了，真想出去逛一逛。"能出国，能奔向真实的世界，能随心所欲地自由移动，都是令人羡慕的。但这群人里面，我们唯一能确定出国了的人是赵小桃的前男友梁子。他去的地方不是伦敦、巴黎、纽约，也不是世界公园里的那些著名景点，而是蒙古国的乌兰巴托；他出国不是旅游观光，而是去做劳务输出，可仅此就让成太生和赵小桃产生了不同程度的艳羡——就像"二姑娘"羡慕他们能在世界公园里工作一样。反过来看，这群人里面唯一从外面世界来的人是俄罗斯女郎安娜，她与小桃语言不通，各说各话，却有一种"同是天涯沦落人"的真挚情谊。小桃最开始对安娜有种朦胧的羡慕，也是和移动、国外、世界的想象联系在一起；可在夜总会偶遇陷入沉沦和悲伤的安娜时，她才意识到，别人的生活和外面的世界并不如想象中美好。《摩登时代》里蒙冤入狱的夏尔洛得以获释时却不愿离开，因为牢笼之外不一定是自由和幸福，可能是更大的牢笼。困在其中的底层移民、农民工其实和世界公园一样是全球化和时空压缩的例证，只不过他们看起来停滞、缓慢，与速度无缘，所以容易被忽略、被隐藏，以至于人们忘了加速其实是建立在牺牲他们的基础上。发展的不均衡，速度的两极分化，使坐拥整个"世界"的压缩景观，只能被困于时空的牢笼之中，不能在真实的世界上获得一席之地。换言之，他们身处在城市中，却从未在城市里真正生活过。

第三个"世界"是以无所不在的缺席状态主宰一切的现代性世界，却被各种视觉意象隐藏，包括微缩景观、手机通信、动画场景等。成太生和赵小桃等人也可以借由手机这样的技术媒介或是去 KTV 消费，触摸到这个世界的一鳞半爪，但在面对这个世界时始终是无能为力的，只能作为零碎的部件、片段被缝合进意象的再生产链条里。从这个意义上说，他们的现实生活和穿插进影片中的 flash 动画没有什么本质区别。相较于前两个世界侧重于空间的划分与区隔，这一个世界则是以时间性和视觉性为突出特征。明明大家都存在于同一个时空之中，为什么有的人是活在当下，可有的人却像停留在过去？有的人早已超前消费，可有的人却没有未来？时间和空间本来不会对任何人有所偏颇，但资本化的时空另当别论。我个人比较喜欢《世界》和《三峡好人》对底层人物的刻画态度——既没有自以为是地为他者发声，也没有居高临下地凝视他者，观众在诸多一语双关中，在对剧中人物的平视中展开反思：你在他人身上可以看到自己的过去，也可以看到自己的未来。说白了，我们和他们毕竟生活在同一个世界，彼此的差异只有速度的快慢、资本积累的多寡，但生存模式却是一致的。

可为什么我们之前却看不出甚至没想到这些呢？多半是因为我们把日常生活中各种视觉意象视作理所当然，忽略了它们所隐藏的东西。正如哈维所言："日常生活中各种拟像的交织，把不同世界作为商品聚集到同一个时空之中。但它之所以能做到这一点，在于几乎完美地隐藏了原初的一切痕迹——这既包括生产这些拟像的劳动过程，也包括生产过程中的各类社会关系。"电影选材的新颖、独特其实就是戳破这些看似自然而完整的视觉意象，把它们背后的劳动过程与社会关系重新揭示出来。在执着于意象又为意象所困这一点上，我们和他们又是一致的。只不过在速度更快的状态下，我们的话语评价体系会认为自己在乎的意象更加时尚、更加高端，这也正是全球化和新自由主义准备好的不同菜品。

除此之外，大多数论者对《世界》这部电影不满意的地方聚焦于其叙事力度不够强：支线繁乱、节奏拖沓，特别是生硬粗暴地插入动画场景，让很多人难以忍受。这也使电影的许多镜头好像从故事中独立了出来，像是拼贴、填充进去似的。《世界》有两个不同的剪辑版本，很多人偏爱 138 分钟的长版，因为故事更完整，人物形象亦丰满。但我觉得108分钟的短版其实更贴合故事的主旨——其本身不也是时空压缩的产物吗？我们常说现代性文化以视觉为主导，为什么不是听觉、嗅觉或触觉呢？因为后三者都需要在一定的时间过程内进行，它们较之于短暂、易逝、偶然的视觉意象绝对是缓慢的。事实上，速度（资本）和视觉意象是天然的同盟者，与由话语、文字构成的叙述思考相对立。现代性的速度必然导致视觉碎片的泛滥以及经验的贬值。这在这部电影里也有所体现，手机这样的科技发明并未能帮助人与人更好地沟通，反倒是两个语言不通的人在古老的民歌《乌兰巴托的夜》那里实现了真正的交流。

布迪厄（Pierre Bourdieu，1930—2002）在探讨电视文化时就精辟地指出，思考意味着需要时间去进行，反思其实是某种停止。当我说请大家去思考论证时，是指你们要在一定的时间内运用不同方法将一系列的命题和论点联系起来，这本来就需要充足的时间作为保障。反应快和有思想是两码事。你可以在加速状态下看完英文单词手册去应付考试，但你在加速状态下读完《战争与和平》又有什么意义呢？加速意味着不去考虑意义这回事。所以"世界"在加速和压缩状态下必然不能保证叙述的连贯性，也无法提供一个有意义的完整故事。我不是在为影片花式辩护，只是觉得如果我们真能从这部电影中获得一个完整的叙述，读到一个有意义的故事，那它肯定不是这个世界的产物，可能是某种更高级的、不为我们察觉的意象幻象吧。

2 《三峡好人》

在全球化发展、时空压缩中，人的异化或者是被困原地、无法移动（《世界》），或者是被迫离开、不停移动（《三峡好人》），这都与资本主义意识形态鼓吹的全球化时代自由、快速的移动呈相反态势。《三峡好人》或许不是贾樟柯电影中最让你喜爱的一部，但它肯定是人所共识的无可挑剔之作。当然无可挑剔和伟大之间还是有些距离，可对中国电影来说，我个人已经非常满足了。它的故事依旧简单明了，在平行叙事的结构中，从山西来的一男一女前往即将淹没的三峡库区寻找失联的另一半。他们在影片中并不相识，也完全没有交集，却在冥冥之中被一种类似的命运联系了起来——他们寻找的结果各不相同，可并没有本质的差别。

在这部影片中，三峡和贾樟柯互相成全了彼此。虽然大家经常赞叹贾科长选材的角度，但有勇气、有能力去拍摄这样一部电影才是更重要的东西。相较于《世界》，《三峡好人》的叙事更加完整，故事的讲法更能为大多数人所接受，好像只有在一个被摧毁、被遗忘的空

《三峡好人》剧照，2006 年

间里，速度才能慢下来，故事才能讲下去。速度在影片中被隐去了，可它依旧是造成这一切的元凶——发展的不均衡就是速度的不均衡，全球化、现代性不只制造加速的快感，缓慢与破损同样是它的产物。导演为了展现加速的这一面后果，偌大的时空在镜头下被切割、被废弃、被重置，处处是残垣断壁，一片狼藉，行将沉没，电影用了很多固定长镜头和景深拍摄来呈现，给观众带来非常大的视觉冲击。尤其是当你意识到眼前的景象在现实中早已不复存在的时候，因为怅惘而引发的一系列追问就会开始：为什么风景要消失？为什么城镇要被淹没？为什么人要被迫离开故乡？又为什么要不断迁移？而这最终会回到我们一开始提出的问题上去，那就是为什么一切坚固的东西都烟消云散了，一切神圣的东西都被亵渎了？答案不言而喻。

　　我本科时，第一次看《三峡好人》，那时完全不懂什么电影分析术语、批评手法，只是感到影片中所有角色都处在一种"非人"的状态。恰好看完电影过了一周接触到马克思的异化学说，恍然惊觉异化的四个表现在电影中都有直接的对应。故事的表层就是人与人关系的异化：一边是矿工韩三明和他十六年前买来的妻子幺妹，还有那个卖了后者两次的哥哥，他们之间的情感关系无法用我们熟悉的爱情或亲情去界定，里面有真挚的温存但也有算计的残忍；另一边是护士沈红和她那两年杳无音信、游走于黑白两道的丈夫郭斌，中间夹杂着那个神秘的厦门女人，也给人一种丈夫不像丈夫、妻子不像妻子的感觉，但并非是不真实的荒诞。从群像的表达来看，则是人与其类本质的异化：人只能非人一般地生存，而不能像人一样生活；为了加速发展，为了宏伟蓝图，眼下只得流离失所或者被人遗弃；在另一些人所乐意的、将来的黄金世界里，必定不会有他们的一席之地。其实这个逻辑我们也很熟悉，发展需要牺牲，"今天的不便，是为了明天的方便"。可这个明天太遥远，今天又漫长，凡是能被牺牲的人终将会被牺牲掉。至于劳动行为的异化在影片中更是一目了然：拆迁工地上单调重复的无意义行为对劳动者来说只是谋生的手段，有的人好像在永远敲打同一面墙，而有的人好像要把自己脚下站立的危楼都给拆掉。最后是劳动者与劳动产品的异化，其实就是贯穿整个故事的基本线索：烟酒茶糖失去了原有的交换价值，解决不了人际关系中的问题。虽然贾樟柯仍想给这些过去的遗留物一些润滑剂的作用，在支离破碎中为人提供慰藉，但真相却是烟酒茶糖只剩下符号意义，它们解决不了的现实问题，人民币都可以解决，毋宁说所有这些问题的出现都是人民币造成的。这也是为什么电影的海报设计成了人民币的样子。

以上是将异化的四个特征与电影内容进行的一个浅显、直接的比照，从我个人的经验体会来说，这对初学者通过理论把握文本是有帮助的。潜在的危险是长此以往我们容易满足于这种套路，以不变应万变，批评程序化；既不去做文本细读，也没有提供思考论证——但这不是理论的错误，而是研究者自己的问题。

《三峡好人》这部电影之所以称得上"无可挑剔"，是因为你不论用什么视角切入，又或切入到哪个层面进行分析，都会有不错的收获。比如有同学对摄影比较熟悉，那么关于三峡风景的景深镜头和影片伊始介绍韩三明出场的那个横移镜头，都会一下子抓住你。开篇像是在观赏山水画一样缓缓展开，经过一系列群像描写后，镜头最终落脚在韩三明身上，电影从一开始就提醒你这只是芸芸众生无数故事中的一个例子。而有的同学对声音效果比较敏感，那么影片中拆迁工地上，清晰、有力、富有律动的敲击声马上会令你意识到，这是制作出来的"现实"——现实中，在哪一个施工工地上会听到这样的声音呢？电影的现实主义手法绝不是直接复制、记录我们的生活与日常，它们都是精心编排、有意重塑的产物。有的同学对文学史非常了解，所以一看到影片的标题《三峡好人》就很容易联想到布莱希特（Bertolt Brecht，1898—1956）的著名戏剧《四川好人》（1943）。

后者讲的是神仙下凡来到四川寻访好人，可好不容易找到的好人，在金钱和资本的社会里，最终不得不改变自己，沦为"坏人"。好与坏，丧失了它们原有的道德评判意义，这也是电影所要表达的主题，两者就能建立起互文性。还有的同学擅于辨识电影中的隐喻细节，比如开头的美元变戏法以及结尾的云端走钢索，皆有所指；如果你认得那三个身着京剧服装、在火锅店玩手机的人是关羽、张飞和曹操，你自然就明白这样安排的反讽意味。当然更显眼的是天空中的UFO、突然点火起飞的移民纪念碑，这些大家津津乐道的超现实主义表达手法。超现实并非现实的反面，而是比现实更加现实，也就是人与物在时空压缩下被不合时宜地放置在一起，各不在其位。但是，如果大家懂得一些我们之前讲的全球化批判理论，就一定会对影片中两处非常精彩的镜头调度深有感触，难以忘怀。

第一个就是很多论者会提及的10元人民币背后的夔门风景。韩三明同拆迁的工友聊起各自的家乡，对方问他是否看见过夔门，然后拿出一张1999年版的10元人民币，让他看背面的图案就是夔门。韩三明说自己的老家也印在钱上，拿出了一张更老版的50元人民币，背后印的是黄河壶口瀑布。接着切到一个景深镜头，韩三明拿着10元纸币，站在高处远眺三峡的自然风景，将眼前现实中的夔门和钱币上的夔门图案进行对比。随后镜头又转到嵌在自然风景中的人造空间——处处是拆迁与建设的施工现场。这几个镜头调度几乎把所有关于全球化的批判，特别是资本加速下的时空湮灭给说透了；抽象深刻的理论思辨与生动丰富的视觉再现完美地结合在一起。也难怪几乎所有左翼理论家都对电影的这个处理赞不绝口。自然的风景消失了，变成钱币上的图案，却也终将在加速中消失殆尽——或者是作为旧的遗物停止流通，或者是作为新的符号生产消费。有趣的是，2019年发行的新版10元人民币，背面的图案还是夔门。对早已习惯手机支付的大家来说，它顶多也就是另一个视觉意象的怀旧罢了。

第二个是小马哥的手机铃声响起的时候，大家一听就知道是《上海滩》，它是20世纪80年代风靡一时的同名港剧的主题曲。这也是一个有关两人对话的固定长镜头，小马哥和韩三明算是结识了，互换了电话号码。作为一个码头小混混，小马哥不仅是周润发的铁杆粉丝，还有一种异乎寻常的自信和张扬，他夸张的肢体语言和说话方式逗得大家发笑。我观察到电影放映时，一开始大家只有稀疏的笑声，在小马哥模仿周润发的经典台词"我们太怀旧"时集体爆发了一次，而当"浪奔浪流，万里滔滔江水永不休"的歌曲铃声响起时大家更是笑得前仰后合。可马上镜头转到了旁边的电视机画面上，那是一些三峡移民告别家乡的场景，接着又切入到现实的三峡——三期水位的标牌以及江上行驶的轮船，这时《上海滩》的歌曲从小马哥的手机铃声转为电影的配乐，所有同学的笑声都停止了，大家都若有所思、无法释怀。观众的情绪一瞬间由乐转悲，却又非常自然，恰恰说明此处的调度极为了不起。

事实上电影就是通过对虚实、声画、时空的转换和重置，迫使我们有所反思。我们之所以觉得小马哥可笑，还是因为我们具有某种速度优势，在我们眼中小马哥的种种表现不合时宜，令人尴尬——居然还有人活在20世纪80年代的港剧塑造出的30年代的上海意象中。小马哥不像韩三明一样老实本分、安于自己缓慢者的角色，他活在过去的幻象里，与当下现实格格不入，更像是一种徒劳的挣扎。可镜头的剪辑却告诉我们，这不就是三峡移民的处境吗？在时代浪潮中的个体，他们的徒劳挣扎是一件引人发笑的事吗？小马哥说自己太怀旧，但我们知道他其实没法不怀旧——有多少人相信他无论身处何种环境依然有选择向前的权利？移民们含泪纪念、庆祝伟大的工程，我们心里也清楚他们其实没有选择停下的可能性。《上海滩》总是让我们想到繁华城市中那些追逐成功的人们，他们之间的权力斗争、恩怨情仇，而上海作为万里长江的入海口，在20世纪30年代就是现代化的大都市了。可电影却让我们顺着过去的歌声逆流而上，看看大江上游三峡现在的故事——这里人们的生活同样惊心动魄，但他们不用说出来；"万里滔滔江水永不休"不再是想象的情怀、旧日的风景，而是现实无法违抗的命运。加速在时间上引起的不适与怀旧，正是空间上发展不均衡的体现。

除此之外，我想大家看电影时肯定都想过这个问题：为什么韩三明要等到十六年后，才从山西来到奉节，寻找他以前买到的老婆和从未见过的女儿呢？因为影片中被解救的幺妹也问过他这个问题，甚至带点责备的意思，"早不来晚不来，为什么十几年了你才来找我"，然后就是没有回应的沉默。为什么韩三明会过这么久才开始寻人的旅程呢？有同学说可能家里有老母亲要照顾，走不开；有同学说可能一直在挖煤挣钱，养活自己积攒路费，就像他要靠打工赚钱才能在某个地方待下去一样；还有同学说可能是被另一段多半也堪称悲惨的际遇耽搁了。这本来就是没有答案的问题，或者像演员自己所言，这样设计是为了给观众一个念想，又或者贾樟柯是金庸的粉丝，总之我们不知道具体是什么原因，但我们都能感受到，这肯定是源于他没钱没时间，速度不站在他这一边——他到奉节以后寻找前妻的过程就是曲折缓慢的，而他从山西到奉节真正意义上是用了十六年，我们更加难以想象这其中的漫长。

相较于韩三明所在的群体，沈红看起来更具有速度优势：无论是她所处的环境，还是她与之打交道的人，运动节奏、说话反应好像都要更快一些。即使如此，她也是等了两年才从山西来奉节寻找杳无音信的丈夫。同样的问题也可以问沈红，为什么不早点来？为什么不早点与丈夫沟通？为什么不早点解决自己的婚姻问题？换言之，她其实也并不真的在速度上有优势。可能有些同学比较难理解这一点，毕竟我们在座的大多数人想去其他城市或国家仅仅是一个念头、一个决心的问题，随时可以来次想走就走的旅行。可对很多人来说，无论出于什么原因，离开家乡，前往另一个城市，就是人生中的一件大事。想想《了不起的盖茨比》（1925）开头尼克父亲的告诫："这个世界不是所有人都拥有和你一样的优势。"速度就是这种优势，但你个人的优势也只是相对而言罢了。人的速度永远赶不上非人的发展，电影中速度最快的无疑是三峡建设工程和相应的移民计划。就像影片中那个拆迁办的领导所言："一个两千年的城市，两年就把它拆了，要有问题也要慢慢地解决嘛。"经济自顾自地发展，可它加速积累遗留下的问题却要由人来承担，而且对这些人来说只能是"慢慢"解决，多半就是不了了之了。所以沈红和韩三明之间的快慢其实没什么意义，寻觅之旅的得到与得不到殊途同归，大家最终都是为了生存而继续漂泊，在时空的碎片中不断迁移。仅此而言，韩三明、沈红其实和他们眼中的三峡移民是一样的，作为观众的我们也和银幕上的人物无甚区别。所以我认为，《三峡好人》为全球化的批判理论提供了一个精彩例证：人被拖入到资本的运转过程中，不断移动，而他们自己的生活却可以和速度、便捷、利益完全无关——移动不是现代性的奢侈享受，而成了为应对自身缓慢才不得已发展出的生存策略。

参考文献及相关电影

- 张历君：《速度与景观的牢笼：论贾樟柯的〈世界〉》，载李筱怡编：《贾樟柯电影世界特集》（香港：香港艺术中心，2005），第60—63页。

- Karl Marx and Frederick Engels, *Manifesto of the Communist Party* (1848), https://www.marxists.org/archive/marx/works/download/pdf/Manifesto.pdf; *Economic and Philosophic Manuscripts of 1844*, https://www.marxists.org/archive/marx/works/1844/manuscripts/preface.htm.

- David Harvey, *The Condition of Postmodernity: An Enquiry into the Origins of Cultural Change* (Cambridge & Oxford: Blackwell, 1992), 240-283.

- Hartmut Rosa, "Social Acceleration: Ethical and Political Consequences of a Desynchronized High-Speed Society," in *High-Speed Society*. Edited by Hartmut Rosa & William E. Scheuerman (Pennsylvania: The Pennsylvania State University Press, 2008), 77-111.

- 《世界》（*The World*），导演：贾樟柯，2004。
- 《三峡好人》（*Still Life*），导演：贾樟柯，2006。

望远镜让你看到遥远的事物，
却不是为了缩短你们的距离

文本望远镜··车厢邂逅

本章是最后一讲，标题"文本望远镜"既和上周的"理论显微镜"形成对照，也是回应我们一开始的问题——阅读文学、观看电影，除了满足自身喜好外，还能为我们提供什么样的可能性。我们之前讲过，以文学、电影为代表的人文学科一般不会为你带来短期、实际的好处，即使从长远来看，也不太可能会帮助你在资本市场、社会竞争中取得世俗意义的成功。不是说你学到的知识不能拿来赚钱，而是这些知识本身——体验他人的生活、感悟人类的悲欢，甚至尝试去理解非人的世界，没法用性价比之类的标准来衡量；它更多是一种不计回报、不足为外人道的深层欲望和精神追求。所以我觉得望远镜是一个很贴切的意象，它让你看到遥远的事物却不一定是为了缩短你们彼此间的距离，远观而无须亵玩，所以观看时带有想象，研究中伴随欣赏。当然，你很难说服不理解的人去接受它的意义，但对此有所体悟的人不用说出来就都明白。有同学说，他就是纯粹喜欢看电影，电影给他带来了快乐，这难道不就是电影对他的作用和意义吗？这作为个人的答案固然不错，但要注意的是，上述句式里的"看电影"替换成"买包包"也完全没有任何问题，命题还是成立的。生活在消费社会中，你所热爱的对象并不足以使你看起来与众不同，文学／电影只是诸多选项中的一者——不假思索地沉溺于文本可能只是为了满足自己的窥视欲，并没有"诗与远方"包装起来的高尚感。消费的快乐和思考的快乐是两种不同的东西，前者近乎一种直接满足欲望的快感（让你爽），而后者是一种延迟满足，在更为曲折、更为高阶的批判反思中获得新的自由。

除此之外，望远镜只是文本诸多职能中的一种，这节课的重点是我们如何借由文学文本、电影文本进入到人类知识的其他领域。从横向上看，文本望远镜总是致力于拓宽我们自身经验的边界，帮助我们加深对人类社会、历史发展的理解；从纵向上看，文本望远镜能够将我们拉升至经验以外的领域，帮助我们理解并欣赏一些针对形而上学问题的沉思。没错，是欣赏而非解决。因为文学不可能为你解决一道数学难题，但却能助你领略数学的魅力。逻辑可以作用于自身，却不会欣赏自身的成就。所有这些去经验化的思维活动对文本的依赖程度都很低，可恰恰是文本（文学或电影的）才能为它们提供审美意义。

接下来我会从"车厢邂逅"与"时间迷宫"两个单元分别进行讲解，其实也就是在主题框架下对文学和电影的文本作比较阅读。由于是最后一讲，所以加入了一些我个人感兴趣的内容，还请大家多多包涵。

一 车厢邂逅: 火车上的浪漫与犯罪

铁路火车自诞生之日就与文学、电影有着千丝万缕的联系。前面在讲电影发展史的时候，我们介绍过卢米埃尔兄弟《火车进站》（1895）的"神话"，"幻影之旅"作为早期的一种美学镜头可以凸显电影的视觉移动性，而铁路和电影其实都是现代性的发生装置——让同时作为乘客和观众的现代人在被动加速的状态下体验到时空的湮灭。

当火车在电影中出现时往往意喻一段旅程的开始，最常见的主题就是寻父，其实也是寻找自我，比如安哲罗普洛斯（Theo Angelopoulos，1935—2012）的《雾中风景》（1988）。姐弟二人为了寻找并不存在的父亲，反复搭上火车又被迫跳下，在这段过程中，他们见识到了雪夜中逃跑的新娘、奄奄一息的马匹、断了手指的巨手雕像，还有虚伪残暴的成年人，以及纯真美好却又令

名匠小津安二郎の映画芸術！

東京物語

いつの世にも変らぬ、人の心の豊かさと、せつなさ！しみじみ描きつくす、人生の哀歓……

原 節子／笠 智衆・東山千栄子
香川京子・杉村春子・山村 聡・三宅邦子・大坂志郎
東野英治郎・中村伸郎・十朱久雄・安部 徹

■監督小津安二郎　脚本野田高梧・小津安二郎／撮影厚田雄春

松竹映画

《东京物语》电影海报，1953 年

人心碎的少年。生命的旅途重在过程而非终点，知觉体验胜于逻辑思考，这也是为什么"公路电影"对导演和观众都比较友好——你不会在观看这类影片时质疑旅途遭遇的合理性，因为火车这类现代交通工具本身就为叙事提供了充足的合法性。

一段旅程的开始同时意味着上一段旅程的结束，电影中的火车也常常承载着人的离别，比如费里尼的《浪荡儿》（1953），小津安二郎的《东京物语》（1953）、《浮草》（1959）等。《浪荡儿》是小镇青年的经典叙事，青春就是要拿来无所事事地挥霍至荼蘼，不论怎么折腾或不甘平庸，总有一天你要么和周围妥协，要么就搭上火车离开这里。也许这趟自我强加的旅程终究还是会以回到起点而告终，但在当初的某个时刻你一定得离开——不一定是被外面的世界吸引，可能仅仅因为只有走出去才能确认曾经待在这里的意义。

至于小津安二郎，我实在无法想象如果把所有有关火车的镜头从他的作品中拿掉会是什么样子。小津的电影真正打动人的不是家庭关系、人情伦常这些直接的内容，反而恰恰是在火车、车站这些非人的对象和场景那里折射出人之为人的界线以及界线外的无尽伤感。比如《东京物语》结尾京子未能去车站送别纪子，可她内心依然充满牵挂，时不时看手表推算火车开动的时刻，镜头从她凝望窗外的特写转向火车驶过的大场景，孩童的歌声犹在耳边，有情和无情虽然对比强烈，却也只是不同程度上的不尽如人意。或许这就是人生吧。《浮草》结尾驹十郎和寿美子这对相爱相杀、身如浮草的情人在车站重归于好，与其说是两人相互和解，倒不如说是车站这一场景还有即将出发、没入夜色的火车容纳了一切，同时也再次突出了小津电影中的一贯主题：人生不会如谁所愿，但每个人总会有自己的归宿。

同理，作为现代性的象征，火车成为文本中一种非常重要的意象，也为文学和电影创作提供了新的题材，打开了叙事空间。在狄更斯的小说里，火车是旧世界的破坏者，是吞噬一切的怪兽，这可能和他本人经历过严重的火车出轨事故有关。老舍的《断魂枪》（1935）、朱西甯的《铁浆》（1963）都是将火车视作一种无法阻挡的祛魅工具，被它改变的过去永远过去了。一个现代人能够搭乘火车，除了有钱之外，还需要看懂铁路时刻表、规划行程。这其实也是一个时空转换的例子——将空间上的距离跨越转换成时间上的计算筹划。铁路时刻表为通俗文学的发展作出了巨大贡献，成为设置谜团、制造叙事张力的重要道具——既是侦探破案的工具，也是罪犯掩盖证据的帮凶，比如福尔摩斯探案系列中的《恐怖谷》（1914）、《红桦庄探案》（1892），以及日本推理小说中松元清张（1909—1992）的《点与线》（1958）、西村京太郎（1930—　）的《终点站杀人事件》（1981）。事实上，人一旦置身于火车中，往往就意味着一个故事的开始。铁轨连接着作为出发地和目的地的城市，但火车经过的地段几乎都在城市之外；车厢作为现代的公共空间，令诸多陌生人在一定时间内共处一室，而每个乘客都会利用相应的规章、设施来划分彼此的私人领地——车厢是对城乡、公私这种常见空间划分的悬置，不稳定的界线、潜藏的可能性，使得舒适与不安、浪漫与危机并存——剧情反转只是一瞬间的事。因此，火车车厢是对现代社会中陌生人交往经验的凝聚与放大。倘若旅途时间尚短，那么乘客之间还可以一言不发，偶有眼神交汇；但如果时间长到足以承载一个故事，那么其最极致的两种表达就是犯罪与艳遇。

移动的车厢是一种加速状态下的密闭空间，配合规划好的运行时刻表，非常适合拿来做犯罪场所。大家首先会想到阿加莎·克里斯蒂（Agatha Christie，1890—1976）的著名小说《东方快车谋杀案》（1934）及其多个影视改编版本。它其实是披着现代旅行外衣的古老复仇故事。侦探波洛之所以能成功破案，不仅是因为他在排查嫌疑人线索时显露出敏锐的洞察力和绝佳的记忆力，更重要的是他突破了一般人针对火车旅行的思维定式。毕竟这个故事最出人意料之处是同一节车厢内的十二位乘客，表面上互不相识，背地里却共同参与了复仇计划。当你乘坐地铁、高铁的时候，有没有想象过周围的陌生乘客其实在联合起来演戏欺骗你？就算你曾有过这样的念头，我想你也会很快打消掉，不是这种情况完全没有可能，而是它发生的几率太低不足以摧毁你对世界的预设，更不值得为此影响你的正常生活。小说和电影创作就不需要顾虑这些，它抓住陌生人向你展示的信息和内在的不对称这一点大做文章。和你同乘的室友凭空消失而所有人都说从未见过她，对面的美女向你施以援手但其实是想利用你的间谍，你不小心踢到了旁边的陌生男子开始交谈居然就引发了一桩谋杀案，这些是希区柯克（Alfred Hitchcock，1899—1980）的电影讲述的车厢故事。《火车怪客》（1951）的英文原名"Strangers on a Train"直译过来其实就是"火车上的陌生人"。

当然，不是所有的陌生人都会将你卷入谋杀，令你惹上麻烦，但你也有可能从他那里听到一个犯罪故事。托尔斯泰晚年创作过一部中篇小说——《克莱采奏鸣曲》（1889），题目取自贝多芬的同名乐曲，就是乘客在车厢里听陌生人讲述他因为怀疑妻子与钢琴师出轨，陷入嫉妒和愤恨中最终将妻子谋杀的故事。叙事的过程伴随着火车沿途行止、列车员的进出时不时地中断，好像也产生了类似于乐曲的节奏感。精妙的叙事结构是托翁的拿手好戏：一开始你遇见车厢中有个神经质的陌生绅士，几番波折后终于愿意和你倾吐，随着他的故事讲述到高潮，先前的奇怪举止也都得到了解释——正处在车厢中的叙述者告诉你他害怕坐火车，坐火车令他不寒而栗，因为正是在车厢中他陷入狂想无法自拔，萌生了杀妻的念头：

> 我一走进火车车厢，就开始进入了完全不同的另一种状态。坐在火车上的这八个小时旅程，对于我简直太可怕了，我一辈子都忘不了。是因为我坐进车厢以后，自己就觉得仿佛已经到了家呢，还是因为铁路对于人有一种刺激作用，我不知道，反正我一坐进车厢以后，就再也控制不住自己的想象了，它开始一刻不停地、栩栩如生地向我描绘激起我的妒忌心的那一幅幅画面，而且一幅比一幅下流，都是关于我不在家时家里发生的事情，以及她怎样对我不忠实的情景。我注视着这些画面，我被愤恨、恼怒以及因为自己被人侮辱而感到的一种特别狂热的感情煎熬着。我摆脱不了它们。我不能不看它们，我抹不掉它们，也不能不一再想象到它们。而且，这些画面的逼真似乎在证明我想象出来的东西都是

确有其事的。有一个魔鬼，仿佛故意与我作对似的，使我产生了一些最可怕的想法。

在托尔斯泰笔下，车厢是有魔力的，它的移动状态、它的模糊界限，都是对工作、家庭这些日常社会关系的一种逃避，车厢中的旅客身份与其作为人生过客的本质在此阶段重合，好像人只有在这里才会直面自身，陷入情绪和欲望的深渊。这或许就是托尔斯泰喜欢借助铁路火车来书写婚姻与家庭、反思爱情与幸福的原因。而他本人素来与妻子不合，在临终之前执意离家出走，最终死在一座小火车站里，好像也是冥冥之中自有天意。

既然讲到托尔斯泰，那么我们就转向车厢邂逅在文学电影中的另一主题——艳遇，文学史中最著名的例子当属安娜·卡列尼娜和佛伦斯基在火车上的相遇。在从圣彼得堡去莫斯科的一次火车旅行中，安娜邂逅了佛伦斯基，尽管只有一面之缘，佛伦斯基却深深地迷恋上了安娜。两人的感情在一次舞会上急速升温，为了斩断这日常生活之外的浪漫与不安，安娜立即从莫斯科乘车返家，在归程的车厢中，读着小说，思绪联翩，怀疑起自己的生活，居然于途中再次"巧遇"佛伦斯基，以至于抵达圣彼得堡车站后，丈夫卡列宁的模样令她感到从未有过的惊异甚至厌恶。无法压抑爱意的安娜抛家弃子与佛伦斯基走在一起，这为社会所不容，两人的关系也日趋紧张；终于有一天，安娜从莫斯科乘车前往佛伦斯基的庄园，想见情人却不得，于绝望沮丧中面对着迎面而来的火车从月台上纵身跳下，"为了惩罚他，也为了摆脱所有人和我自己"。

所有《安娜·卡列尼娜》的电影改编都稍欠了一点味道，因为电影可以呈现——也乐意去呈现——宴会中男女共舞、女主跳轨自杀这些极具视觉张力的场面，却很难传达出为何经过了一段铁路旅程，在移动的车厢中待了几天，人的心态、想法就会发生改变。安娜从莫斯科回到圣彼得堡，本来是要搭乘火车逃离诱惑、回归责任，可当她下车时却发现家庭和婚姻是如此陌生。一个浅薄的解释就是她在中途的车站"巧遇"追过来的佛伦斯基，风雪漫飞的车站上出现了那个执着于自己的美男子，女人再也抵御不了此种浪漫——最新版本的电影就是这样拍的。但这其实是对安娜的一种误解，也抹杀了原著的复杂性。仔细读文本就会发现，旅途中的安娜在佛伦斯基出现之前就已经有了质的变化。窗外刮着暴风雪，行进的列车颠簸不停，卧铺车厢内各种嘈杂和骚乱，而安娜则在昏暗的烛光下读着一本英国小说。她对书中的人物产生认同，又借由对他们的批判回看自己的生活，因为"她自己想要生活的欲望太强烈了"。在托

萨莫赫瓦罗夫（Alexander Nikolayevich Samokhvalov）为《安娜·卡列尼娜》绘制的插图，1953 年

尔斯泰的描述中，车厢再次施展起了魔力：

> 她感到自己的神经好像绕在旋转着的弦轴上的弦，越拉越紧。她感到她的眼睛越张越大了，她的手指和脚趾神经质地抽搐着，身体内有个东西在压迫着她的呼吸，而一切形象和声音在摇曳不定、半明半暗的灯光里以其稀有的鲜明使她不胜惊异。瞬息即逝的疑惑不断地涌上心头，她弄不清火车是在向前开，还是往后倒退，后者完全停住了。坐在她旁边的是安努什卡呢，还是一个陌生人？"在椅子扶手上的是什么东西呢？是皮大衣还是什么野兽？我自己又是什么呢？是我自己呢，还是别的什么女人？"她害怕自己陷入这种迷离恍惚的状态。但是有个东西却想把她拉过去，而她是要听从它呢，还是要拒绝它，原来是可以随自己的意思的。

不论那个想拉她过去的东西是佛伦斯基，是爱情抑或欲望，还是对另一种生活的想象与渴望，是听从还是拒绝，其实完全由安娜自己决定。换言之，她是自由的。

我觉得这里其实点出了这个人物的本质特征。从安娜阅读他人的生活到尝试去过自己的生活这一车厢中的转变开始，之后她的每一个选择都是自己决定的：与佛伦斯基陷入热恋，想与卡列宁离婚，忍受骨肉分离的痛苦离家出走，与上流社会公开决裂，为了惩罚情人而投身于火车车轮之下。这不是一个可怜女人爱上渣男被抛弃的悲剧故事，安娜为自己对佛伦斯基的爱做出了巨大牺牲，唯独没有丧失自身的主体性，那是始终忠实于自我的激情。

这也不是一个已婚的出轨女人在责任和欲望之间陷入沉沦的道德批判，上流社会偷偷摸摸的风流韵事数不胜数，但大家都懂得这种事不要说出来，更不要去为此而挑战社会规则、家庭伦理。可安娜就是这样做了，甚至到了人们无法想象的地步；仅此就足以让整个社会愤怒，而作为男人的佛伦斯基则几乎没受到什么指责。男人抛开家庭追逐梦想常常被视为一种浪漫，而女人如此做就是大逆不道。

但女人也可以是自由的，无关其妻子抑或母亲的身份；一个自由的女人充满魅力，一个自由的女人令人恐惧，这点对托尔斯泰也不例外。按照他的说教，爱情不能仅仅是情欲之爱，不能弃家庭及社会责任于不顾，否则就会陷入完全以自我为中心的迷障，而自我中心主义本身就是不道德的——与作为正面教材的列文、基蒂那对相反，安娜恰恰是一个以自我为中心的自由女性，即使贯彻这一点要以伤害他人和伤害自己为代价。当她在卧轨前的那一刻爆发出"所有人都在自欺、一切皆是虚伪"的内心呐喊时,我认为她更多的是在说自己。

过去的读者喜欢、同情安娜的比较多,现在则相反,大多数阐释者对安娜持批判、驳责的态度,甚至毫不掩饰对她的厌恶——这也暗合了时代趣味的变迁。但请注意,不论你怎样解读安娜·卡列尼娜这一人物形象,都不可能得出一个客观的评判或者最终的答案。当安娜作为一个自由而自我的女性被成功塑造出来后,就摆脱了作者的掌控和读者的阐释——所有这些最终映像出的正是阅读者自己的欲望。对自我中心主义的执着批判何尝不是以自我为中心的呢?每当我看见有阐释者孜孜不倦地寻找证据去证明安娜是一个不道德的坏女人,不值得被人喜爱时,我总有些语塞——他当然可以这样阐释,但完全把力气用错了地方。难道那些喜爱安娜、对包法利夫人产生共情的读者,没看出她们的缺点,意识不到这些问题吗?说到底,能够去欣赏、去憎恨、去理解一个沉溺于自身而无法自拔的自我者,从来都只是另一个忠实于自身的自我。

最后一点,佛伦斯基是安娜爱欲的对象,但让她意识到爱欲的自由却是对小说文本的阅读以及搭乘火车旅行的契机。她被车轮碾过,临死之际,托翁是这样描述的:

那支蜡烛，她曾借着它的烛光浏览过充满了苦难、虚伪、悲哀和罪恶的书籍，比以往更加明亮地闪烁起来，为她照亮了以前笼罩在黑暗中的一切，哔剥响起来，开始昏暗下去，永远熄灭了。

安娜结束了自己的生命，或者说她最终活成了自己读过的书中人物，这足以让我们这些文学阅读者产生共情——可安娜本来不就是书中的人物吗？另一个可以参照的人物是爱玛·包法利，虽然同样是徘徊于书籍与现实、欲望与日常之间，但她与自由选择没太大关系，更多的是不甘平庸却又注定平庸的现代变体，和《山月记》中的陇西李征如出一辙。由阅读书籍勾引起对另一种生活的欲望的例子，还有但丁《神曲》中里米尼的弗兰切斯卡。由于时间关系，我没法就此再深入展开。希望大家可以去看一看纳博科夫对《安娜·卡列尼娜》的解读。他在《俄罗斯文学讲稿》（1981）里仔细研究了安娜所乘的卧铺车厢，探讨了不同车厢的型号、当时的空间布局、人们一般在车厢里做些什么、被轧死的铁路工和安娜的噩梦等，甚至还专门绘制了一幅车厢内部示意图来说明。我觉得这也是纳博科夫最精彩的一个文本分析案例。

安娜和佛伦斯基的车厢邂逅没有太多对话环节，但我们知道，艳遇能够成功大多源于结识的二人在火车上聊得非常投机，比如林克莱特（Richard Linklater，1960— ）的电影《爱在黎明破晓前》（1995）。一对陌生男女在车厢中相遇，偶然打开话匣，借着共同的吐槽彼此相互吸引，于是在维也纳下车度过了浪漫一日。作为经典的文艺爱情片，导演用了很多跟拍镜头和正反打，帮观众融入男女主角喋喋不休的对话中。虽然这给了电影一些写实的气质，但它本质上还是一个属于文艺青年的现代童话：车厢邂逅很快就建立起信任，几乎无涉任何警惕与防备；杰西是幸运的，他在茫茫人海中觅到了唯一的灵魂伴侣——美丽率真的席琳。

可车厢中美丽的陌生女人也可能是对你图谋不轨的骗子，这更是小说电影经久不衰的创作题材，一个典型例子就是张恨水 1936 年发表的中篇小说《平沪通车》。银行家胡子云携带十几万元巨款，从北平乘坐刚开通的直达火车回上海。不料在餐车上邂逅了一位年轻貌美但未买到卧铺票的摩登女郎，交谈之中得知她叫柳絮春，还是自己远房亲戚的朋友。胡子云见色起意，盛情邀她去他的包厢歇息，两人度过了风流一夜，甚至第二天晚上依旧如故。然而当胡子云一觉醒来快到上海站时，发现皮箱里的巨款不翼而飞，那位叫柳絮春的女子也早已在苏州站下车。数年后，穷困潦倒的胡子云再次坐火车经过苏州时，见一位极像柳絮春的摩登女郎提着皮包匆匆而过，不禁陷入疯狂，为继续前行的列车所抛弃。我在《铁路现代性》一书中曾详细分析过这篇小说，主要的论点是认为它不只是一个包含传统道德说教的言情故事（男人好色、女人危险），车厢邂逅从艳遇到骗局的演进恰恰揭示出了现代社会交往规则、信任体系的一些重要特质——这是一个有关现代性的寓言。车厢中的陌生女性，浪漫与危险并存，这一书写/拍摄模式背后指涉的是：当女人出现在现代公共空间之中，这意味着她更易于被接近，同时也更不易被你掌控——她是自由的。

还有最后一种车厢邂逅，陌生男女在列车上相遇，开始建立某种联系，一起去经历冒险，或者被迫成为隐秘的"共犯"，就在情绪升温，似乎要有点什么事情出现的时候，一切突然戛然而止，火车到站，彼此各奔东西，如同一切都没发生过一样。你在列车上邂逅灵魂伴侣或犯罪分子的概率都是比较低的，更普遍的情况是它成为你波澜不惊的生活中的一段插曲，很快被遗忘，你连对方的样子也记不清。波兰导演耶尔齐·卡瓦莱罗维奇（Jerzy Kawalerowicz，1922—2007）的《夜行列车》（1959）讲述的就是无果而终的艳遇和有惊无险的犯罪——暧昧与猜忌、浪漫与不安、有情与无情这些车厢邂逅常见的反转要素在这部影片里被发挥得淋漓尽致。

影片的摄影非常出色，尤其是后半段成功营造出密闭空间内人与人的不信任，到高潮处转向室外走向一场人民的大追捕。有论者说这映射了波兰特殊时期的压抑和裂痕。我不熟悉波兰的历史，但我觉得这并非某种社会特有的产物。事实上我看这段的时候，脑中浮现出的是霍布斯（Thomas Hobbes，1588—1679）的教诲——"人对人是狼"，即在自然状态下，生活会变成一切人反对一切人的无休止战争。这并非因为人天性是自私、邪恶的，也不是说人际关系就纯粹是虚伪的；而是自然状态下的不确定因素，使你没法真正去相信一个与自己不同的陌生人。人和人之间之所以会充满敌意，不是谁的内心险恶，而是因为信任的缺失才导致了对他人的不安与对未知的恐惧，这才是"他人即地狱"的真谛。

按照霍布斯的说法，社会得以确立并且正常运转，是因为我们相信他人会和自己一样遵守规则、承担义务。倘若没有像政府这样在我和他人之外的第三者提供政治权威，那么这种相信就无法建立起来——单方面对他人心存期许是不理智、不安全的。所以霍布斯的结论是，不论是好政府还是坏政府，不论权威是以什么方式确立的，有要比没有好。影片中面临危机的密闭车厢，

《夜行列车》剧照，1959 年

正是对自然状态的一种彻底释放；所有乘客都从停驶的列车中下来，在旷野中争先恐后地去追捕杀妻疑犯，不是因为他们了解案情真相，也不是因为他们多么痛恨疑犯，而是因为他们渴望恢复正常的秩序——通过参与正义的表演，以求过上一种卸下防备、停止敌意的生活。

为什么这样说呢？在抓捕疑犯这一高潮结束后，镜头缓慢地注视着默默走回车厢的人群，他们又恢复到若无其事的状态。在这一刻，作为观众的我们意识到：就像男女主角曾被怀疑一样，每个陌生的他者都是潜在的疑犯，自觉参与追捕正是为了拼命洗刷自己的嫌疑。怀疑他人的同时又要向他人证明自己，这不就是现代人生活的全部吗？这一幕其实也预示了最后的结局：参与追捕的乘客跑得再远，终究还是要回到火车上；男女主角之间的暧昧浓到爆裂，可这场还未开始的恋情只能留在车厢里。当男人对靠在自己肩上的女人非常冷静地说出"我的妻子在站台上等我"时，我们再次领略了对陌生他者心怀期许是件多么有风险的事——决定我们关系走向、情感归宿的不是我们自己，而是铁轨的里程、列车的运动以及碰上哪种陌生人的运气。

这部电影也让我联想到张爱玲的《封锁》（1944）和科塔萨尔（Julio Cortázar，1914—1984）的《南方高速》（1966）这两篇短篇小说。因为空袭警报而搁浅的决定我们关系走向、情感归宿的不是我们自己，而是铁轨的里程、列车的运动以及碰上哪种陌生人的运气。

电车和突如其来的高速大堵车催生了邂逅陌生人的暧昧情愫，就在情节要有新进展之际，电车恢复正常，高速可以通行，人们匆匆回到各自的生活轨道，故事也就无疾而终，像是没发生过一样。上述三个例子的场景、描写的细节以及个人风格皆有不同，却不约而同地把握住了某种现代性体验的内核。

以上对车厢邂逅相关文本的梳理，是为了向大家说明，铁路火车的出现为文学与电影提供了新的题材和叙事模型，而文学和电影中的铁路火车其实也能帮助我们去理解现代社会的形成以及现代性经验的特征——遭遇陌生人。

一方面，在上述文本中，火车不再是故事可有可无的背景舞台，而是生产叙事、决定其发展走向的装置；它不需要去援引其他理由，光凭自身就能为叙事赋予合法性。当车厢邂逅的经验成为文本叙事的主题时，决定故事始末、情节走向的除了铁路时刻表、行车线路、移动和速度，还有车厢内与你不期而遇的诸多陌生人。因为车厢合理化了与陌生人的邂逅，这就为小说作者、电影导演免去了很多逻辑上的难题；一旦接受了这样的设定，后面无论发生多么出人意料的转折，其实也已在情理之中。倘若变换一下空间场景，比如你在自己家里撞上陌生人，这也会出人意料，但不在情理之中，所以创作者必须为读者提供解释，否则就会破坏叙事的连贯性。或者我们想象另外一种身份，比如宝玉和黛玉相逢是必然的，但安娜和佛伦斯基、杰西和席琳的邂逅则是偶然的，因为后者首先是火车上的乘客，对他们而言没有命中注定的相遇，如果你在阅读或者观影中获得了"命中注定"的感受，恰恰说明故事是成功的，文本将偶然包装成了必然。

另一方面，车厢社会也是对现代性处境的凝聚，与人类亲密关系的转变、社会中的抽象信任等问题息息相关。陌生人本来就是难以界定的存在，让你感觉既近又远，无法一劳永逸地判断是敌是友，这就为各种反转埋下了伏笔。但真正让你感受到反转的，还是缘于移动车厢提供的密闭空间与加速状态：前者让乘客暂时摆脱了日常身份的束缚，重新扮演为原子化的个体；后者要求所有个体必须尽快识别彼此、建立关系，且加速状态下的人际交往更接近于角色扮演游戏。艳遇、骗局抑或什么都没有，这全是速度的产物。其实仔细想想，只要时间足够久，没有什么东西，也没有什么人能让你真正感到惊讶。

现代社会中，有限个体在加速状态下和陌生人打交道，必然存在信息的缺乏与时间的限制，我们不得不对要相信的东西有所抉择。在这样的条件下，现代人的信任所授予的对象不再是另一个具体个人——那样太花时间，而是技术、器物以及制度——比如夹杂着车厢空间、乘客规范、铁路系统、旅行经验的"抽象信任"（Abstract trust）。人们之所以会上当受骗、期许落空，并非像表面上那样是被陌生人骗取了信任，而是"抽象信任"的习惯让你以为所在的车厢、所处的社会总是在按照规则和制度运转，可靠有效，这才是你会错意的原因所在。然而作为单纯个体的你没法怪罪铁路火车，也没法改变制度关系，只能时刻告诫自己压抑欲望，提防陌生人——就像他人正在提防你一样。

二　时间迷宫：以有限想象无限

接下来我们进入第二个主题单元——时间迷宫。我本来打算和大家聊一聊文学与电影中的"戏中戏、梦中梦"这样一种故事套故事的叙事手法，但后来发现这太过庞大和复杂，我也无法驾驭。我们之前的课程其实也接触到了"戏中戏、梦中梦"的不同案例，比如哈姆雷特听了父亲亡魂的控诉，特意安排人马演了一场类似情节的戏剧取名为《捕鼠器》来测试叔父和母后的反应；《福尔摩斯二世》中的电影放映员在现实中受人诬陷，借助梦境进入影像世界中充当起福尔摩斯式的侦探角色，查明真相，逮捕罪犯，最终回到现实世界中也为自己洗刷了冤屈。"戏中戏、梦中梦"可以是一种叙事隐喻，通过内在故事来揭示或反讽外在故事；也可以是一种推进手法，以故事套故事进入到新的时空体中。

因为"戏中戏、梦中梦"其实是对戏、梦自身的二分，这又涉及真实与虚假、实在与表征这样的古老问题，你会因此而质疑自我是否存在、世界是否真实。比如《黑客帝国》（1999）中尼奥服下了孟菲斯给的红色药丸，发现自己之前的生活不过是机器制造的梦境，一个通俗的"缸中之脑"故事。戏中之戏同时映射着此身所处的外在世界，在破除自我执念、领悟诸行无常的意义上两者并没有高下之分。中国文学传统中，从庄周梦蝶到南柯太守都传递着同样的教诲。同理，既然人生如戏如梦，那么拍摄电影和观看电影其实就是在制造及解读"戏中戏、梦中梦"，特吕弗（François Truffaut，1932—1984）的《日以作夜》（1973）是对此最为精彩的说明。这部影片就是"电影的电影"，包含了导演对电影的热爱，我特别喜欢里面导演的三场梦境。然而在比较了这些文本之后，我发现自己真正感兴趣的其实是"戏中戏、梦中梦"如何通过叙事营造出无限时间的幻觉，即以有限想象无限——对无法触及、不可能实现之物只能是想象和思考。所以这一讲我请大家去阅读博尔赫斯的《小径分岔的花园》（1941），以及观看克里斯多夫·诺兰的《盗梦空间》（2010）。

首先请大家注意，这两个文本对无限的想象是由叙述演绎出来的，不同于一种单纯的世界观设定。后者往往直接宣称主人公被困在某一天或某一个时间段内循环往复、无法逃脱，比如《土拨鼠之日》（1993）、《恐怖游轮》（2009）这样的电影；又或者构造一本书，没有开始、没有结尾但可以永无止境地翻阅，又或翻到一半需要读者回到开头重新开始，比如博尔赫斯的《沙之书》（1975）、卡尔维诺的《如果在冬夜，一个旅人》（1979）——重点不在于为何要这样设定，也无须解释无限达成的机制，而是去观赏设定后的冒险历程以及带给读者的阅读快感。纯粹的重复、自我同一也可以被定义为无限，因为与自身等同当然在每时每刻都是真的，但它永远也只能和自身等同，既不能出乎其外也无法入乎其内。我想象一本无始无终的书令其作为无限的隐喻，和我在阅读一本书时感受到对无限的演绎，这是完全不同的两回事。所以《小径分岔的花园》和《盗梦空间》借"梦中梦、戏中戏"指涉的无限并非是一种设定，而是叙述的延展，而这一延展本身又是对最终抵达同一的推迟。用数学的语言来表达，设定的无限、纯粹的循环往复是 $x=x$，而"梦中梦、戏中戏"表达的无限则像是一个递归函数 F(x)=i*F(x-1)，它首先会对自己进行层级区分，再进行运算、启程出发，但最终会返回自身及前一个函数的结果上。

其次要说明的是，《小径分岔的花园》和《盗梦空间》作为两个大热文本不乏各式各样的阐释：卡尔维诺在《新千年文学备忘录》（1988）中称博尔赫斯的每篇作品都包含有宇宙的某种属性——无限、不可数、或永恒或现在或周期性的时间等，并将《小径分岔的花园》作为无限的平行宇宙予以解读；安伯托·艾柯（Umberto Eco，1932—2016）有篇散文就叫《博尔赫斯与我的影响焦虑》（2005），重点提及了博尔赫斯式的迷宫构造——困于迷宫之中本身就意味着无限重复已走过的路；而《盗梦空间》这部电影就很适合拿来当作精神分析、意识形态批判的文本范例，大家可以参照看看戴锦华教授的影评。

但目前所有涉及"无限"的阐释都令我感到不满意：或是把无限这件事想得太过简单，以为确认了花园的谜底是时间，而博尔赫斯的时间观是多维、偶然、交叉、非线性的就能自动得出无限的概念——多维时空、平行宇宙和无限是两码事；或是根本就没理解"戏中戏、梦中梦"的嵌套叙事对无限的营造，反而聚焦于迷宫、书籍、戒指、陀螺这样的具体意象，大谈所谓的时间玄学——这里面根本没有什么玄之又玄的东西。那么在何种意义上我们能够营造出一座寄予无限的时间迷宫呢？我的理解是，它必须要有"戏中戏、梦中梦"这样的分层叙事结构，最重要的是，这种分层分类其实是由叙事的自我指涉性质引起的——在自身之外言说自身的同时又为自身所言说。说白了，只有当"戏中戏、梦中梦"这样的叙事借助于自我指涉悖论时，我们才能以有限想象无限，进而领略这种想象的奇妙与瑰丽。

《小径分岔的花园》从一份第一次世界大战的档案证言开始，借此营造出某种历史的真实。可随着对这份证言的阅读，你会发现它其实讲的是一个解谜式的间谍／侦探故事。主人公余准博士表面上是青岛大学的英语教师，但暗地里还有两个身份线索——为德国工作的间谍，同时也是清代云南总督彭㝡的曾孙。间谍故事总是有逃亡／追捕的戏份，余准意识到自己的间谍身份已经暴露——他的接洽人鲁纳伯格已被英国特工马登上尉逮捕或杀害，所以他要赶在马登上尉抓住他之前将掌握的信息传递给柏林方面。余准搭乘火车前往阿什格罗夫村，进入小径分岔的花园，拜访一位名叫艾伯特的汉学家。艾伯特博士醉心于研究彭㝡的遗产，因为余准的这位祖先辞去了高官厚禄，据说费了无数心血写了一部比《红楼梦》还要复杂的小说，

博尔赫斯小说集《迷宫》英文版封面, 1962 年并且建造了一座谁也走不出的迷宫。余准与艾伯特博士探讨传说中彭㝡建造的迷宫究竟为何物，由此带出了对时间问题的思考。请注意，这个间谍／侦探故事的核心是一个文本分析的隐喻，他们两人对迷宫的推理和探讨其实就是我们现在正在做的事情——我们在未来要做的事情已经为过去的文本所指涉了。小说最后，余准因谋杀艾伯特博士而被逮捕，柏林方面从报纸上获得了这一消息并破解了余所传递的信息——他们对一座名叫艾伯特的城市进行了轰炸。

小说中所谓的"迷宫"究竟是什么呢？从文本的字面意义看，我们可以归纳出以下几种：

A. 余准前去拜访艾伯特博士时进入的那个迷宫似的花园，需要在每个交叉路口都往左拐。

B. 传说中彭㝡建造了一座象牙微雕的迷宫。

C. 传说中彭㝡创作了一部看似未完成的、自相矛盾的小说。

D. 艾伯特博士的理论，迷宫是象征性的，B 和 C 是一回事——微雕和小说只是谜面，谜底是时间，更准确地讲，是永远分岔、通向无数未来的时间……

一般而言，大家到这一步都认为自己找到了答案，满足于"永远分岔、通向无数未来"这样一种有关时间的诗意象征。可仔细想一想,上述迷宫真的具有"无限"的意义吗? A、B 和 C 都较容易排除,问题是 D,由无数分岔的时间织成的网络是一座无限的迷宫吗? 或者说要想建构无限的迷宫,是否还需要其他条件?

通常而言,所有迷宫都可归为两类范式:一类是一笔画型,从外面抵达迷宫中心只有一条路径可走,答案是唯一的(A unicursal labyrinth);另一类是多笔画型,从入口到迷宫终点的途径不止一条,因为在每个分支路口做出的选择不是非此即彼的,答案是开放的(A multicursal maze)。艾柯还有篇文章叫《从树到迷宫》(2014),里面就把所有迷宫分为三类:第一类是古典的希腊式迷宫,一条路走到黑,因为迷宫本身和阿里阿德涅之线(Ariadne's thread)是同一的;第二类是中世纪的迷宫,基本上是一个试错程序,因为存在死路,所以在某个节点上你得二选一,最终试出正确的走法——现实空间中大多数迷宫都属于此类;第三类就是网络状的迷宫,没有中心,没有边界,没有终点,每一个节点都可能与另一个节点相连,典型的例子就是德勒兹的"根茎"(Rhizome)意象。但根茎迷宫已然不是需要空间上区隔、逻辑上推理的传统迷宫,更像是理论和修辞意义上的隐喻集成——只有理论上的"根茎"能够无限,正如只有尚未实现之处才有无数的可能性。根茎迷宫达致无限的条件是自身处于永远持续的"生成"状态：每个节点都和其他节点相连，它们相互指涉的同时也是自我重复。

换言之，无限不可能在宇宙的时空中找到——很大很复杂但不是无限，无限只能体现为某种符号表征的循环往复。博尔赫斯绝对明白这一点，所以小说里借艾伯特博士之口说出以下观点："我曾自问：在什么情况下一部书才能成为无限。我认为只有一种情况，那就是循环不已、周而复始。书的最后一页要和第一页雷同，才有可能没完没了地连续下去。"这样看来，所谓永远分岔、通向无数的未来，其实也就是通向无数的过去与现在。所谓无数不同的可能只是博尔赫斯在这篇小说里设置的谜面，就像他之前暗示过的，猜谜语时谜底不能出现在谜面，你只能用迂回的手法去找出真正的答案，而不是单纯接受表面上的说辞。

> 由互相靠拢、分歧、交错或者永远互不干扰的时间织成的网络包含了所有的可能性。在大部分时间里，我们并不存在；在某些时间，有你而没有我；在另一些时间，有我而没有你；再有一些时间，你我都存在。目前这个时刻，偶然的机会使您光临舍间；

在另一个时刻，您穿过花园，发现我已死去；再在另一个时刻，我说着目前所说的话，不过我是个错误，是个幽灵。

这段广为引用的文字常常被用来说明博尔赫斯的时间是非线性的、变化的、具有多种形态、拥有无限可能等。凡是此种解释，我认为都是误读，阐释者肯定也感到有某种说不出来的矛盾之处，所以才一再用"玄学"来加以掩饰。表面上看，是因为这些阐释者混淆了艾伯特博士对时间的理解和文本自身对时间的呈现；根本原因在于，他们混淆了事件在时间中的变化和事件随着时间而变化这两种情况。上述这段引文中，根本就没有什么时间的变化及诸多可能，相反，时间是不变的，像一个稳固的叙事框架一样；时间之矢永远向前，时间序列里的每个时刻都在经历未来／现在／过去的变化，并且彼此矛盾——这恰恰和哲学家麦克塔加（J. M. E. McTaggart，1866—1925）有关时间非实在性的论证不谋而合。问题从来不是在不同的时间内"你"和"我"的相遇会有怎样不同的结果，而是在所有时间内"你"和"我"的在与不在、遇和不遇、是敌是友全都相互指涉；在后一种时间里，我们借由循环达致无限，这同时意味着事件不同的结果只是暂时的表象，它们最终会走向彼此同时也是返回自身。

如果大家了解时间的 A 理论与 B 理论的区分，就会发现我讲的东西其实非常简单。A 理论就是从属性的角度去理解时间，因为时间要求变化，而变化要求过去、现在、未来这一属性，但该属性是矛盾的，所以时间不具有实在性。B 理论则是从关系的角度去理解时间，所有的事件都可以用"早于""晚于""同时于"来表达，故而我们不需要解释变化，时间的变化也不需要设定"过去""现在"和"未来"这一属性——它们本质上都是一样的。A 理论是事件在时间中变化，时间之矢永远向前，但这并不能保证无限；B 理论是事件随着时间而变化，时间是无时态的永恒，这在逻辑上能够确保无限。所以《小径分岔的花园》其实是 A 理论为谜面，B 理论为谜底。艾伯特博士最后说出："因为时间永远分岔，通向无数的将来。在将来的某个时刻，我可以成为您的敌人。"他所揭示的正是现在和过去的真理——尽管人们对将来有不同的期许，但在所有的相遇事件中，艾伯特、彭㝫以及方君面临的都是一样的结局。不同的结局、其他的可能，之所以能被我们设想，恰恰在于其没有实现。现在，我们终于能够将下面两项加入"迷宫"答案的备选列表中：

E. 余准与艾伯特、外国人与彭㝉、方君与不速之客（彭㝉小说中的人物）形成一组相互指涉的循环。

F. 彭㝉创作的小说与《小径分岔的花园》文本自身，余准和艾伯特有关"迷宫"的研究与我们对小说文本的解读，都是发生在不同层级上的相互指涉叙述。

前面 A、B、C、D 的时间迷宫只是"无限"这一谜语的谜面，E 和 F 才是帮助我们找到谜底的关键。我们所能设想的无限其实是由叙述悖论引发的无穷后退，而不是物理意义上的时空。这种对无限概念的理解其实渊源已久，文艺复兴的先驱库萨的尼古拉（Nicholas of Cusa, 1401—1464）就将其表述为"有学识的无知"——越是在自我反思中意识到自身有限视角的无知，反而越能接近无限视角的真理。也就是说，真正的无限不能从时空经验和数学直观中得出，它只能是基于矛盾叙述的自我认识问题，很多科学哲学研究以及恩斯特·卡西尔（Ernst Cassirer, 1874—1945）有关文艺复兴的思想史著作都对此有深入探讨。所以也就不奇怪为何大多物理学家都痛恨无限这个概念——不少量子物理学家认为时间并非世界基本面的构成部分，只是人类根深蒂固的有用幻觉，反倒是哲学家、数学家以及文学家对其予以了足够重视。

　　电影《盗梦空间》对无限迷宫的想象也要从两个方面来理解：一个是影片设定的不同层次的梦境——直接显现的建筑迷宫；另一个是诸层梦境之间的组合关系——间接潜藏的叙述迷宫。前者出现在阿瑟向阿里阿德涅讲解如何建筑梦境的地方，梦中的世界是非欧几何的空间，比如著名的彭罗斯阶梯，一个始终向上或向下但却封闭循环的阶梯。阿里阿德涅询问她该建多大的梦中空间才够用，阿瑟的回答是，问题不在于空间的大小，而是其结构越复杂越好——像迷宫一样，才能帮助他们躲避梦中潜意识的侦查。最复杂的迷宫就是以有限的构造给你无限的错觉，所以不是无边无际地向外扩散，而是自我指涉的封闭循环，这样才能将你永远困在梦中。这当然也是一种设定，电影设定的意义就在于你要接受它，去问为什么、如何做到都是没意义的，所以这不是我们探讨的重点。后者是指整个电影文本在"梦中梦"的设计中具有自我指涉性，这必然会导致无穷后退。大多数观众纠结于主角柯布最后是回到了现实还是仍被困于梦境，这并非是观众接受不了一个开放性的结局，而是无法忍受似是而非的悖论以及对悖论的推迟评价。大家竞相争论最后转动的陀螺是否停了下来，或认为起提示作用的不是陀螺而是柯布手上戴的戒指，或以他的两

《盗梦空间》剧照，2010 年

个孩子的反应来推断他们家人最终实现了团聚。不过请大家注意，你不能用规则设定好的东西去证明规则自身的有效性。这些解读其实都是在系统内部做循环证明，尽管从系统的外部看是真的，但却无法被证明——是真的与可证是两码事。所以我们要考察的不是这些叙述内部的隐喻猜谜，不是意识形态批评，也不涉及叙述之外导演、演员为了抚慰观众而给出的权威说明，而是"梦中梦、戏中戏"的叙述引入自我指涉悖论后为影像剪辑带来的新意涵。

电影中的梦不同于我们一般意义上的梦，它是对意识领域的分层再现，并且不为做梦者所独有——可共享、可控制，意识（记忆）与无意识（遗忘）之间的拉锯战标志着入梦的程度。每一层梦境其实就是一个新的叙事设定，大故事套小故事，同时彼此指涉。叙述的最外层是影片中的现实，柯布及其团队进入商人之子罗伯特的梦中，要给他植入一个想法，我们姑且将这层叙述记为梦$_0$。这虽然是罗伯特的梦，但由于众人的意识相连，柯布等人要清醒地侵入罗伯特的潜意识，所以他们的做法就是在罗伯特的梦中带着罗伯特的自我意识继续做梦。第一层梦境是城市街道上的追逐戏（梦$_1$），第二层梦境是酒店房间内的打斗戏（梦$_2$），第三层梦境是雪原堡垒中的枪战戏（梦$_3$）。这三重梦境的建造者分别对应柯布团队中的约瑟夫、阿瑟和埃姆斯，但它们其实又是罗伯特之梦的自我分层。这就已经满足了递归的条件，所以电影根本没有必要去设置第四层、第五层、第六层梦境等，而是直接给出了一个"迷失域"（Limbo）——在这里你会因为遗忘而陷入无止境的时间循环，只有死亡能帮你重新回到现实，记为梦 $_{n-1}$——它和现实构成了"梦中梦"的上下两极。

全片最精彩之处就是将交叉剪辑发挥到极致，以此来呈现相互叠加的三重梦境。有些评论人对此不以为意，认为诺兰只是将"最后一分钟营救"的故事变了花样讲出来，每一层梦境其实就是老套的好莱坞叙事——追逐、打斗、枪战，只不过垂直叠加的呈现为通常历时排列的叙事带来了新鲜感。这种看法非常遗憾地错失了自我指涉潜藏的无限意涵。我们说，要想达至无限，不在于你有多少新的主题，也不在于你有多么宽广的空间、多么悠长的时间，而是要让命题、句子和叙述能够自我指涉。在此基础上，叙述就可以不停地自我分层。这使整个叙述在结构上看起来是大故事套小故事，但其实大故事、小故事以及它们共同构成的故事都是同一个。电影在视觉效果、场景营造上的成功让我们将注意力集中于前者——大故事套小故事的"梦中梦"，却容易忘记后者的真相，甚至会心生抵触——因为常识告诉我们，城市追逐、酒店打斗、雪原枪战这三个事件或者发生于同一时间的不同空间，或者发生于同一空间的不同时间，永远不可能发生于同一时间、同一空间。毋宁说，它们怎么会是同一件事呢？因为我们人类作为有限的存在，永远无法从经验上去理解自我指涉的循环；不管你觉得自己的生活多么无聊重复，但每一天就是不同的每一天，过去了不会再来。所以请大家暂且悬置经验和常识，而是从叙述和逻辑的角度来思考，搞清楚这一点就能明白为什么这部电影中的交叉剪辑要比通常的"最后一分钟营救"蕴含更丰富的意味，能带给我们不同的感受。

交叉剪辑，一般是将同一时间、不同地点正在发生的几个独立的事件穿插剪辑并于最后一刻形成交汇，起到增强电影戏剧性或是激发观众情绪的作用。正如连续性剪辑有赖于我们对运动变化的直觉，交叉剪辑的成功源于我们对同时性的假定——以现实为参照，城市追逐、酒店打斗、雪原枪战这三个不同地点的独立事件可以同时发生。连续性的中断被影像镜头的组合并列隐藏，通过强调不同事件的独立性，来达到以影像接续的历时性指代同时性的效果。

但《盗梦空间》中的交叉剪辑因为自指的关系产生了新的变化：时空的重要性丧失了——它们本来就是

叙述分层的具象化，城市、酒店、雪原只是以视觉直观的方式强化了这一点，也让我们更容易进入每一层叙事。三个事件从一开始就相互影响，比如梦₁中的汽车坠落诱发了梦₂中的失重状态——从梦₁到梦₂角度，它们是相继发生的；但就梦ₙ而言（你可以把罗伯特之梦看作元叙事），这些都是在自身内部同时进行，判定谁先谁后、谁是因谁是果没有意义，这取决于你的视角——比如不同层次的时间换算以及动作场景对元叙事的梦ₙ而言就没有意义。所以最终的交汇点只是同一件事的自我完结——三个事件与它们共同构筑的事件其实都是同一件事。这样的话，我们之前提过的递归函数 $F(x)=i*F(x-1)$，或梦（n）=i* 梦（n-1）就又出现了。如果这样的重组设置还不能满足你对"新意"的要求，那么文学、艺术中几乎就没创新可言了。博尔赫斯在诺顿文学讲座中曾提到过，诗歌的隐喻、故事的情节看似繁杂众多，其实都可以追溯到几个基本的模式，然而仅此就足够通过重组、排列演绎出无穷无尽的变化。由此可见，诺兰的电影和博尔赫斯的小说确实存在某种亲缘性。

一旦采用了这种自我指涉的分层叙述，也会引起不受控制的反噬，在影片中体现为有限的设定遭到破坏，即现实本身受到无法停止的怀疑，需要不断地求证来获得安全感。因为自指的叙述嵌套结构是没有限度的，无限的直觉不可能被还原为有限的形式系统，这就和电影中为"梦中梦"设立的上限（迷失域）及下限（现实）相互冲突。作为一层叙事设定，现实完全可以被带入梦ₙ之中，不会受到任何特殊对待。观众之所以痴迷于确证柯布最终是否返回到现实，不是因为那个旋转的陀螺象征了什么美国梦的精神创伤，而是恰恰反映出我们对现实作为终止"梦中梦"界线的不信任——它难道不会也是嵌套结构中的一层梦境吗？谁能证明我们真的可以走出无限循环？如果在迷失域中死亡其实是回到现实，那么在现实中死亡人又会去向哪里——何以必然是烟消云散、无处可去呢？倘若梦中世界和现实世界的区别只在于一只转动的陀螺是否会停下来，这样的区别又有多大意义？如果我换一种说法，不让真实／虚假这类言辞影响你的情感和判断，只是告诉你：现在有两个世界可供选择，其中一个转动的陀螺会停下来，另一个则永远不会停，除此之外，两个世界对你来说完全一样，请问你还会像先前那样抗拒后一个选项吗？

就算我们承认柯布最终回到了现实（大家好像都松了一口气），可他回到的是什么样的现实？与我们的现实一样吗？没错，一个显而易见却容易被忽视的事实：他回到的是电影中的现实，一个由文本建构的现实，是观众眼中的一层梦境。令我们感到心安的并非是回归现实，而是对无穷后退的回避——人们沉迷于破译隐喻、解读文本是为了能用电影本身设立的规则来回避电影中的循环往复，这本身不就是一个悖论吗？观众希望柯布能够回到现实，不只是为了成全他与家人团聚，更是在帮助我们确认自己身处于真正的现实之中并且没被卷入无穷后退的循环。陀螺之于柯布和《盗梦空间》之于我们其实有着异曲同工之妙，只要前者尚未停止运转，后者就只能永远摇摆于梦境与现实之间——犹如一个不可判定的命题，既不能被证实也无法被证伪。

我们可以借机来了解一下所谓的自我指涉悖论。哲学家蒯因（W. V. O. Quine，1908—2000）将所有悖论分作三类：第一类叫"真实悖论"（Veridical paradox），虽然推理出的结果看似非常荒谬，但其实是对的，所以算不上是一个真正的悖论；第二类叫"虚假悖论"（Falsidical paradox），之所以得到了一个荒谬的结果是因为推理过程中存在错误，比如芝诺为反对运动而提出的悖论"阿基里斯与乌龟""飞矢不动"等，其实都可以用康托尔（Georg Cantor，1845—1918）提出的无穷集合理论来解决，所以也不是真正的悖论。那么什么是真正的悖论呢？第三类"悖论"（Antinomies），就是理性自身的矛盾，在合乎理性的推理过程中得出了不合理的、自相矛盾的结果，所以真正意义上的悖论都是自相关的，也就是具有自我指涉性质。

比如最古老的"说谎者悖论"（Liar paradox）——"我所说的都是谎言"，将其简化为 P "本句话为假"。如果 P 为真，且它言说的正是自身，所以本句话 P 为假；同时，如果 P 为假，因为它言说的是自身，即本句话 P 为假，它反倒又为真了。仅仅当其为假时，其才是真；仅仅当其为真时，其才是假——悖论于焉成形。

柏拉图的型相论也存在悖论的风险，就是《巴门尼德篇》中衍生出的"第三者悖论"（Third Man Argument）。举个简单的例子来说明。柏拉图认为美的事物之所以是美的，或具有美这一性质，是因为它们模仿或分享了美的型相，而美的型相（或理念）相较于任何美的事物都是至高无上的，是最美的。这样问题就来了。

P_1：鲜花是美的，美女是美的。

P_2：鲜花、美女之所以是美的，是因为它们模仿了美的型相，记为美$_1$。

P_3：鲜花是美的，美女是美的，美的型相（美$_1$）也是美的。

P_4：鲜花、美女、美的型相（美$_1$）之所以是美的，是因为它们模仿了美的型相的型相，记为美$_2$。

……

如此重复，以至无穷。

《堂吉诃德》中也有一个类似的"说谎者悖论"。桑丘任海岛总督时断过一个"过桥"奇案：根据法令，誓言为真的人可以被放行过桥；说假话的人要被送上桥对面的绞刑架。现在有个人跑来说，他发誓自己要死在对面的绞刑架上。那么根据法令，究竟是该判他绞刑还是放他过桥呢？你猜桑丘是怎么断案的呢？他说，把这人处死他就该活，让他活着过桥他又该死，既然让他活、让他死的理由一样，那就放他活着。因为他的主人堂吉诃德告诫过他，当法律不能判断时，就该心存宽厚。这其实就是以我们世俗的智慧来规避悖论，搁置认识论上的难题，遵从伦理和价值的引导。

还有一个更著名的例子，就是引发第三次数学危机的罗素悖论（Russell's paradox），其通俗版本的"理发师悖论"是这样表述的——

假设某村庄有一位男性理发师，他把村里的人分为两类：一类是自己不给自己刮胡子的人；另一类是自己给自己刮胡子的人。基于此，他为自己的理发店定下了一条规矩：

"本人只给村中那些不给自己刮胡子的人剃须。"

那么按照规矩，这位理发师能给自己刮胡子吗？如果他不给自己刮胡子，他就属于"自己不给自己刮胡子的人"，那他就应该给自己剃须；但如果他真的给自己刮胡子，他又属于"自己给自己刮胡子的人"，因此，他就不该给自己剃须。无论怎样，这位理发师似乎都会违反自己定下的规矩。

从较为形式化的角度来表述：假设所有的集合在一起形成了一个新的集合——集合的集合，记作 S。S 中的所有元素（集合）又可以被划分为两类：一类是由一切属于自身的集合所组成，记作 S_1；另一类是由一切不属于自身的集合所组成，记作 S_2。由于任何一个元素或者属于某个集合，或者不属于某个集合，那么 S_2 是否属于自身呢？如果 S_2 是属于自身的元素，根据 S_2 的定义其必定是一个不属于自身的集合，故 S_2 不属于自身；如果 S_2 是不属于自身的元素，则 S_2 又具有了属于 S_2 的资格，所以 S_2 属于自身。

大家可能已经看出来了，所有这些悖论都源于当一个描述、一个句子、一个集合潜在地指向自身时，我们原先关于类或层级的区别就失效了，规则成了适用于自身的对象。悖论的出现并不会影响我们的日常生活，对大多数人而言，它们或是益智的乐趣，或是无聊的把戏，但不值得为之烦恼——理发师要不要给自己刮胡子最终也只是他一个念头的事情。可对逻辑学家、数学家、哲学家来说，悖论引起的无穷后退令他们发狂——这意味着整个知识建立在不牢固的基础之上，理性面临着自身内部的严重威胁，所以他们总是想穷尽一切手段来消除悖论。

对付悖论的方法一般有两种：一是区分阶层、设立限制，通过修订规则来避免悖论出现；二是推迟评价，不承认它是一个悖论，即把解决问题的责任推回给甲方。

第一种方法的代表是罗素的"类型论"（Theory of Type），认为集合并非可以无限制地构造，因为集合与元素具有不同的逻辑类型，我们必须划分层次进行限制。不同类型的意义亦会不同，对集合有效的命题就不适用于属于集合的元素。同理，语言也需要进行限制才能避免自我指涉的悖论，要点在于区分语句所指涉的"对象语言"（Object language）和语句自身作为"元语言"（Metalanguage），适用于对象语言的规则不能拿来套用在元语言身上。

第二种方法则是以一种无穷后退来替代另一种无穷后退。对方抛出一句话 P"本句话为假"，让你判断该命题的真假。你可以说："没问题，但在此之前，你先告诉我你指的究竟是哪一个命题？"你会发现对方根本说不清楚，也解释不了自己所指的究竟是什么；因为在对一个命题做出判断之前，我们首先得确定这个命题。句子 P 使我们陷入对其表述命题的无尽循环搜索中，无法停下。既然我们不能对命题做出判断（因为无法确定它），那么说谎者悖论从一开始就不该发生。这种有点耍赖似的解法出现在维特根斯坦那里，我猜是因为维特根斯坦根本不觉得悖论有什么要紧，那不过是不同语言的规则混淆后产生的"有趣废话"——这也导致维氏对哥德尔（Kurt Gödel, 1906—1978）的研究成果不以为然，天才无法欣赏天才实在令人遗憾。

较之于众多同行琢磨着如何消除、避免悖论，哥德尔奇迹般地利用了悖论，在形式推理中建构出了一个自我指涉的悖论结构，从而完成了数学史上最令人称奇的伟大证明。如果说悖论是在推理过程中，借由理性得出了不合理的结果，那么哥德尔不完备定理则是在推理过程中，借由不合理之物重新获得了理性的答案。哥德尔于 1931 年证明并发表了这两条定理。

第一条定理是：任何足以包含初等数论及一阶谓词逻辑的形式系统中，皆存在不能被证明的真命题。这说明使用逻辑方法不可能得到所有的真命题，系统是不完备的。

第二条定理是上述定理的一个推论：任何足以包含初等数论的形式系统，其一致性无法在系统内部得到证明。这说明系统是不一致的。

哥德尔定理的直接意义是告诉我们，任何包含自然数在内的数学系统中，都存在无法被证明的真命题，我们有关基础算数学的知识要么是不完备的，要么是不一致的。逻辑上的"真"与"可证明"之间存在着不可逾越的鸿沟，逻辑可以说明数学，但不能证明数学。数学也无法被还原为逻辑，其本质上对直觉的要求不可避免。或者说，是数学中有关无限的直觉——存在无限的自然数，无法被进一步还原成的有限形式系统给驱逐出去。逻辑旨在处理有限的事件，物理世界同样不相信无限的存在，只有在数学那里无限得以被认真对待并加以研究。所以我才强调当我们谈论"无限"时，要意识到自己究竟在说些什么。

有同学回应说，他不懂哥德尔定理，但也知道这世界上肯定存在一些无法被证明的真理。请注意，在这位同学的表述中，"知道"一词真正的含义其实是"相信"，你持有这样一种信念——世界上存在无法被证明的真理，这缘于你的知识结构和生活经验，但你除了相信之外无法证明它。而哥德尔定理却是对类似信念的一种证明，它看上去就像一个自相矛盾的悖论，但事实上却是一个经得起检验的有效证明。我们在这里略去他的证明过程，只谈论与我们课程相关的其中两点。

第一，就是类似于"戏中戏、梦中梦"结构的哥德尔配数（Gödel numbering）。它是哥德尔发明的一种一语双关的替换方法，将不证自明的公理转换为可被计算（可证）的自然数，从而使系统命题之间的逻辑关系转换为系统内部的算术关系，对象命题（由递归函数组成的运算）同时也是元命题（逻辑推理）。这其实就是我们先前讲到的梦（n）=i* 梦（n-1），或者"戏中戏"同时指涉着这出戏本身。你可以把它想象成，在《小径分岔的花园》中，彭㝡创作的小说谈到了方君和不速之客，然而方君和不速之客的关系也意喻着艾伯特博士和余准当下的处境。

第二，哥德尔证明的核心策略奇特又简单——通过在形式系统中证明如下命题 P 来完成，命题 P 即"本命题不可证"。用数学和逻辑的方法来证明一个东西无法被证明，最后还被他证明成功了，想想这有多么刺激。要构造"本句话为假""本命题不可证"这样的命题，必然涉及自我指涉，然而自我指涉引发的无穷后退在这里不再是种阻碍，反而是证明成立的关键。一旦我们在系统中得出了"本命题不可证"这一命题，我们就可以证明以下两种非此即彼的情形：

系统中存在一个真命题不可证，则此系统不完备；

系统中存在一个假命题可证，蕴含矛盾，则此系统不一致。

埃舍尔,《瀑布》(*Waterfall*),1961 年

有关哥德尔不完备定理的最佳通俗解说，依旧是侯世达的那本《集异璧》(1979)。它自20世纪80年代被译介到中国以来，就产生了巨大影响，我们这一讲也算是其中的余波。侯世达发现，哥德尔的不完备定理，埃舍尔（Maurits Cornelis Escher, 1898—1972）的画作，以及巴赫（Johann Sebastian Bach, 1685—1750）的"螃蟹卡农"（又称逆行卡农，BWV1079）均涉及自我指涉悖论，故而是以不同方式来表达关于无限的同一本质。到这里为止，我们终于可以把博尔赫斯的《小径分岔的花园》、诺兰的《盗梦空间》也放进这个名单里。然而，正如时间不能被化简为运动，数学无法被还原为逻辑一样，关于无限的想象也不应归结于对自指悖论的理论思考。倘若没有"梦中梦、戏中戏"的演绎，我们根本感觉不到自我同一、重复循环、周而复始的区别究竟在哪里。理论和数学可以思考无限却无法欣赏这一点——赋予思考以魅力的，正是建立在知觉文本上的审美特权。这也是我所谓的文学、电影文本除了针对自身的分析研究外，还可以帮助我们拓展视野，突破视角和经验的局限，进入人类知识的其他领域继而引发碰撞。以有限想象无限，向着超越性而敞开 / 反思自身，正是对文本望远镜功能的最佳说明。

参考文献及相关电影

- 李思逸:《铁路现代性:晚清至民国的时空体验与文化想象》(上海:上海三联书店,2023),第255—300页。

- [俄]列夫·托尔斯泰著,周扬、谢素台译:《安娜·卡列宁娜》(北京:人民文学出版社,2020)。

- [俄]列夫·托尔斯泰著,许海燕译:《伊凡·伊里奇之死》(北京:东方出版社,2017),第92页。

- [阿根廷]豪尔赫·刘易斯·博尔赫斯著,王永年译:《小径分岔的花园》(上海:上海译文出版社,2015)。

- Douglas R. Hofstadter, *Gödel, Escher, Bach: An Eternal Golden Braid, Twentieth Anniversary Edition* (New York: Basic Books, 1999).

- Rebecca Goldstein, *Incompleteness: The Proof and Paradox of Kurt Gödel* (New York & London: W. W. Norton & Company, 2005).

- 《东京物语》(*Tokyo Story*),导演:小津安二郎,1953。

- 《浮草》(*Drifting Weeds*),导演:小津安二郎,1959。

- 《浪荡儿》(*I vitelloni*),导演:费德里科·费里尼(Federico Fellini),1953。

- 《夜行列车》(*Pociąg*),导演:耶尔齐·卡瓦莱罗维奇(Jerzy

Kawalerowicz），1959。

- 《雾中风景》（*Τοπίο στην ομίχλη*），导演：西奥·安哲罗普洛斯（Theo Angelopoulos），1988。

- 《爱在黎明破晓前》（*Before Sunrise*），导演：理查德·林克莱特（Richard Linklater），1995。

- 《盗梦空间》（*Inception*），导演：克里斯托弗·诺兰（Christopher Nolan），2010。

原版后记

本书得以出版，首先要感谢李欧梵老师、吴国坤教授、侯明社长、黎耀强副总编、叶秋弦予以的大力支持。由于其最早源于我在教育大学开设的一门同名课程，所以要特别感谢为我提供工作机会的周潞鹭教授，以及所有选修这门课的教大同学——感谢他们对我的鼓励和包容。

感谢燕京学社提供的访学机会（2016—2017），让我在哈佛大学旁听了电影艺术（ves70）、现代主义比较研究（cl127）、现代艺术与现代性（aiu58）及中国电影导入（eafm116）这四门涉及电影和艺术史的相关课程。而 Harvard Film Archive 每周末的马拉松之夜则助我恶补了大量影片，Brattle theatre 和 Somerville theatre 成了我在波士顿抵御寒冷、驱除寂寞的好去处。感谢王德威老师在此期间予以的指导以及此后从未间断过的支持与帮助。本书第八章得益于他的教诲。

电影和小说中的火车旅行故事其实是我写《铁路现

代性》时的灵感源泉，不过限于论证结构及体例要求，当时并未将这些纳入书中。好在多出来的这些素材并未"浪费"，如今构成了本书最后一章涉及空间的前半部分——"车厢邂逅"。后半部分的"时间迷宫"源于我本科时在武大比较文学课堂上的一次报告，大概是讲博尔赫斯作品中的数学思想。当年同一时期正随超哥全情投入地研读形而上学，满脑子柏拉图的第三者悖论、布拉德雷外在关系说、汤姆生的精灵之灯、哥德尔定理……无知者无畏，我也萌生出一些自得其乐的奇思妙想——想将哲学悖论中的"无穷后退"和小说"梦中梦、戏中戏"的叙事结构串联起来；且夸下海口，要写一篇论"如何以有限想象无限"的毕业论文。无奈能力有限，论文始终无法写出，最后只得以一篇关于陀思妥耶夫斯基的阅读报告代替。没想到十几年后，在自己的电影课上居然还能将两者重新拼凑组合出来。虽不尽如我意，也算是对两位启蒙老师（张箭飞教授和苏德超教授）一个迟来的交代。

本书最终得以完成，有赖两位资深影迷的功劳。第一位影迷是我的太太。她对我讲哲学理论从来不感兴趣，唯独喜欢听我分析小说、评鉴电影。在我最初开始备课时，她作为幕后听众给我提供了不少建议，助我打开了思路；在这门课讲了几年后，她又担心我为此所做的一切会随课程结束而作废，感到惋惜，遂软硬兼施要求我把这本书写出来。作为本书第一个读者，她修订了其中大多数病句和错别字，删除了我即兴发挥的部分胡言乱语，使全书读起来更为顺畅。第二位影迷自然是李欧梵老师。他从我太太那里得知此一事由后，便极力督促我将此书尽早写出；甚至仅在读了第一章后，老师就认定其有出版价值，忙着为我联络出版社敲定计划，防止我中途跳票。这十几年来，每当我偶有所成，总是能从老师那里得到令我脸红的褒扬和令我汗颜的批评——作为我最严格的审阅者和最坚定的支持者，欧梵老师素来真诚待我，鼎力相助，任何时候都未变过。子玉师母也一直对我及我的家庭关爱有加。老师、师母的这份恩情，实在难以为报。

诚如老师在序中所言，我最初对于此书的出版有些扭捏犹疑、半推半就。一方面是觉得这类讲稿市面上已有很多，似无再多添一本的必要。在一个人人都要或明或暗靠当网红求生存的时代，就算自己的课有与众不同之处，拿出来贩卖，总难逃求取名利的迎合之嫌。另一方面是因为学术生涯发展遭受一连串打击，对此心灰意冷，什么事都不想干了。转变的契机在于我也迎来了自己"危机时刻的爆发点"。那天中午师母好意发信息问我最近好吗，电影书写得怎么样了，争取早点写完出版。我则因为一连串的恶心事极为愤懑，多年来的故作镇定终于绷不住了，直接告诉师母"非常不好"，并且大吐苦水，觉得做这一切都没意义，就算书出版了也证明不了什么，当初就不该选择做学术，现在放弃也不晚，还不如去跟朋友一起做生意云云。十分钟后就接到了老师的电话，让我去他家喝茶一叙。那天下午老师结合自己的经历，语重心长地和我谈了很久；待我晚上回到家，打开电脑又收到老师一封寄予鼓励的长信。事实上，这样类似的情景在这几年间不只发生过一次，然而那日老师的一段回复令我着实感动，从此以后再未轻言不做学问、另谋生路等话。截取存证如下，其他自不待言。

"我要早知道做学问和混学术圈是两码事，根本就不该选择这个职业谋生。我对学术没有丝毫怨言，常常惶恐自己未尽全力，配不上心中理想。但从事这个行当，却让我饱尝羞辱，见识了诸般卑劣，还无法向人明言，只得自己咽下。既然人渣当道，我也想不明白自己这几年苦苦坚持又图个什么？可能还是对别人抱有幻想，希望他们言而有信或者良心发现，有朝一日予我认可。仔细想想，这真是懦夫、弱者才会有的思维方式，也难怪我落到这般窝囊境地。反正干什么都是看人脸色、赚钱生活，何苦要在自己唯一在乎的事上作践自己？"

"人都有自己的路要走，我一向尊重每个学生的主体性，特别是你们自由选择的权利。但我觉得你要现在放弃做学问，改做其他的事，才真的是让小人得逞。我不敢说你不做学问将来一定会后悔，但我不相信你会因此从今往后就过得开心满意。学术圈本来就是江湖，斗来斗去，虚伪自私、卑鄙无耻的事一点都不比其他地方少。那些比你有权力的人，你拿他们就是没办法。他们可以不公平地对待你、伤害你而不用付出代价，还能颠倒是非，造谣生事，把一切推到你自己头上。让旁人觉得如果不是你自己有问题，怎么会落到今日地步？你愤懑不平，老是想把事实，把来龙去脉，把自己说了什么、做了什么跟别人讲清楚，可别人有的信，有的不信，因为这些根本无所谓，因为大多数人和你一样也拿那些比自己有权力的人毫无办法，也就对你的遭遇姑妄听之、意思一下。这时候你就发现，幸好学术和学术圈是两回事，他们再有权力也有拿你没办法的地方。他们改变不了你的志向，影响不了你的思想，掩盖不了你自己写的东西本身的水平和价值。所以我才催你多写一点，能发表就发表（包括电影那本小书）。不是为了博名利，名利也不是你想得那么简单说有就有了。我是认为只有这样，你才能挣脱当前的瓶颈，离开这个乌烟瘴气的小圈子；天下做学问、爱读书的人那么多，总会有志同道合的人欣赏你，至少会有人愿意和你聊聊文学和哲学。我真心相信学术本身就有一种超越性，只要你全身心沉入其中，不辜负自己的才华，坚持走自己的路，它自会给你一个是非公道。也许这一天很快就来，也许要很久，但这是迟早的事，我对此有信心。"

......

虽然本书一开始源于逼迫和自我逼迫，但在写作过程中，我慢慢体会到老师所谓沉浸于文本与思想自身所带来的满足感，也渐渐意识到哪怕是世俗生活之中也有更值得的人和事——或许这就是为人父母带来的转变。我曾想：倘若小女一粟将来也喜欢文学和电影，可以借助爸爸的书作为入门参考，那么过去的日子就没有虚度，所做之事自有意义；如果不喜欢的话也没关系，还有些微的收入供其花销，也算是尽到了老爸一点微不足道的心意。正是在这有些憨蠢而又令人愉悦的脑补中，我最终完成了这本小书。

敬请诸位批评指正，吐槽随意。

李思逸

2023 年 3 月于大埔逸珑湾寓所

图书在版编目（CIP）数据

文学与电影十讲：在无限的世界里旅行 / 李思逸著.
-- 上海：上海三联书店，2024.8. -- ISBN 978-7-5426-8579-7
Ⅰ.I053.5

中国国家版本馆 CIP 数据核字第 2024ZV6647 号

文学与电影十讲
在无限的世界里旅行

李思逸 著

责任编辑 / 张静乔
特约编辑 / 周　玲
装帧设计 / 周伟伟
内文制作 / 陈基胜
责任校对 / 王凌霄
责任印制 / 姚　军

出版发行 / 上海三联书店
　　　　（200041）中国上海市静安区威海路755号30楼
邮　　　箱 / sdxsanlian@sina.com
联系电话 / 编辑部：021-22895517
　　　　　发行部：021-22895559
印　　　刷 / 山东韵杰文化科技有限公司

版　　　次 / 2024年8月第1版
印　　　次 / 2024年8月第1次印刷
开　　　本 / 1168mm×850mm　1/32
字　　　数 / 269千字
印　　　张 / 15.25
书　　　号 / ISBN 978-7-5426-8579-7/I · 1891
定　　　价 / 98.00元

如发现印装质量问题，影响阅读，请与印刷厂联系：0539-2925659